KB151749

사진 출처 | 충무공 이순신 장군 15대 종부 최순선 여사

큰칼 옆에 차고

큰 칼 옆에 차고

공옥식 장편소설

세종출판사

차 례

제1장
프롤로그

실로 오랜만에 갖는 모임이었다. 그동안 코로나 팬데믹은 일상의 소소한 모임조차 어렵게 하지 않았던가. 이른바 '사회적 거리두기'가 인간관계마저 소외시킨다는 사실을 절감하면서 역시 인간은 사회적 동물이라는 의미를 새삼 직접 체득하는 계기가 되었으니…….

이처럼 갇혀 있던 생활에 대한 반작용이랄까? 오랜 친구들끼리의 만남은 예전보다 더 의미 있는 소중함으로 다가왔다. 그래서 이번에는 고향에서 아예 며칠 묵을 작정까지 하고 내려온 길이었다.

먼저 우리 세 명이 모두 코로나19에 걸려 힘들었던 상황들을 서로 위로하며, 격리 생활의 경험담으로 그동안의 안부를 대신했다. 그리고 이제는 건강관리에 신경을 더 써야 할 나이라는 현실을 염려했다. 나아가 페스트나 스페인 독감 같은, 인류에게 커다란 재앙으로 다가왔던 전염병의 역사가 먼 나라 얘기로만 여겼었는데 우리 나라, 우리 시대라고 해서 예외가 될 수 없다는 사실을 충격적으로 받아들인 점에 대해서도 공감했다.

그러고 보니 너무도 쉽게 잊고 있었다. 우리 역시 불과 몇 년 전에 신종 인플루엔자를 비롯한 사스와 메르스까지 겪었음에도 말이다. 더 멀리는 왕조 시대부터 여역癘疫이니 역병 또는 괴질, 돌림병이라는 이름으로 휩쓸었던 전염병의 역사가 있지 않았던가. 어쩌면 전쟁보다 더 무서운 것이 바이러스란 놈이 아닌가 싶다며 심지어 대지의 여신이 인간들 하는 짓을 참다못해 지구의 자기 제어기능을 가동한, 이른바 '가이아 가설'까지 끌어내었다. 어쩌면 인류가 저지른 잘못에 대한 인과응보가 아닐까 싶기도 했다. 인간은 스스로 거시 기생이 되어 자연을 지배하더니, 더 나아가 인간까지 지배하자 자연을 숙주로 하는 바이러스인 미시 기생이 인간에게 보복하는 것이라는…….

이런 무거운 주제로 시작했지만, 역시 우리들의 술자리는 그동안 못다 한 얘기들이 그렇게나 많았다는 듯이 다찌집의 푸짐한 안주처럼 끊임없는 소재들로 넘쳐났다. 이야기 길이만큼 술병은 비워지고, 해산물 안주는 연이어 나왔다. 그만큼 취기도 달아올랐다.

그때, 유 화백이 지나가는 말투로 다시 내 근황을 묻는다.

— 어이, 강 작가, 요즘 새로 쓰고 있는 소설 작품 있나?

— 아니. 그동안 연이어 소설책 출간하느라 휘몰아쳤더니 숨이 좀 가쁘네. 그래서 재충전할 시간이 필요해서 잠시 쉬는 중이야. 몸

도 추스를 겸…….

— 그럼 내가 좋은 소재 하나 줄 테니 새로운 작품 구상 한번 해보면 어때?

— 어떤 소잰데?

— 혹시 아산 현충사에 있는 충무공 이순신 장군 장검을 본 적이 있냐?

— 충무공 장검? 물론 본 적은 있지. 현직에 있을 때, 학생들을 데리고 현충사에 견학을 간 적이 있거든. 그때 학생들이 저렇게 큰 칼을 어떻게 사용했을까? 하는 의견들이 분분했던 게 생각나니까…….

— 맞아. 바로 그 칼이야.

— 그러니까 그 칼에 대한 자료를 줄 테니까 그것을 바탕으로 소설로 그려보라는 얘기네.

— 그런 셈이지. 왜 소설 소재로 별로 마음에 안 들어?

— 그런 게 아니라 결국 이순신 장군과 관련된 이야기인데, 나 같은 지역 작가 주제에 이런 대작을 감당할 역량이 되느냐? 그 말이지.

— 자신 없다는 소리처럼 들리는데?

— 엄두가 나지 않는 것도 사실이지. 지금까지 드라마를 비롯하여 소설과 영화로 이순신 장군의 참모습을 잘 드러낸 대작들이 많았으니까 말이야.

당장 손으로 꼽아만 보아도 「불멸의 이순신」, 「칼의 노래」, 「명량」, 「한산」 그리고 앞으로 개봉될 거라는 「노량」에 이르기까지 나로서는 감히 엄두도 내기 어려운 대작들이 아닌가. 이런 상황인데 또 그 이야기냐는 비아냥거림과 함께 나까지 아류작에도 미치지 못할 작품을 선보이게 될까 하는 염려스러운 마음이 있는 것도 사실이었다.

이런 내 속마음을 간파했는지 옆에 있던 민 교장이 거든다.

— 그래도 이번에는 강 작가가 마음을 한 번 먹었으면 해. 우리 고장 사람으로서 이순신 장군 이야기를 백 번, 천 번 해도 과하지 않다고 생각해. 유대인들을 봐. 그들은 아우슈비츠 수용소 이야기를 다양한 관점으로 끊임없이 그려내고 있잖아. 그것을 통해서 자신들이 겪은 고난의 역사를 후손들뿐만 아니라 전 세계 사람들에게 알리고자 하는 의도를 우리도 배워야 한다고 생각해. 그런 의미에서 강 작가 너도 통영 출신 작가로서 책임감을 느껴야 해.

주먹으로 한 대 얻어맞은 느낌이었다. 민 교장의 마지막 말은…….

부끄러웠다. 고향을 지키며, 지역 문화예술 발전을 위해 끊임없이 노력하고 있는 친구들 마음가짐 한 자락에도 미치지 못하는 나 자신이 부끄러웠다. 아니 부끄러움을 넘어선 초라함이었다.

민 교장은 이곳에서 초등학교 교장으로 재직하면서 학생 뮤지컬을 이끄는 선구자 역할을 했고, 정년퇴임 후에도 여러 방면에서 봉사 정신을 발휘하여 여러 활동을 왕성하게 하고 있다.

유 화백 역시 화가로서 자신의 개인 작품 활동뿐만 아니라 특히 지역 문화예술 분야에서 많은 역할을 다하고 있으니 말이다.

어쩌면 이 친구들이야말로 고향 동네 어귀를 지키는 벅수 같은 역할을 하고 있다는 생각이 들었다. 벅수는 장승을 달리 일컫는 토박이말로 사전적 의미로는 융통성이 없어서 답답한 사람, 즉 바보 멍청이라는 의미의 이 지역 방언이기도 하다. 그러고 보니 오늘 모임 장소도 '벅수 다찌'집이 아닌가. 또한 이 친구들은 진흙땅에 서 있는 벅수라는 의미를 뜻하는 지역 모임도 하고 있으니, 분명 그들 스스로 자신들을 벅수로 여기고 있는 게 아닌가 싶다. 물질적 이득도 없이 그냥 순수하게 고향의 문화와 예술 정신을 지키고 기리는 친구들의 자세야말로 다른 사람들에게는 벅수로 보일 것이 분명했으니까…….

이런 생각까지 미치자 내게 소설을 써보라는 의도가 어쩌면 이 친구들의 벅수 같은 생각에서 비롯된 것은 아닌가 하는 느낌마저 들었다. 아니나 다를까. 유 화백이 다시 잇는 말투 속에 그런 뉘앙스가 들어있는 듯했다.

—우리가 강 작가 너한테 부담 주려고 한 얘기는 아니야. 다만 강 작가의 소설적 상상력을 빌려 또 다른 우리 고장 이야기를 만들어 봤으면 싶은 생각에서 꺼낸 얘기야. 물론 통제영 300년 역사를 지닌 통영 이야기를 그려내는데 이순신 장군과 연관성이 있을 수밖에 없지만 말이다. 하지만 지금까지 발표된 대작들처럼 왜적을 물리치는 이순신 장군의 영웅적 면모를 돋보이게 하는 작품이 아니라 이충무공 장검을 만든 대장장이 중심으로 색다른 이야기를 하나 만들었으면 하거든…….

민 교장도 다시 거든다.

— 유 화백 말대로 장검과 관련된 색다른 이야기를 그려내려면 강 작가의 소설적 상상력이 필요해. 왜냐하면 특이하게도 장검을 만든 시기와 사람 이름은 새겨져 있는데, 그밖에 관련 기록이 전혀 없기 때문이야. 왜 이렇게 큰 칼을 만든 것인지, 어떻게 만든 것인지, 장군의 지시에 의한 것인지 아니면 대장장이 스스로 만들어 바친 것인지에 대한 명확한 기록이 없거든. 「난중일기」에는 대장장이 이름만 두어 번 정도 나올 뿐이고…….

— 맞아. 장검을 공부해보면 잘 알겠지만, 이 칼은 역사적 의미뿐만 아니라 조선시대 금속공예와 목공예 유물로서 뛰어난 예술적 가치를 지니고 있어. 그러니까 이 칼을 통해서 통영 12공방의 뿌리가 한산도에서 시작되었다는 사실 또한 확인할 수 있다는 얘기지.

유 화백도 민 교장의 말에 맞장구를 친다.

— 이건 또 무슨 얘기냐? 통영 12공방은 통제영이 한산도에서 지금의 통영으로 옮겨온 후에 처음 생긴 것으로 알고 있는데…….

나로서는 장검을 통영 12공방과 연결시키는 것이 너무 비약적이라는 생각이 들어서였다. 그러자 유 화백이 다시 말을 잇는다.

— 장검이 만들어진 것은 1594년 4월로 확인된 거야. 이때는 이순신 장군이 삼도수군통제사로 임명되고, 한산도에 통제영이 설치된 그다음 해거든. 이 시기는 임진왜란의 전황을 바꾸는 결정적인 역할을 한 한산대첩 이후 전쟁이 다소 소강상태로 이어지던 때였고, 그 사이 이순신 장군은 가장 먼저 군비 증강과 보급물자 비축에 힘썼지. 그러면서도 백성들과 수군들의 일반생활에 필요한 공산품뿐

만 아니라 종이, 부채 등과 같은 공예품도 만든 것으로 나오거든. 그러니까 칼은 대장장이가 쇠를 달구어 만들지만, 칼집과 칼자루 매듭 등은 재료 준비부터 옻칠에 이르기까지 여러 장인이 협업해야만 가능한 일이었지. 바로 그때부터 통영 12공방의 원형이 시작되었다고 볼 수 있다는 얘기야. 어때? 강 작가 생각대로 다소 비약적일 수도 있지만, 소설 재료로써는 괜찮지 않을까?

유 화백의 말이 끝나자마자 민 교장이 말을 보탠다.

— 강 작가, 너도 잘 알다시피 유 화백이 수년 전부터 옻칠 회화에까지 영역을 넓히고 있잖아. 거기에다 「옻칠문화계승을 위한 통제영 12공방에 관한 연구」라는 석사학위 논문까지 썼거든. 그렇게 옻칠 관련 공부를 하면서 충무공 장검의 칼집과 칼자루에 입힌 옻칠에까지 꽂히게 된 거야. 그래서 강 작가 너한테 장검을 소재로 한 소설을 써보라고 한 거고. 그렇게 되면 자연스럽게 통영 12공방 이야기가 따라올 수밖에 없으니까…….

유 화백과 민 교장의 말에 나는 다시 한번 문외한의 초라함에 부끄러움을 느꼈다. 고향의 역사나 뿌리에 대해 나름대로는 제법 잘 알고 있다고 자부해온 나로서는 벅수를 닮은 이 친구들 앞에서는 객지에서 온 한낱 이방인에 지나지 않는다는 느낌이 들었다. 그러면서 한편으로는 이번 기회에 충무공 장검과 고향의 역사에 대해 또 다른 관점에서 공부해보아야겠다는 욕심 또한 생기는 것이었다.

민 교장이 내 호기심에 불을 지피며, 다시 한번 더 부추긴다.

— 대하소설 「장길산」과 드라마 「대장금」도 실록에 한 줄로 언급

된 내용을 가지고 창작한 작품이라고 하지 않던가. 그래서 어느 인문학자가 그러더라고. 대장금은 작가가 "조선시대 의녀의 존재에 대해 직관을 느끼고, 실록을 통해 영감을 얻어, 탐구를 통해 다양한 자료를 조사한 뒤, 상상력을 가미해서 만든 작품"이라고 말이야. 강 작가도 소설적 상상력을 동원해 색다른 통영 이야기 한번 만들어 보면 어떨까 싶어.

그러고 보니 기록에서 과거를 재현하는 작업이 비단 역사가의 일만이 아니라 소설가 역시 마찬가지가 아닐까 하는 생각이 들었다. 왜냐하면 과거를 재현하는 작업이 결국 언어라는 수단으로 표현해야 하는데, 언어는 자체적으로 추상성을 지니고 있지 않은가? 따라서 역사는 결코 과거를, 있는 그대로 재현해 낼 수 없는 것이다. 그래서 공쿠르 형제는 "역사는 과거의 소설이고, 소설은 있을 수 있는 역사이다. 역사가는 과거를 이야기하는 사람이고, 소설가는 현재를 이야기하는 사람이다."라고 하지 않았을까.

끊임없이 나오는 다찌집의 안주 때문이었을까. 아니면 소설 소재 이야기로 길어진 우리들의 대화 때문이었을까. 고향의 밤은 늦도록 깨어 있었다. 영업시간을 마친다는 주인장의 안내가 있을 때까지 우리는 마지막 손님으로 머물러 있었다.

— 자, 이제 일어나야 하겠네. 주인장이 마감 시간 다 되었다고 하니……. 오늘 마무리 결론은 강 작가가 소설자료 수집을 핑계로 고향에 자주 와서 우리뿐만 아니라 도움을 받을 수 있는 여러 사람을 만나봐야 한다는 거야. 그러면서 오늘 같은 자리도 함께 가져야지.

안 그래? 하하하…….

유 화백이 취기와 함께 진담 반, 농담 반을 웃음 속에 묻는다.

밖으로 나온 우리는 가게 바로 옆에 자리한 한산대첩 광장으로 향했다. 결이 다른 바닷바람 냄새가 물안개처럼 스며들었다. 맞은편 미륵산 밤그림자가 열두 폭 치마를 펼치듯 짙은 어둠을 쓸어내리고 있었다.

고향 친구들로부터 커다란 숙제 하나를 안고 돌아온 며칠 후, 약속한 대로 유 화백이 책 한 권을 보내왔다. <문화재청 현충사관리소>에서 발간한 '충무공 장검 제작 7주갑 기념 특별전'이란 부제가 붙은, 「겨레를 살린 두 자루 칼, 충무공 장검」이라는 책자였다.

책자를 펼치면서 가장 먼저 눈에 들어온 것은 장검의 부분별 도록이었다. 칼날과 칼등, 코등이, 칼자루, 칼자루 목정혈, 칼자루 윗마개, 끈매기 마감, 칼집 끝 아랫마개, 칼집 패용 장식 등을 각각 확대하여 찍은 사진이어서 실물을 접하는 이상으로 상세하게 볼 수 있었다. 그중에서도 특히 내 눈길을 사로잡은 것은 물결 문양과 함께 두 자루 칼날에 각각 새겨진 검명劍名이었다. 이순신 장군의 비장한 각오가 유려한 필체 속에 담겨 있는 듯했다.

삼척서천 산하동색 三尺誓天 山河動色

석 자 장검 높이 들어 푸른 하늘에 맹세하니,

산과 바다가 함께 기뻐하네.

일휘소탕 혈염산하 一揮掃蕩 血染山河

단칼에 더러운 무리 깨끗이 쓸어버리니,

산과 바다가 핏빛으로 물드는구나.

나는 사진 속 충무공의 친필 검명에서도 서늘한 칼의 기운을 느꼈다.

그다음은 이석재 경인미술관장이 장검을 여러 측면에서 분석한 내용이 돋보였다. 특히 보물 326호로 지정된 충무공 장검은 "칼날에 타격 흔적이 나타나지 않고 2m에 가까운 길이나 5kg에 달하는 무게를 두고 볼 때, 이순신 장군이 실제 사용한 칼로 보기는 어렵고, 또한 두 자루에 장중한 대구를 이루는 명문이 새겨진 것으로 보아 통제사의 권위와 엄정함을 드러내기 위한, 또는 서원誓願을 위한 의장용으로 사용되었던 칼이다."라는 분석은 장검의 실체에 접근하는 데 매우 중요한 내용이었다.

또한 여기에 유 화백과 민 교장이 말했던 장검의 제작 시기, 제작한 사람, 그리고 장검의 특징 등이 매우 상세하게 기술되어 있었다. 다만, 장검의 각부 명칭이나 분석 과정에서 나와 같은 비전문가로서는 쉽게 알 수 없는 전문용어들이 많아 장검에 대한 탐구가 예상했던 것보다 만만찮을 것 같다는 느낌이 들었다.

가령 "갑오년 4월 태귀련과 이무생이 만들다.甲午年四月日造太貴連李茂生作"라는 글자가 칼자루 속 슴베에 새겨져 있어 제작 시기와 만든 사람을 알 수 있게 되었다는 것인데, 당장 '슴베'라는 우리말부터 낯설게 다가왔으니 말이다. 사전을 찾아 '칼, 괭이, 호미 따위의 자루 속에 들어박히는 뾰족하고 긴 부분'이라는 뜻을 확인하고서야 이해할 수 있었으니까…….

또한 유 화백이 조선시대 금속공예와 목공예 유물로서 뛰어난 예술적 가치를 지니고 있다고 말한 것처럼 "장중하면서도 매끈하게 뻗은 칼날의 형태는 조선 중기 금속가공 기술의 우수성을 보여주고 있는 동시에, 칼집과 손잡이에 나타나고 있는 정교한 은입사기법은 쪼음 입사기법이 적용된 가장 이른 형태의 금속공예 유물로서 의의가 있다."라는 분석에서도 전문용어에 대한 이해를 돕기 위해서는 더 구체적이고 상세한 설명이 필요해 보였다.

그러나 무엇보다도 중요한 것은 다음과 같은 물음에 답해야 하는 소설적 상상력이 아닐까 싶었다. 충무공 장검을 제작한 태귀련, 이무생 두 사람의 개인적 이력이 사료에 없으므로 그들의 삶을 어떻게 그려낼 것인가? 그들은 왜 장검을 만들어 장군께 바쳤을까? 그들의 요청으로 그토록 비장한 검명을 새기게 하면서까지 이순신 장군이 그 칼에 맹세한 것은 무엇이었을까? 아울러 그 맹세는 오늘을 살아가고 있는 우리에게 무엇을 깨우치고자 한 것일까?

이와 같은 물음에 답하기 위한 내 소설적 상상력을 어떤 글항아리 속에 응고되지 않는 언어로 담을 것인가를 고민하지 않을 수 없었다. 모름지기 개연성 있는 허구는 탐구되어 체험된 시간에 상상적 변주를 결합함으로써 새로운 현실을 창조해 내는 것이니까…….

그때부터 나는 관련 자료를 탐구하는 많은 시간을 수없이 굴절시켰다. 유 화백이 보내준 책자는 물론이고, 김훈 선생의 「칼의 노래」를 다시 읽었고, 최근 출간된 이순신 장군 관련 서적들도 샀다. 또한 이순신 학교 교장으로 있는 대학 선배에게 조언을 구했고, 나아가 「난중일기」를 비롯하여 「이충무공행록」과 조정에 보낸 여러 장계에 이르기까지 보물찾기하듯 행간의 숲을 샅샅이 뒤지며 작은 불씨 같은 씨앗 하나라도 찾아내려 애썼다.

아울러 이순신 장군이 차고 다녔다고 알려진 또 다른 칼, 쌍룡검에 관한 내용과 칼을 제작하는 과정을 다룬 자료, 다큐멘터리 및 동영상들도 찾아보았다. 조선 환도와 사인검, 중국의 용천 보검, 오늘날 삼정검에 대한 것도 탐색했다. 심지어 '극한 직업'이라는 TV 프로그램에서 주물을 다루는 대장장이들의 이야기까지 시청하고, 도검 관련 전문가도 만나야만 했다.

그리고 밤마다 꿈을 꾸었다. 대장장이가 되어 풀무질하는 꿈을……. 시뻘겋게 달구어진 쇳덩이 앞에서 얼굴 또한 벌겋게 달아올라 뜨거운 열기를 느낄 때쯤 잠에서 깨었다. 그때마다 오줌이 마려웠다. 화장실을 다녀온 뒤부터 새벽은 깊은 잠을 빼앗아 갔다. 자다 깨다 하는 괭이잠 속에 깨알 같은 활자들이 옴실옴실 깨어나 나비춤을 추기 시작하면, 가수면의 정글 속에서 활자들을 찾아 헤매는 것이었다. 꿈 아닌 꿈길 속으로 들어서는 생각의 미끼들이 열대과일처럼 주렁주렁 매달려 나를 유혹했다.

상상력을 버무려 담은 항아리 속에서 생각을 숙성시킨다는 것이 어디 그리 쉬운 일이던가. 찰스 다윈은 진화된 인간의 문화적 특성을 세 가지로 들었다. '술 빚기, 빵 굽기, 글쓰기'가 그것이란다. 이들의 공통점은 발효 기술이다. 이른바 발효 문화는 수많은 시행착오 끝에 얻은 인간 지혜의 결정체 중 하나라고도 한다. 여기에 '글쓰기'가 들어간 것은 언어로 표현하는 이야기 또한 발효라는 숙성 과정을 거치지 않고서는 깊은 맛을 낼 수 없다는 의미리라. 굳이 목숨의 동아줄 같은 「천일야화」까지는 아니더라도 밤마다 둑을 쌓고 허무는 이야기는 내 잠의 뿌리까지 갉아 먹는 되새김질만으로도 속이 쓰렸다.

그렇다. 사랑도 익어야 하는 것처럼, 덜 익어 떫은맛을 내는 감이 홍시가 될 때까지, 겨울나무에 홀로 남은 까치밥처럼 내 안에서 무르익을 때까지 무수히 깨어나는 감정의 근육을 다듬고 또 키웠다. 큰 칼이, 벼리고 벼린 날로 선뜩하게 내 앞에 설 때까지…….

과거는 기억 속에서 그냥 사라지는 것이 아니라 오늘의 눈으로 다시 풀어내고, 평가하여 다시 살아나리니. 나는 마침내 이미 일어난 미래와 과거의 현재라는 시간의 조각들을 조금씩 건져 올리기 시작했다. 그리고 힘껏 노를 저었다. 오래된 미래를 향하여…….

제2장

살아온 기적이 살아갈 기적으로

— 좌수사 영감! 이놈들 목을 단칼에 베게 해주십시오. 나라를 배신하고 섬오랑캐 앞잡이 노릇을 한 놈들은 어떻게 되는지 본때를 보여주어야 합니다. 영감!

서슬 퍼런 장수의 목소리가 뱃전에 부딪혀 철썩이는 파도 소리보다 높았다. 아! 마침내 이렇게 죽는구나. 내 목숨 줄이 여기까지밖에 되지 않는다니. 태귀련은 고개를 떨구며 모두숨을 쉬었다. 왜놈들 나라에서 노예처럼 살아온 10년간의 일들이 주마등처럼 스쳐 갔다. 부모님 얼굴은 아예 떠오르지도 않았다. 왜구들이 쳐들어왔을 때, 부모님과 함께 죽었어야 했는데……. 부질없는 목숨, 구차하게 살아보겠다고 그렇게 아등바등 모진 목숨 이어왔단 말인가. 그렇게라도 살기 위해 왜놈들이 시키는 대로 할 수밖에 없었던가.

그런데 막상 죽음을 눈앞에 두자 태귀련은 이상하게도 마음이 편안해졌다. 이미 마음을 비운 덕분이었을까? 그렇다. 전란 터에서 죽고 사는 문제가 어디 내 뜻대로 되는 일인가. 그런 마음으로 태귀련은 잠시 고개를 들어 옆에 있는 이무생을 바라보았다. 이미 사색이 다 된 이무생의 얼굴에는 억울하고 또 억울하니 살고 싶다는 간절한 눈빛만 남아 있었다. 무지렁이 백성으로 이리 치이고 저리 치이며 살아온 날들이 무슨 죄가 있느냐는 원망 가득 담긴 눈빛이었다. 포로로 잡혀 왜놈 땅에서 처음 만났을 때도 그런 눈빛이었다. 그런 그를 동생처럼 여기며 함께 버텨온 세월이었다.

태귀련과 이무생, 둘 다 일본도 만드는 장인이 되기까지는 고달프기 그지없는 나날들이었다. 대장간에 일한다는 것만으로도 일을 부려 먹을 수 있다는 조건 때문에 왜구들에게 죽임을 당하지 않고 포로로 잡혀 왔지만, 사실 고향에서는 호미, 낫, 괭이, 쇠스랑 같은 농기구들만 만드는 대장장이였지 사람을 해치는 커다란 칼을 만든 적은 없었기 때문이었다. 게다가 처음에는 일본말을 알아들을 수 없으니 어떤 일을 시키는지 제대로 파악할 줄 몰라 수없이 맞아 터지고, 쥐 잡듯이 몰리며 온갖 조롱에도 시달려야만 했다.

이무생의 눈빛에 담긴, 그런 원망을 품은 마음이 태귀련에게도 고스란히 전해왔다. 백 번, 천 번, 같이 느끼고도 남을 세월이 아니었던가. 더구나 이무생은 조금 암된 성격을 지닌 터여서 평소 자신의 마음을 잘 드러내지 않는 동생이었다. 그런데 지금 속마음이 그대로 드러나는 눈빛을 보며 태귀련은 가슴이 아팠다.

그때였다. 또 다른 장수의 목소리가 귓전에 파고들었다. 하늘에서 내려온 동아줄 같은 음성이…….

— 좌수사 영감! 목을 벨지라도 이 사람들 사연을 한 번 들어본 후 판단하시는 것이 옳을 듯싶사옵니다.

처음 태귀련과 이무생을 생포했던 바로 그 장수였다. 그때, 장수가 물었었다.

— 너희들은 조선 사람 포로도 아닌 것 같은데 어째서 왜놈들 배에 타고 있느냐?

두 사람은 곧바로 아뢰었다.

— 예. 저희는 각각 경상도 김해와 고성 사람으로 대장간 일을 하던 사람이었습니다. 10년 전, 왜구들이 쳐들어와서 온갖 물건들을 노략질할 때 고향 마을이 쑥대밭이 되고 부모님을 비롯한 많은 사람이 죽임을 당했습니다. 그러나 저희는 대장간에서 일하는 젊은 사람이라는 이유로 죽이지 않고 포로로 붙잡혀 갔습니다. 비젠이라는 곳이었는데, 그곳은 일본도 만드는 유명한 지역이라고 했습니다. 거기에서 저희 두 사람이 만나게 되었습니다. 그리고 같이 대장장이로 노예 생활과 다름없이 풀무질하며 10년 동안 칼을 만들었습니다. 그러다가 이번에는 일본말을 할 줄 아는 조선인으로 우리나라 길을 안내하라는 명령을 받아 어쩔 수 없이 왜놈들 배에 타게 되었습니다.

이렇게 그들의 억울한 사연을 그 장수에게 호소했던 덕분이었을까? 죽음 직전에 다시 한번 더 높은 분께 직접 하소연할 기회가 생긴 것만으로도 두 사람에게는 천운이었다.

— 좌수사 영감! 그렇더라도 지엄한 군율을 보여주셔야 하옵니다. 왜적 포로들마저도 괜한 마음을 먹지 않을까 저어되옵니다.

처음 당장 목을 베어야 한다고 나섰던 장수가 다시 목소리를 높였다.

— 물론 그대의 충심을 믿지 못하는 것이 아니니라. 그러나 아무리 전란 중이라 하더라도 목숨을 다룰 때는 더욱 신중하게 처리해야 되지 않겠느냐.

그러고는 자초지종을 다시 아뢸 기회를 주시는 것이었다. 더 높은 분께 직접 심문받는 기회를 얻은 것만으로도 이제 죽어도 여한이 없었다. 대장장이로 불과 함께 살아온 세월을 불꽃으로 다 태우고 재만 남기듯 모든 속마음을 비우고 아뢰었다. 그리고 뒤이어서 들려오는 그분의 말은 믿을 수 없었다. 어안이 벙벙하여 파도 소리조차 들리지 않았다.

— 구름을 품지 못하는 하늘은 생명을 낳지 못하고, 아량을 품지 못한 마음은 사람을 얻지 못하느니라. 대장장이라고 하지 않았느냐? 그럼, 우리 수군에게도 필요한 사람들이다. 진영에서 우리 수군이 쓸 칼을 만들도록 하라.

더 높으신 분의 명령에 다른 말을 꺼내는 장수는 아무도 없었다.

이순신 좌수사라는 더 높으신 분을 눈앞에서 직접 뵙게 된 것은 그때가 처음이었다. 임진년 오월 초이렛날 옥포 앞바다 판옥선 위에서였다. 살아온 기적이 살아갈 기적을 만든 날이었다. 왜구들의 노략질에도 죽임을 당하지 않고 살아남았고, 전란 가운데에 끌려 왔어도 다시 살아남았으니 말이다.

그래서 천운이고 기적이었다. 더구나 좌수사의 지엄한 군율 집행을 나중에 직접 목격하면서 그런 생각이 더 들 수밖에 없었다. 군율을 어긴 경중에 따라 처벌의 강도가 달랐다. 장을 치게 하는 것부터 싸움이 무서워 도망치다 붙잡힌 수군은 바로 목을 베게 하는 등 무서울 정도로 엄격하기 그지없었다. 그러니 좌수사 영감님 앞에서는 고개가 저절로 숙어지는 것이었다.

또한 나중에 안 사실이었지만, 서슬 시퍼렇던 장수가 당장 목을 베어야 한다고 왜 그렇게 힘주어 주장했는지 그 이유 중의 하나를 알 수 있었다. 전란 중 공을 세운 사람들에게 나라에서 주는 보상이 정해져 있었기 때문이었다.

'왜적 한 명을 벤 사람은 양반이나 양인은 관직을 주고, 향리는 부역을 면하게 해주고, 사노비는 양인으로 신분을 바꿔준다. 유명한 적장 한 명을 사로잡거나 벤 사람은 관직 세 계급을 승진시키고, 관직을 원하지 않을 경우는 은 150냥을 준다. 왜적에게 부역한 조선인 한 명을 사로잡아 벤 사람은 관직 한 계급 승진, 관직을 원하지 않으면 은 50냥을 준다.'

마지막 부분이 바로 태귀련, 이무생과 같은 사람에게 해당되는 것이었으니, 이런 보상책에 대해 잘 알고 있었음에도 두 사람이 좌수사께 직접 억울함을 호소할 기회를 먼저 준 장수야말로 정말 대단한 사람이라는 생각이 들었다. 역시 나중에 알게 된 사실이었지만, 그분이 바로 그날 후부장으로 옥포 앞바다 싸움에 나선 녹도 만호 정운 나리셨다.

오월 초순 무렵, 옥포 앞바다에 도착한 조선 정벌군은 모두 승리에 대한 자신감으로 가득 차 있었다. 그도 그럴 것이 정벌군 제1진과 2진이 사월 열사흗날 시작된 싸움에서 불과 며칠 만에 부산포를 휩쓸어 부산진성을 함락시키고, 다대포진도 무너뜨리며, 그다음 날은 동래성까지 함락시켰기 때문이었다. 그리고 언양과 경주를 점령하고 위쪽으로 계속 올라간다고 했다. 일본말을 할 줄 아는 태귀련과 이무생의 귀에도 왜군들의 승전보가 연이어서 들려왔다. 물론 그들이 소속된 제3진 정벌군도 낙동강 하구 죽도에 상륙해 김해로 향했고, 곧이어 김해성까지 함락시켰다. 그렇게 파죽지세로 경상도 곳곳을 침범하고 약탈한 육상 부대는 서로 경쟁하듯 한성을 향해 내륙으로 나아가고, 태귀련과 이무생이 탄 배는 거제도 방향으로 노를 저었다. 부산포를 점령한 일본 수군들은 그곳을 본거지로 하고 다투어 전라도 지역을 목표로 서쪽으로 나아가려고 했다.

고향 마을이 또다시 쑥대밭이 되었다는 소식을 배에서 들은 태귀련은 10년 전 그날의 일이 떠올라 몸서리를 쳤다. 그런데 이번에는 왜놈들의 길잡이로 고향 앞바다까지 오게 되었으니……. 고향 앞바다는 예전처럼 더없이 푸르건만, 하늘도 정말 무심하시지. 이런 참혹한 꼴을 보려고 모진 목숨 이어왔다는 말인가. 그렇게 억장이 무너지는 판국인데 특히 포로로 잡은 조선 여자들에게 왜놈들이 하는 짓은 차마 눈 뜨고 볼 수가 없었다.

왜군들끼리 낄낄거리며 주고받는 말 중에는 부산포에서 잡은 포로들 가운데 얼굴이 고운 여자들만 가려 배 다섯 척에 싣고 일본으로 보냈다고 했다. 그러면서 그 여자들 대부분은 정벌군 높은 사람들이 먼저 다 손을 본 뒤라고 쑥덕거리면서 그러니 자신들은 어쩔 수 없이 다른 조선 여자들을 건드릴 수밖에 없지 않겠느냐며 다시 낄낄거리는 게 아닌가.

그렇게 짐승 같은 짓을 하는데도 조선군의 대응은 속수무책이었으니 기세등등한 왜군들은 거칠 것이 없었다. 조선 사람들로서는 생전 처음 보는 조총이라는 신식무기로 무장한 왜군들의 무서운 힘 앞에 우두망찰할 수밖에 없었을 것이다. 이대로라면 얼마 뒤 한성까지 점령하는 것도 문제가 없다는 이야기가 나돌고 있었다. 그런 소식에 들뜬 왜군들은 옥포 앞바다에 도착하자마자 서슴없이 포구에 들어가 집을 불태우고 재물을 약탈하는 노략질을 거리낌 없이 해댔다. 심지어 소와 말까지 잡아서는 배에 나눠 싣고 술을 마시며 노래까지 부르는 것이었다.

그때 전혀 생각지도 못한 조선 수군이 나타났던 것이다. 그들 앞에 아무도 방해할 것이 없다는 듯이 무방비 상태나 마찬가지로 있다가 갑자기 조선 수군이 나타나자 왜군들은 일순 당황했다. 거칠 것 없었던 그들이 조선 수군을 맞닥뜨린 것은 이번이 처음이었기 때문이었다. 그래도 조총을 앞세운 지금까지의 전세로는 그들을 막을 자는 없으리라고 자신했다.

조선 수군은 수십 척의 판옥선을 비롯한 작은 배와 큰 배 등으로 어림잡아 80여 척이 넘는 듯했다. 어느덧 진형을 갖춘 배들이 동쪽과 서쪽을 포위하고 멀리서부터 화포를 쏘기 시작했다. 난생처음 듣는 소리였다. 천둥 같은 화포 소리에 심장이 놀라 멈추는 듯했다. 그제야 왜군들은 허둥대기 시작했다. 화포의 엄청난 화력에 왜선들은 순식간에 전열이 흐트러지면서 대응할 준비를 갖추지 못했다. 조총으로 대응하기에는 아직 사정거리에 미치지 못했다. 그 사이 판옥선이 좀 더 가까이 다가왔다. 이번에는 조총의 철환과도 같은 것들이 날아들었다. 곧이어 화살이 비 오듯 쏟아졌다. 왜군들이 화살을 피해 배 안으로 숨자 왜선에 더 가까이 다가와서는 불화살을 쏘아 불을 지르고, 관솔로 만든 횃불과 마른 풀더미에 불을 붙여 배에 던졌다. 그때는 이미 조총으로 대응할 시간을 놓친 뒤였다. 순식간에 일어난 일처럼 손을 써볼 틈도 없이 여러 척의 배가 부서지고, 불에 타서 가라앉고 있을 뿐이었다. 조선 수군의 전술에 당해낼 수가 없었다.

싸움의 결과는 조선 수군의 압도적인 승리로 끝났다. 이순신이라는 장수의 이름을 왜적들에게 새기게 된 첫 번째 바다 싸움이었다. 왜선 스물여섯 척이 불타고 부서져 가라앉았다. 수많은 왜군이 목숨을 잃었고, 살아남은 일부 왜군들은 뭍으로 도망가 뿔뿔이 흩어졌다. 태귀련과 이무생이 탄 배도 불탔지만, 다행히 그들은 죽지 않고 먼저 붙잡히게 되었던 것이다.

싸움이 끝나자 왜적들의 노략질에 몸을 피했던 사람들이 줄지어 나타나 살려달라며 따라나섰다. 좌수사께서는 그들이 참혹하고 측은해 보여 모두 배에 실어 가고 싶어 했지만, 사람과 물건을 가득 실으면 배를 운행하는 데 어려움이 있으니 안타깝게도 받아들일 수 없다며 그들을 달랬다.

— 다시 돌아올 때 데리고 갈 터이니 그때까지 각자 조용히 숨어서 왜적들에게 붙잡히지 않도록 하시오.

좌수사께서는 그들을 타이르고 안심시키며, 경상도 관리에게 이들을 구제하고 도와주라는 공문을 보내도록 지시했다. 그러고는 고성 적진포에 있는 왜적들을 무찌르기 위해 곧장 뱃머리를 돌렸다. 이무생의 고향 쪽이었다. 그러나 태귀련과 이무생은 좌수사의 지시에 따라 싸움터로 따라가지 않고, 다른 배로 갈아타고 먼저 전라 좌수영으로 향했다. 전투 물자와 보급품을 실어 나르는 배였다.

기적처럼 살아나 내 나라에서 조선말을 쓰며 살아갈 수 있다는 기쁨도 잠시 태귀련과 이무생은 다시 익숙하지 않은 새로운 생활에 적응하느라 애를 먹었다. 먼저 왜놈들에게 부역했다는 꼬리표가 낙인처럼 찍혀있어 다른 사람들의 시선이 여전히 곱지 않았기 때문이었다.

— 형님, 사람들은 늘 눈앞에 일어나 보이는 일만 가지고 판단하는 경우가 많은 것 같습니다.

속내를 잘 드러내지 않는 이무생조차도 사람들의 그런 시선을 견디기 어려워했다.

— 지금 같은 전란 속에서는 아군 아니면 적군만 있을 뿐이지. 그 밖에 다른 것은 있을 수 없거든. 그 정도는 살아남은 기적에 비하면 아무것도 아니지 않은가. 그렇게 마음먹어야지 어쩌겠나.

태귀련은 이런 말로 이무생의 마음을 달랠 수밖에 없었다.

또 다른 문제라면 일본에서는 먼 이국땅에서 노예로서 외롭고 고달픈 생활이었지만, 칼만 만드는 대장장이 역할만 했었다. 그러나 전란 속에서 이곳 생활은 일손이 부족해 대장장이 역할만 할 수 없다는 것이었다. 온갖 잡일까지 도와야만 했다. 그러나 그러한 일까지도 그렇게 큰 문제가 될 게 없었다. 문제는 좌수사의 뜻을 받들어 자신들의 존재 가치를 보여줄 수 있는, 좋은 칼을 만들 수 있는 여건이 아니라는 것이었다. 왜냐하면 수군에게 우선순위는 칼이 아니었기 때문이었다.

물론 칼만 가지고 비교해 보자면, 지금까지 일본도를 만들어 온 태귀련과 이무생이 보기에 조선 도검은 빈약하기 이를 데 없었다. 먼저 일본도에 비해 조선 도검은 매우 짧고 가늘었다. 만약 백병전을 치른다면 일본도에 상대가 되지 못할 것 같았다. 창 또한 일본 창에 비해 짧고 약해 보였다. 그러므로 대장장이만의 역할을 완벽하게 준다면 일본도 못지않은 조선 도검을 만들어낼 자신이 있었다.

그러나 조선 수군의 주력 병기는 화포와 활이었고, 칼은 보조 병기에 지나지 않았다. 육지 군사에게는 좋은 칼이 필요하겠지만, 특히 수군에게 당장 더 많이 필요한 전쟁 물자는 총통과 화살이었다. 전투 군관들은 오히려 칼보다는 창처럼 긴 자루 끝에 낫을 붙인 것 같은 것을 만들어 달라고까지 했다. 판옥선에 기어오르는 왜적들을 걸어 베거나 물에 빠진 놈들을 건져 목을 베기 위해서는 그것이 더 요긴하다는 것이었다. 이름하여 장병겸長柄鎌이라고 했다. 왜군들은 조선군의 코를 베어 전공을 확인했지만, 조선군은 왜군의 목을 벤 것으로 공을 확인했기 때문이었다.

그런 여건들을 파악하고 나서야 옥포 앞바다에서 직접 목격하고 경험했다시피 조선 수군의 일반적인 전술에 따라 어떤 무기들이 우선순위인지를 조금씩 알게 되었던 것이다. 그러니까 적선에 200보 안으로 들어서면 천자, 지자, 현자, 황자총통이라고 부르는, 이른바 천지현황의 중·대형 총통이 불을 뿜고, 그런 화포의 위력에 적의 전열이 흐트러지면 100보 안으로 들어가 승자총통과 소승자총통으로 여러 발의 철환을 쏘며, 90보 안으로까지 더 가까이 다가가면 활을 쏘는 전술이었다. 물론 그 정도 거리면 왜군의 조총에 맞을 수 있는 상황이지만, 200보 거리에서 화포만으로 적선을 가라앉힐 정도의 명중률을 높이기는 어렵기 때문에 더 가까이 다가갈 수밖에 없었던 것이다. 그만큼 조총의 사정거리에 들어 철환에 맞을 위험을 무릅써야만 했다. 또한 왜군의 배를 가라앉히기 위해서는 마지막에 불화살을 쏘아 불을 지르고, 횃불로 건초에 불을 붙여 배 안으로 던져 불태우기까지 해야 완전한 승리를 가져올 수 있었던 것이다.

화살 또한 긴 화살인 장전과 그보다 짧아 애기살이라고도 하는 편전이 있는데, 화살은 소모품이므로 대장간에서는 칼보다는 화살촉을 다 많이 만들어야만 했다.

이처럼 바다 싸움에 쓸 여러 무기가 필요했지만, 더욱더 중요한 것은 판옥선과 같은 전선戰船을 만드는 일이었다. 바다 싸움에서는 전술도 중요하지만, 당연히 수군을 태울 수 있는 전선이 많으면 많을수록 유리할 수밖에 없다. 판옥선 한 척을 건조하는데 50칸 집을 짓는 노력과 인력, 그리고 소나무 100여 그루가 들어간다고 하니 모든 전선을 판옥선으로 꾸릴 수는 없었다. 옥포 앞바다 싸움에서도 보았듯이 작은 배인 협선과 사후선, 고기잡이배를 개조한 포작선까지 합쳐 전단을 꾸릴 수밖에 없었던 것이다. 그나마 좌수사께서 마치 왜적이 쳐들어올 것을 미리 알고나 있었다는 듯이 왜란이 일어나기 전부터 준비해온 것이 이 정도였으니, 앞으로는 더 많은 전선과 무기가 필요한 상황이었다. 특히 주력 무기인 화포에는 많은 화약이 필요하므로 화약을 만드는 일 또한 그 무엇보다도 시급했다.

그런데 태귀련과 이무생이 가장 놀랐던 것은 전라 좌수영에서 처음으로 귀선龜船을 본 것이었다. 거북이 모양을 한 신기한 배를 생전 처음 본 것이라 한동안 놀라서 입이 다물어지지 않았다. 내 나라 조선에 이런 배가 있다니……?

오월 말경, 좌수사께서는 수군을 이끌고 사천 앞바다로 향했다. 드디어 처음으로 귀선이 함께 출동한다고 했다.

귀선의 위력은 정말 대단하다고 했다. 돌격선답게 적선 가운데로 쳐들어가서 천지현황 총통을 쏘며 왜적을 무찌르니 바다 싸움에서 귀선에 대적할 만한 것이 없다는 것이었다.

이와 같은 귀선의 활약으로 적선 열세 척을 격파한 사천 앞바다 싸움이었지만, 옥포 앞바다 싸움에서와는 달리 왜군의 저항도 만만찮았던 모양이었다. 우리 수군에서도 죽거나 다친 사람이 오십여 명에 달했다고 했다. 그만큼 싸움이 치열했다는 증거였다. 그 대부분이 조총의 철환에 맞아 죽거나 다친 수군들이었다. 역시 우리 수군의 전술대로 조총의 사정거리 안으로까지 다가가는 근접전을 했을 터였다. 그러다 보니 노를 젓는 노꾼, 즉 격군들보다 활을 쏘며 싸우는 사부射夫들이 더 많이 다칠 가능성이 높을 수밖에 없었다. 그런데 귀선을 탔던 수군들은 죽거나 다친 사람이 한 사람도 없었다고 하니 귀선이야말로 싸움의 양상을 일시에 바꿀 수 있는 우리 수군의 보물이었다.

그런데 이날 싸움에서 좌수사께서 날아오는 왜적의 철환에 맞아 부상을 입었다는 것이었다. 그날 직접 목격한 수군들의 말에 따르면, 왼쪽 어깨에 철환을 맞아 피가 발꿈치까지 흘러내렸으나 좌수사께서는 끝까지 싸움을 독려하며 다친 사실을 알리지 않았다고 했다. 싸움이 끝난 뒤에야 부하를 시켜 두어 치나 깊이 박혀 있는 철환을 칼끝으로 후벼 빼내게 했다는 것이다. 그제야 수군들은 철환에 맞은 사실을 알고 깜짝 놀라며 모두 얼굴이 까맣게 질렸다고 했다. 그런데도 좌수사께서는 태연히 웃으시더라는 것이었다. 오히려 그날 허벅지에 철환을 맞아 다친 나대용 유군장을 먼저 걱정했다고 하니 그러한 사실을 전해들은 사람들까지 모두 혀를 내둘렀다고 했다.

정말 보통 사람이 아닌, 대단하고 무서운 사람이구나. 그렇다. 좌수사 영감님이야말로 구름을 품은 하늘이 우리에게 보내주신 분이 아니겠는가. 태귀련은 가슴부터 시작하여 온몸으로 퍼지는 엄청난 전율을 느꼈다. 철환을 맞고서도 살아나신 것은 또 다른 기적이 아니고 무엇이랴. 그때부터 진영의 모든 사람은 좌수사 영감님을 불사신이라 불렀다.

제3장
쪽빛, 그 푸른 그리움

나는 다시 한번 통영으로 가는 버스에 몸을 실었다. 유 화백이 소설자료 수집을 위해 자주 고향에 들러야 한다던, 농담 반 진담 반이 이제는 온전한 진담이 되고 만 셈이다. 고향으로 가는 길, 차창 밖으로 펼쳐지는 낯익은 풍경을 바라보며 새삼 '고향이란 무엇인가?'라는 원초적인 물음을 되뇌어 본다.

이 물음에 가장 먼저 떠오르는 일차원적인 대답은 내가 태어난 곳, 즉 단순히 출신지라는 사전적이고 일반적인 의미로서의 지정학적 공간이 아닐까 싶다. 다음으로는 막연히 포근하고 평화로운 느낌을 주는, 정신적이고 내면적인 상태의 의미를 담고 있는 것 같다. 또는 전통적인 것을 의미하기도 하고, 더 나아가 이상향이라고도 하는 유토피아적인 개념을 지니기도 한다.

이처럼 고향에 대한 일반적인 개념을 학술적으로 풀어내는 학자들의 현학적인 설명을 들어보면, 먼저 고풍성古風性을 들고 있다. 고향의 '故'는 오래됨을 뜻하므로 시대가 변화더라도 예스러운 모습을 그대로 간직한 공간을 의미한단다. 다음으로는 순수성과 은닉성, 즉 고향은 순박한 순수성과 숨겨진 영역이 많다는 것이다. 또한 풍경성과 풍물성을 들고 있다. 고향은 천연적인 자연을 그대로 지니고 있으며, 그 지역만의 고유성을 지니고 있다는 것이다. 마지막으로 회상성回想性을 들고 있는데, 고향은 내가 떠나온 과거에서 생활했던 공간이기에 옛날을 회상하는 추억과 결부되어 있다는 것이다.

이처럼 고향이라는 공간은 단순한 물리적인 형식이 아니라 내 생애의 일부가 녹아 들어가 있는 그런 기억이 보관된 곳간이 아닐까.

그래서일까? 고향에 오면 나는 늘 현실로부터 납치당해 버리고 만다. 이곳에서는 과거가 바로 현재로 탈바꿈해 버리니까……. 지성의 근육보다 감성의 근육이 앞서 꿈틀거리기 때문이리라. 먼저 냄새부터 다르다. 이른바 고향의 냄새랄까? 시장통에 들어서면 갓 말린 멸치의 풋풋한 비린내, 석쇠에 피어오르는 볼락구이 냄새, 볼락김치 무의 아삭한 풍미까지…….

누군가 그랬다. 시각적으로 냄새의 근원을 알아보기 전에 당신에게 기억된 냄새로 그리움의 근원을 찾아가는 거라고. 마르셀 프루스트가 「잃어버린 시간을 찾아서」라는 소설에서 주인공이 홍차에 적신 과자 마들렌의 냄새를 맡고 어린 시절을 회상하는 장면이 나오는데, 이를 두고 사람의 후각은 어릴 때 맡은 냄새를 평생 기억한다는, 이른바 냄새와 연결된 기억의 즉각성을 '프루스트 효과'라고 한다니 말이다. 그러고 보니 나 역시 같은 항구 도시인 부산의 해운대나 광안리 바닷가보다는 통영바다에서는 결이 다른 냄새를 느낀다.

이런 고향 냄새에 관한 이야기를 나눌 선배와의 만남이 이번 통영행의 목적이다. 아울러 선배를 통해 통영 정신에 스며든 충무공 숨결의 깊이를 가늠해 보기 위한 취재 목적도 함께 있었다.

정 선배는 순수 통영 토박이 시인이다. 선배는 삶의 현장에서 고향의 정서와 고향 사람들의 나날살이를 진솔한 시어로 표출하고 있다. 그러나 대부분의 통영 출신 시인들은 삶의 현장보다는 고향에 대한 기억이나 추억을 노래한 경우가 많다. 왜냐하면 정 선배처럼 지역만 고집스레 집착하면 자칫 지역성의 한계를 벗어나기 어렵다고 판단했기 때문이리라. 그리하여 예술의 보편성 확보를 위해 대부분 지역을 떠나는 방식을 택했다. 그 결과 통영을 예술의 도시라고 자랑할 때 내세우는 이름난 예술가들이 많다.

하지만 정 선배는 다른 길을 선택했다. 고향을 지키면서 통영이라는 지역의 특수성과 시적 보편성 사이에서 매우 쉽지 않은 줄다리기를 해오고 있다. 그래서 나는 더더욱 정 선배의 시를 좋아한다. 물론 젊은 날 함께 문학동인회 활동을 같이한 사이여서 늘 지역 문학의 한계에 대해 많은 고민을 나누기도 했었다.

오랜만에 만난 정 선배의 머리 위에는 언제부터 가을이 왔는지

짙은 서리가 내려앉아 있었다. 내가 놀라워하는 표정을 짓자, 선배는 우린들 세월의 흔적을 비켜 갈 수 있겠느냐며 덕담으로 건강 안부부터 물었다. 이젠 우리도 건강을 걱정할 세월이 되었다고 답하며 정 선배를 만나러 온 목적을 털어놓았다.

— 강 작가도 이젠 나이가 들긴 들었네. 그리움도 나이를 먹는다더니. 허허허…….

정 선배는 반가움을 웃음으로 대신하며 말을 이었다.

— 물론 충무공과 관련된 것이겠지만, 그래도 강 작가가 고향에 관한 이야기를 쓴다는 것은 결국 소외된 현실에서 벗어나 과거를 통하여 자기 정체성을 찾고, 자기 동일성을 확인하는 의식 작업이 아닐까 싶어.

역시 정 선배다운 시각이다.

— 예. 오늘날 보편화되고 있는 고향 상실, 즉 근원적 삶의 공간인 고향만 잃어버리는 것이 아니라 공동체 의식이나 자기 동일성까지 상실할 위기에 처한 현실임은 분명하지요. 그래서 정 선배 말처럼 자기 정체성과 자기 동일성을 확인하는 작업이 그리 쉽지는 않네요. 물론 제 역량 탓도 있겠지만, 고향 이야기를 쓴다는 것이 조심스러운 면이 없잖아 있습니다.

정 선배에게는 내 솔직한 마음을 털어놓을 수 있었다.

— 그 마음 누구보다도 내가 잘 알고 있고말고. 더구나 토마스 울프의 소설처럼 특히 고향에 대한 비판적인 내용이라면 더더욱 그렇겠지.

— 제게 토마스 울프 같은 작가적 역량이라도 있으면 좋겠습니다. 욕을 얻어먹더라도 말이죠. 그보다 저는 정서상 동질감 때문인지는 몰라도 이문열 작가의 「그대 다시는 고향에 가지 못하리」라는 작품이 좀 더 가슴에 와닿았습니다만…….

미국 작가 토마스 울프는 「천사여, 고향을 보라」라는 자서전적 소설을 통하여 고향에 대한 강한 애정을 드러내면서도 비판과 고통도 함께 그려냈다. 그러자 소설 속 등장인물들인 고향 사람들의 분노를 사 그가 고향에 돌아오면 죽인다는 협박까지 받았다고 한다. 이와 같은 고향에 대한 이중적인 애증은 그가 죽고 난 뒤 출판된 「그대 다시는 고향에 가지 못하리」라는 소설 속에도 잘 드러나 있다.

토마스 울프의 소설 제목을 그대로 따서 이문열 작가도 고향 이야기를 썼다. 나는 그가 쓴 작품을 떠올리면서 이문열 작가 역시 정 선배의 말처럼 고향을 떠난 사람이 고향으로의 회귀를 꿈꾸며 자기 정체성과 자기 동일성을 확인하는 의식 작업을 한 것이 아닐까. 하는 생각이 들었다. 특히 다음과 같은 구절을 통해서…….

"이튿날 아침 일찍 나는 고향을 떠났다. 그리고 몇 년이 흘러갔나. 그 뒤 나는 다시는 고향에 돌아가지 못했다. 진정으로 사랑했던 고향에로의 통로는 오직 기억으로만 존재할 뿐, 이 세상의 지도로는 돌아갈 수 없다. (……) 강풍에 실이 끊겨 가뭇없이 날려가 버린 연처럼, 그리운 날의 옛 노래도 두 번 다시 찾을 길 없으므로. 우리들이야말로 진정한 고향을 가졌던 마지막 세대였지만, 미처 우리가 늙어 죽기도 전에 그 고향은 사라져 버린 것이었다."

그래서 어떤 철학자는 "철학적으로 인간은 모두 실향민인 동시에 귀향자이다."라고 했던가. 즉 고향은 떠나온 곳만 아니라 돌아가는 곳이다. 그러므로 인간은 귀향적 존재이다. 인간이 사는 지상의 삶은 타향에서의 삶이고, 우리는 이런 객지로부터 본향으로 향하는 나그네들이란다. 이처럼 고향에 대한 동경과 회귀는 어쩌면 수구초심과도 같은 인간의 원초적 갈망인지도 모른다. 윤이상 선생도, 박경리 선생도 고향 땅에 영면하신 걸 보면…….

— 강 작가, 토마스 울프처럼 고향을 떠난 사람만의 문제는 아니라네. 고향 안에서도 이곳의 문제점을 비판하는 것 또한 지역 사람들의 온갖 비난을 감수해야만 하거든.

나는 정 선배의 입장을 어느 정도 이해할 수 있을 것 같았다. 삶의 현장으로서 고향을 시로 표출한다는 것은 그것이 아무리 함축적 의미를 담고 있다고 하더라도 비판적 시각을 드러낼 수밖에 없으므로……. 오늘날 현실적인 고향은 지리적이고 환경적인 요소에만 국한되지 않고 정신적이고 문화적 환경과 나아가 사회적이고 정치적인 관계까지 포함하는, 여러 요소의 복합체이기 때문에 같은 공간 안에서도 다양한 견해가 혼재할 수밖에 없다.

— 그건 정 선배다운 자기 정체성이니까 어쩔 수 없이 감내해야죠. 정 선배, 정체성이란 말이 나왔으니 묻고 싶은 말인데요. 그렇다면 통영의 정체성은 뭘까요?

— 글쎄다. 지금까지 정체성이란 말을 무심코 써왔지만, 정체성이란 말 자체가 매우 형이상학적이라서 개인의 정체성이 아니라 막상 통영의 정체성이 뭐냐고 물으면, 한마디로 정의하기는 어렵지 않을까? 우리가 예전부터 가장 통영다운 것이 무엇인가를 토론할 때, 우리 지역의 특수성과 보편성이 뭐냐는 본질적인 물음에 많이 고민했던 것과 마찬가지로 말이야.

—듣고 보니 그렇군요.

— 그래도 학자들이 논하는 정체성의 일반적인 개념에 따른다면, 먼저 생활 속에 나타나는 통영 사람들의 공통 속성을 찾아보는 것이 가장 일차원적인 방법이 아닐까 싶어. 즉 우리 지역 사람들의 기질이나 성향 등을 포함해서 말이야. 나아가 통영 예술가들의 작품에서 표현되는 작가 정신과 기법, 혹은 정서나 분위기에서 드러나는 통영만의 공통분모를 뽑아내는 작업도 가능하겠고…….

— 그럼 예를 들어, 우리 고장 사람들이 통영이라는 말보다는 '토영'이라고 부르는 것이 더 편하게 느끼는 말투라든지, 반상의 구별이 가장 먼저 없어진 지역이라는 특성도 포함될 수 있겠네요.

나는 박경리 선생의 「김 약국의 딸들」이란 소설에서 우리 고장의 그런 특성을 잘 엿볼 수 있는 대목이 떠올랐다.

"전해지는 말에 의하면 타관의 영락한 양반들이 이 고장을 찾을 때 통영 어귀에 있는 죽림 고개에서 갓을 벗어 나무에다 걸어놓고 들어온다고 한다. 그것은 통영에 와서 양반 행세를 해봤자 별 실속이 없다는 비유에서 온 말일 게다."

정 선배도 내 말에 고개를 끄덕였다.

— 그러니까 「김 약국의 딸들」에 왜 그런 표현이 나오는지를 포함해서 우리 고장의 정체성을 살펴보려면 먼저 임진왜란과 충무공이 끼친 영향까지 거슬러 올라가야 한다고 봐. 강 작가도 잘 알다시피 통영은 통제영을 줄인 말에다 생년월일을 가진 특색 있는 고장이잖은가. 1604년 음력 9월 9일(중양절), 제6대 이경준 통제사가 통제영을 한산도에서 지금의 통영 땅인 두룡포로 옮기면서 통영의 역사가 시작되었으니까 말이야. 다시 말하면 태생부터 남다른 고장이니까.

그러면서 정 선배는 <두룡포 기사비頭龍浦記事碑> 내용 일부를 알려주었다.

"통제영은 처음 한산도에 있었는데, 서쪽에 치우쳐 동쪽이 멀어 고성으로 옮겼다. 이곳은 배를 숨기는 데는 편했으나 갑자기 당하는 변을 막는 것은 불편했다. 두룡포는 서쪽으로는 판데목을 의지하고, 동쪽으로는 견내량을 휘어잡고, 남쪽으로는 큰 바다로 통하고, 북쪽으로는 육지가 이어져 깊숙해도 구석지지 않고, 얕아도 드러나지 않아 참으로 땅과 바다의 형세가 국방의 요충지다. 동서남북의 적들이 이곳에 얼씬댈 수 없어서 난이 끝난 바다가 잠잠한 지 거의 수십 년이 되었다. (……) 지금까지 두룡포가 참사람을 만나지 못해 여우와 토끼가 뛰노는 잡초 우거진 갯가의 쓸쓸한 포구였다. 기나긴 세월이 지나고 수많은 사람이 거쳐 갔지만, 이제야 공의 손으로 새 세상이 이루어진 것이다. 하늘이 이 요새를 만들어 때를 기다리고 또 사람을 기다린 것이 어찌 우연이겠는가? (……) 충무공은 앞서 적을 물리쳐 나라를 다시 일으키는 공을 세웠고, 이경준은 뒷날에 통영을 세워 나라의 만년대계를 이룩했으니 앞뒤의 두 이 씨는 하늘이 낸 사람이다. (……)"

— 통영의 서막을 알리는 명문이군요. 그러니까 통영은 임진왜란 때 난을 피해 내려온 사람들이 통제영과 더불어 터전을 일군 고장이라는 거죠.

— 맞아. 참혹한 전란 속에서 한양의 위정자들은 백성들은 안중에도 없고, 자신들만 살길을 찾아 북쪽으로 피신하기에 바빴지. 그런 처지에서 각자도생해야만 하는 백성들은 지배층인 양반 사대부들을 믿을 수 없는 상황이 될 수밖에……. 특히 한산대첩 이후에는 이순신 장군이 삼도수군통제사로 있는 한산도를 중심으로 이 지역에 많은 피란민이 몰려들었던 거지.

— 결국 우리 고장은 살길을 찾아 목숨을 건 일반 백성들이 강인한 생존력으로 뿌리를 내린 지역이 될 수밖에 없었네요.

— 그렇지. 전란 한 가운데에서 한 끼 밥과 목숨 줄이 더 중요하지, 양반들이 지키려고 했던 명분 따위가 무슨 소용이 있을까. 그러다 보니 다른 지역보다 먼저 봉건제도가 무너지고 명분보다 실리가

앞서는 그런 풍토가 만들어졌다고 봐야지.

— 그래서 통영 사람들의 거칠고 투박한 속성을 일컬어 갯가 기질이라는 말이 나왔군요.

— 그만큼 생존 본능이 강하다는 의미이기도 하지. 특히 대부분 고기잡이를 생업으로 하다 보니 파도와 싸워야 하고, 목청도 높여야 하니 행동과 말투가 거칠고 투박할 수밖에…….

— 그래서 자존심 상한 양반들이 이 지역 사람들을 비아냥거릴 때 쓰는 말로 "생선 배나 따 먹고 사는 주제에……."라는 말이 나왔군요. 그러고 보니 우리도 생선 배나 따 먹고 사는 사람들의 후손들이네요. 아직도 생선 비린내가 정겹게 느껴지는 걸 보면 말이죠. 허허…….

내 말에 정 선배도 고개를 끄덕이며 따라 웃는다.

— 특히 일제 강점기를 거쳐 오늘에 이르기까지 이 지역은 수산업이 발달하고 일본과의 무역이 활발해지면서 어느 지역보다 자본주의가 일찍 형성되었지. 이른바 어장아비들이 일확천금을 거머쥐고 돈이 위세를 떨치자 옛날의 영광을 뒤로 한 양반 지주 계층이 아니꼬운 시선으로 낮추어 비아냥거리는 말을 뱉어낼 수밖에 없지 않았을까. 요즘 식의 경제 용어로 말하자면, 배금주의 사상이니 천민자본주의니 하는 말과 일맥상통하는 말이겠지.

— "통영에 가서 돈 자랑 하지 마라."라는 말이 왜 나왔는지 알겠군요.

— 돈 자랑하는 자본주의 속물근성은 비단 우리 지역만의 문제는

아니지만, 어찌 보면 우리 모두 조상 대대로 학습되어 온 것은 아닐까 하는 생각이 들거든.

— 학습되어 오다니요?

— 역사적으로 볼 때, 수많은 전란의 고통을 경험한 사람들이 먹고 살기 위해서는 무슨 짓이든 한다는 생존 이데올로기가 하나의 생활 철학으로 자리 잡게 된 것이 아닌가 싶어. 그러다 보니 생존 차원 너머의 가치 있는 삶에 관한 생각은 할 겨를조차 없었겠지. 우리 역시 자신도 모르게 그런 생각이 유전인자 속에 학습되어 내려왔고…….

— "산 사람은 살아야 한다."라는 말 역시 생존주의가 낳은, 생활 철학에서 나온 말일 수도 있겠네요.

— 그렇다고 볼 수 있지. 그런데 돈 자랑할 만큼 먹고살 만해지면 또 다른 문제가 생긴다는 거지. 우리 고장에서 수산업 등으로 부자 소리 듣는 사람들이 가졌던 이중적 성향 같은 문제 말이야.

— 이중적 성향이라뇨?

— 반상의 구분이 가장 먼저 없어진 지역임에도 불구하고 며느리를 볼 때면 몰락한 집안일지라도 돈의 위력을 빌려 뼈대 있는 가문의 딸을 데리고 오려 한다거나, 사위로 삼을 때는 시쳇말로 열쇠 세 개를 주면서 역시 뼈대 있는 가문의 아들을 보려 한다는 심리 말이야.

— 결국 사람 사는 모습은 어디 가나 마찬가지군요. 이것 역시 우리 고장의 특수성이자 동시에 보편성이라고도 할 수 있겠는데요.

정 선배와 대화를 나누면서 나는 문득 그런 생각이 들었다. 과연

한 지역의 특수성만을 고집할 수 있을까? 그 특수성만을 가지고 지역의 정체성이 잘 드러난다고 확언할 수 있을까?

온 지구촌에 세계화의 물결이 거세게 일 때, "가장 한국적인 것이 가장 세계적인 것이다."라는 말이 유행했었다. 언감생심! 이 말은 미국적인 것이 가장 세계적이었던 시대에 언젠가 한국적인 것도 세계 시장에 진출할 수 있는 날이 오기를 염원하는 희망 사항이라고 생각했다.

그런데 놀랍게도 오늘날 '방탄소년단(BTS)'을 비롯한 K-Pop을 시작으로 드라마, 영화에 이르기까지 이른바 K-문화가 세계무대를 휩쓸고 있지 않은가. 이것은 한국적인 것이 가장 세계적인 것이 아니라 한국적인 것에 숨어 있는 세계적인 보편적 속성을 찾아내어 한국적인 것으로 표현한 노력의 결과가 아닐까 하는 생각이 들었다. 그것은 한국의 특수성만을 고집하지 않았기 때문에 다른 나라 사람들도 받아들일 수 있었을 것이다. 이제는 세계무대로 뻗어나간 K-문화에서 오히려 숨어 있는 한국적인 것을 찾아내는 작업이 관심거리가 되고 있을 정도이니…….

이런 관점에서 보면 윤이상 선생은 선구자임이 틀림없다. 서구적인 교향악에 동양적인 신비, 특히 통영의 정서를 스며들게 한 것은 세계적인 보편성 속에 통영의 특수성을 잘 아우른 것이기 때문이니까.

지난번 고향에 왔을 때, 민 교장과 통영국제음악당에 갔었다. 그곳은 윤이상 선생을 기리며 세운 음악당이다. 예전에 관광호텔이 있었던 자리였다. 학창 시절, 학급별 소풍을 갔던 곳이기도 했다. 이제는 고급 호텔급 리조트가 음악당 아래위를 에워싸고 있다. 음악당 아래 요트 계류장으로 화려하게 변신한 도남동 발개 포구는 거룻배를 타고 노를 저어 한산도 앞 대섬까지 낚시하러 갔던 출발지이기도 했었는데…….

민 교장은 이곳에 오는 세계적인 음악가들이 두 번 놀란다고 했다. 첫 번째는 음악당에서 바라보는 통영항과 한려수도의 아름다운 풍광에 놀라고, 두 번째는 음악당의 음향 시설에 놀란다고 했다. 그러면서 <반 클라이번 국제 피아노 콩쿠르>에서 우승한 임윤찬 군이 통영국제음악당에서 연주회를 가졌노라고 자랑했다.

내가 놀라서 서울도 아니고 통영에서 어떻게 제일 먼저 연주회를 개최했냐며 물었더니, 임윤찬 군이 이미 통영에서 열린 2019년 <윤이상 국제 피아노 콩쿠르>에서 15세의 나이로 최연소 우승을 하고 나서 다음에 꼭 이곳에 와서 연주회를 갖겠다는 약속을 했었단다. 그러고 보니 민 교장이 자랑할 만도 하다.

사실 부끄러운 고백이지만, 고등학교 시절 목청껏 불렀던 교가가 '유치환 작사, 윤이상 작곡'이었는데, 그분들의 이름이 가진 무게가 어떤 것인지를 느끼게 된 것은 대학에 들어가고 난 뒤였으니…….

음악당 건물 안에 있은 카페에서 차를 한잔 마신 뒤, 윤이상 선생을 추모하는 공간을 찾았다. 고향에 돌아와서도 선생은 여전히 경계인으로 자리하고 있었다. 약간 볼록한 너럭바위에 초서체로 새겨진 글자가 눈길을 사로잡았다. '처염상정處染常淨'.

베를린에 있던 선생의 묘비에 새겨진 글자를 이곳에는 서체만 바꾸어 그대로 옮겼다고 한다. 내가 알기로는 본래 연꽃의 덕성을 나타내는 구절에서 따온 말이다.

종자부실種子不失,
처염상정處染常淨,
화과동시花果同時.
연꽃은 그 씨앗이 결코 사라지지 않으며,
더러운 진흙탕에서 피어나지만 오염되지 않고 언제나 깨끗하니,
꽃과 열매가 동시에 맺는도다.

연꽃의 덕성 중 가장 으뜸이 되는 것이 바로 '처염상정'이니 선생의 생애를 가장 잘 나타낸 구절인지도 모른다. 진실은 늘 그늘 속에 숨어 있는 경우가 많다. 때로는 어둠 속에 묻히고 무늬만 진실이라고 떠드는 목소리만 커지지 않던가. 살아생전 독일에서 선생이 그리워한 고향의 색깔은 무엇이었을까? 나는 한동안 깊은 상념에 잠겼었다.

— 정 선배, 요즘 들어 고향에 관한 생각을 할 때마다 왜 그리움이라는 단어가 먼저 떠오를까요?

나는 긴 상념에서 깨어난 사람처럼 불쑥 그리움이란 단어를 뱉어냈다. 정 선배가 말했던 그리움도 나이를 먹는다는 말이 계속 맴돌았기 때문이었을까.

— 특히 고향 노래를 들을 때 더 그렇지 않던가? 나이가 들면 더 더욱 그렇고…….

— 맞아요. 고향 노래는 왜 한결같이 슬픔의 흔적이 배어 있는 걸까요? 고향에 대한 노래를 들을 때마다 가슴 한구석이 찡하게 울리는 뭔지 모를 슬픔 같은 것이 아지랑이처럼 모락모락 피어오르니 말입니다. 그래서 그리움은 늘 징검다리로 건너오는지도 모릅니다.

심지어 나훈아의 「고향역」 같은 빠른 템포의 노래나 고려가요 「청산별곡」에서 '얄리얄리 얄라셩 얄라리 얄라'라는 후렴구의 경쾌한 리듬에 손뼉을 치며 장단을 맞추어도 가슴 한구석에서는 그리움이라는 감정이 저미어 옴을 느끼니 말이다. 이탈리아 가곡 「돌아오라 소렌토로」를 들을 때에도 비슷한 감정을 느끼는 걸 보면, 고향에 대한 그리움의 정서는 세계 보편적인 것이 아닌가 싶다.

— 그래서 우리는 현실에서 쉽게 찾을 수 없는 것들에 대한 그리움을 멈추고 살아갈 수는 없는지도 모르지. 물론 때로는 그리움 때문에 마음 다칠 수도 있지만, 그리움이야말로 인간이 가진 가장 슬프고도 아름다운 정서가 아닐까 싶어.

정 선배도 지그시 눈을 감으며 회상에 잠기는 표정을 짓는다.

글과 그림, 그리움은 '그리다'에서 나온 말들로 어원이 같다고 한다. 활자로 그려내면 글이 되고, 악보로 그려내면 음악이 되고, 화폭에 그려내면 그림이 되며, 마음에 그리면 그리움이 된다. 그래서 작가와 음악가와 화가는 우리가 버리지 못하는 슬픔의 그리움을 온몸으로 불살라 인생이라는 눈부신 작품을 창조하는 사람들이다. 그들은, 그리움은 그리움의 무게로 끝끝내 닿지 못하는 그리움을 가슴으로 그려내었으니, 그것을 우리는 명작이고, 명곡이며, 명화라고 부르는 것이 아닐까.

그런 이심전심의 마음 때문이었을까. 정 선배와 나는 산양일주도로를 따라 오랜만에 노을을 구경하기로 했다. 가는 길에 먼저 박경리 선생의 묘소를 참배하고, 달아 공원에 가기로 했다.

음악당에서 얼마 가지 않아 먼저 '수륙터'를 지난다. 예전에 공설해수욕장으로 이용한 곳이기도 하다. 한산도가 바로 지척에 보인다. 정 선배가 뭔가 생각난 듯이 말문을 연다.

— 강 작가, 임진왜란 관련 공부하려면 이곳 수륙터에 관한 것도 알아야 할 텐데…….

— 예. 임진왜란 때 병으로 죽은 병사들의 영혼을 달래주기 위해 수륙제水陸祭를 지냈던 곳이라 정도 알고 있습니다만.

— 맞아. 이미 오래전부터 그 흔적은 찾을 수 없지만, 이 부근에 이순신 장군이 가장 아꼈던 장수 중 한 분의 무덤이 있는 것으로 보아 제를 지낸 것이 분명해. 그래서 이 동네를 수륙마을이라고 부르니까 말일세. 아쉽게도 「난중일기」에는 그 장수의 이름이 나오지 않지만, 우리 통영에서 이름만 들어도 알만한 분들이 그분의 후손들로 알려져 있지.

다음을 박경리 선생의 묘소를 찾았다. 묘소를 참배하면서 정 선배는 원주에 선생님을 만나러 갔던 이야기를 들려주었다. 선생님께 고향도 한 번 방문할 겸, 통영에서 문학 강연을 해주십사 요청할 목적으로 갔었단다. 그때는 대하소설 「토지」를 한창 쓰고 계실 때라 시간을 내기도 쉽지는 않았겠지만, 문제는 현대화된 고향을 모습을 보게 되면 쓰고 있는 「토지」의 옛 통영 이야기에 대한 이미지가 깨어져 작품을 쓰는 데 방해가 될까 봐 걱정하시더라는 거였다. 결국 살아생전 고향에 한 번 오시지 못하고 돌아가신 뒤에야 고향에 모시게 된 것을 정 선배는 지금도 안타까워했다.

달아 공원에서 바라보는 한려수도 물빛은 언제 보아도 좋다. 케이블카를 타고 미륵산 정상에서 사방팔방으로 바라보는 다도해의 풍광은 더할 수 없이 아름답지만, 저녁놀은 달아 공원에서 욕지도 방향으로 바라보는 것이 더 좋아서였다. 그래서 통영에 올 때마다 한 번씩 이곳을 들리곤 한다. 바다를 꾹 눌러 올망졸망 서로의 어깨를 견주고 앉아 있는 섬들 사이로 사위어 가는 빛의 그림자를 담는 것이 기억에 남았기 때문이리라.

오늘도 통영바다는 쪽빛, 그 푸른 그리움으로 젖어 있다. 소금기 머금은 바닷바람을 안고 서쪽 하늘은 붉은 가슴을 조금씩 가라앉히기 시작한다. 마침내 한려수도 자디잔 물비늘 너머로 노을이 진다. 저 노을처럼 이 세상 저물지 않는 것이 어디 있으랴. 우리 생애도 한 순간인 것을. 그러나 어둠이 깃을 치는 일몰 시각까지도 남아 있는 은은한 미광微光, 내일의 씨앗 같은 희망을 담고 있음을…….

제4장
활인검活人劍

그야말로 연전연승이었다. 사천 앞바다 싸움에서 귀선이 처음 출동하여 눈부신 활약을 펼친 이후 당포, 당항포, 율포 앞바다에서 왜적을 크게 무찔렀다는 승전보가 연이어 날아들었다. 전라 좌수영에서는 우레와 같은 환호성이 터져 나왔다. 태귀련과 이무생도 손을 맞잡고 같이 함성을 질렀다. 이곳뿐만이 아니었다. 좌수영이 직접 관할하는 5관과 5포에서도 승전보의 기쁨을 함께했다는 것이다.

5관은 순천, 보성, 광양, 낙안, 홍양 지역을 말하고, 5포는 방답, 사도, 발포, 여도, 녹도를 일컫는 것인데, 좌수사 영감님을 보좌하는 장수들이 현감, 첨사, 만호라는 이름의 직책으로 지키고 있는 곳이었다. 태귀련과 이무생을 구해준 것이나 다름없는 정운 나리가 바로 녹도를 지키는 만호였다.

사천 앞바다 싸움에서 좌수사께서 왜적의 철환을 맞고 얼마 지나지 않아 곧바로 수군을 이끌고 싸움터에 나갔던 터라 좌수영에 있는 사람들 모두 걱정하는 마음이 이루 말할 수 없었다. 물론 모두 좌수사 영감님을 불사신으로 불렀기에 반드시 이길 것이라 믿었지만, 그래도 마음 한구석에는 불안한 마음이 찌꺼기처럼 남아 있었던 터였다. 그런 마음을 깨끗이 씻어주기라도 하듯 연이은 승전 소식은 많은 사람이 감격의 눈물까지 흘리게 하고, 환호성까지 자아내게 했다. 조선 곳곳이 왜적의 발아래 짓밟히고 있는 소문만 듣고 있던 마당에 이곳 수군만이 연승을 거두고 있다는 소식은 그야말로 하늘이 내려주신 천금과도 같은 귀한 것이었으니…….

그동안 새로운 생활에 적응하느라 어려움을 겪으면서 웃음기를 잃어버린 이무생의 얼굴에도 화색이 돌았다. 이무생뿐만이 아니었을 것이다. 전란 속에서 온 나라가 왜적의 발아래 쑥대밭이 되어가는 지경이었다. 심지어 임금조차 한성을 버리고 더 북쪽으로 피신길에 올랐다고 하니 한갓 풀잎 같은 백성들의 목숨이야 어떻게 살아남을 수 있단 말인가. 그러나 좌수사 영감님이 지키고 있는 이곳 남쪽 바다에서만큼은 목숨이 담보된다는 그 사실 하나만으로도 안도의 한숨을 쉴 수 있게 되었으니 말이다.

— 형님, 이제야 일이 손에 제대로 잡힐 것 같습니다.

이런 말까지 하는 걸 보면 그동안 이무생이 얼마나 마음을 졸이며 하루하루를 보냈을까 하는 생각에 태귀련도 마음 한구석이 울컥했다. 일본에서 보낸 세월도 가슴 졸이기는 마찬가지였지만, 서로 죽이고 죽임을 당하는 전란 터 한복판에서 느끼는 죽살이의 긴장감은 마치 날이 선 칼날 위에 얹힌 무명실처럼 어느 순간 끊어질지도 모른다는 고빗사위 같은 것이었다.

— 그래. 이제 동생도 시키는 일이라면 마다하지 말고 하고, 함께 좋은 칼도 한번 만들어 보자고.

태귀련도 이무생의 태도에 마음이 놓였다. 이제는 좌수사께서 왜적을 모두 물리칠 때까지 작은 것이나마 보탬이 되는 일을 해야겠다는 다짐을 했다.

발 없는 말이 천 리를 간다고 했던가. 좌수사 영감님이 이끄는 우리 수군의 승전 소식은 순식간에 사방팔방으로 퍼져 나갔다. 특히 바다 싸움 근처 산에서 왜적을 피해 숨어 있던 사람들은 우리 수군이 왜선을 격파하는 것을 직접 보고는 이제야 살길을 찾았다고 기뻐했고, 그중에는 좌수사께 왜놈들이 가고 머문 곳을 알려주는 사람까지 있었다고 했다. 그러자 좌수사께서는 포획한 왜선에 남아 있던 곡식들을 그곳 사람들에게 나누어 주기까지 했다는 것이다.

이런 소식으로 좌수영에는 하루가 멀다고 피란민들이 밀물처럼 밀려들었다. 좌수사께서는 밀려드는 피란민들을 마다하지 말고 받아들이라 했고, 진영 부근 마을 여러 곳에 나누어 살게 하도록 지시하셨다.

태귀련은 좌수사 영감님의 이와 같은 배려도 대단하다고 생각했지만, 특히 왜선에 붙잡혀 있던 조선 포로들을 구할 때 지시했다는 말씀이 가슴에 더 와닿았다.

"왜선에 붙잡혀 있는 우리나라 사람을 찾아내 살려 돌아오게 하는 것은 왜놈의 머리를 베는 것과 다르지 않다. 그러니 왜선을 불태울 때 특별히 찾고 조사해 절대 함부로 죽이지 말라."

좌수사 영감님의 명령 덕분이었을까? 우리 수군은 여러 명의 포로를 살려냈는데, 역시 이번에도 정운 나리께서 앞장섰다고 했다. 알고 보니, 바다 싸움을 할 때마다 좌수사를 보좌하는 장수들의 역할 위치가 각각 다르다고 했다. 옥포 앞바다에서 태귀련과 이무생이 사로잡힐 때, 정운 나리는 후부장을 맡았으므로 전술상 맨 뒤쪽에 있어야만 했다. 그런데 선봉장이나 척후장을 맡은 장수들이 빨리 적진으로 나아가지 않으니까 정운 나리께서 배를 몰고 앞장서 나갔다는 것이다. 덕분에 태귀련과 이무생이 탄 배가 정운 나리에게 붙잡히게 된 결과를 가져온 것인지도 모르지만…….

이와 같은 여러 가지 상황과 이곳 진영에 관련된 소식들을 그나마 잘 알게 된 것은 공태원이라는 사람을 만나게 되면서부터였다. 태귀련과 이무생이 이곳 좌수영에 왔을 때 그들이 하루빨리 적응할 수 있도록 도와준 사람이 바로 공태원이었다. 그 역시 왜구들에게 포로로 붙잡혀 일본에 끌려갔다가 돌아온 사람이라고 했다. 그런데 그는 태귀련과 이무생처럼 우리 수군에 의해 붙잡혀 다시 돌아온 경우가 아니었다. 그 점이 궁금해서 태귀련이 물었었다.

— 포로로 끌려간 사람이 어떻게 다시 조선으로 돌아올 수 있었습니까?

그러자 그는 약간 거들먹거리는 몸짓으로 너스레를 늘어놓았다.

— 내가 왜구 놈들한테 붙잡혀 가서 개고생했는데 말이야. 몇 년 뒤, 왜놈들이 우리 조정에 통신사를 보내주라고 간곡히 요청했다는 거야. 그러자 우리 조정에서 내세운 조건이 뭐였냐 하면, 나처럼 포로로 잡혀갔던 130여 명을 돌려보내라고 했다는 거지. 거기에다 일본에 망명했던 사화동이라는 사람과 우리나라 침입을 주도했던 왜구 신삼보라, 긴요사라, 망고사라 세 명도 같이 보내라고 했다네. 그래서 정해년(1587년), 그때 내가 돌아왔단 말이지.

아니나 다를까. 공태원의 말투는 어딘가 모르게 조금 허세가 묻어나는 듯했다. 조선과 일본이 서로 의논하고 절충하여 조선이 일본에 통신사를 보내주는 조건과 포로 교환이라는 결과로 풀려났으니 알고 보면 자신이 보통 사람은 아니라는 생색을 넌덕스러운 모습에 담고 있는 듯했으니까.

그렇더라도 분명한 것은 그가 머리를 잘 굴리는 사람이라는 사실이었다. 태귀련과 같은 대장장이 입장으로는 그런 그가 대단해 보이기까지 했다. 그러니까 좌수사 영감님의 부름을 받아 이곳 좌수영에서 진무라는 일을 맡고 있지 않겠는가 싶었다. 좌수영 관할 지역인 5관 5포에 대해서도 그를 통해서 알게 되었고, 좌수사를 보좌하는 여러 장수들에 관한 이야기뿐만 아니라 이곳의 소소한 사정까지 속속들이 잘 알고 있었다. 한 마디로 오달진 소식통이었다고나 할까. 태귀련과 이무생이 이곳에 와서 난생처음 보았던 귀선도 실질적으로는 나대용이라는 선소 군관이 있었기에 가능했다는 사실도 그를 통해 알게 되었던 것이다.

— 그런데 전라 우수영은 전라도 왼쪽 끝 해남에 있다는데, 왜 그곳이 우수영이고 이곳이 좌수영입니까?

이무생이 자신이 생각하기에는 뭔가 이상하다 싶어 물었다.

— 무식하기는……. 하기야 대장장이가 그걸 알아 뭘 하겠어. 그건 말이야. 임금님이 남쪽을 내려다보시고 전라도 맨 오른쪽이 해남이니까 우수영이고 우리가 왼쪽이니까 좌수영인 거야. 경상도도 마찬가지. 맨 왼쪽에 있는 동래가 경상 좌수영이고, 오른쪽에 있는 거제가 경상 우수영이지.

— 아, 그렇게 되는 거군요.

— 한마디 덧붙이자면, 자존심이 상하는 얘기지만 말이야. 우리 영감님이 지키는 이곳 전라 좌수영이 제일 작은 규모거든. 우리는 5관 5포지만, 전라 우수영은 12관 15포를 거느리고 있지. 경상 우수영도 8관 16포고, 경상 좌수영은 무려 18관 16포를 거느리고 있단 말씀이야.

— 그렇다면 옥포 쪽은 경상 우수영 관할 같은데, 왜 우리 좌수사께서 거기까지 가서 싸우셨는지요?

— 그게 바로 문제였거든. 왜적들이 부산포를 쳐들어올 때 경상 좌수영과 우수영 수군들이 앞서 막았더라면 부산진성과 동래성이 그렇게 허무하게 무너졌겠어? 어이없게도 경상 좌수사는 뭍으로 도망가고, 경상 우수사도 뭍으로 도망가려다 판옥선을 부수어 바다에 가라앉히고는 할 수 없이 우리 영감님께 도움을 요청한 것이여. 규모도 크고 수군들만 많으면 뭐 하나. 높으신 양반들이 싸울 능력

이 없는데 말이야. 기가 막힐 노릇이지. 하기야 우리 영감님이 그곳까지 가서 왜적을 물리친 덕분에 자네들이 살아남을 수 있었구먼.

— 듣고 보니 그렇군요. 그런데 어째 나리는 모르는 것이 하나도 없는 것 같소?

이무생이 신기하다는 듯이 물었다.

— 허허, 내가 이래도 우리 영감님이 정읍 현감으로 계실 때부터 모셨던 사람이야. 그래서 누구보다 잘 알 수밖에…….

공태원은 다시 한번 어깨를 건들거리며 입찬소리를 뱉어냈다. 그렇더라도 그의 입심과 재주 하나는 알아줄 수밖에 없었다. 무엇보다도 그는 태귀련과 이무생보다 일본에 오래 있지도 않았는데, 일본말은 그들보다 훨씬 더 잘했다. 나중에 알고 보니 좌수사께서 왜군 포로를 심문할 때 공태원을 불러 일본말을 우리말로 전하는 일을 시킨다고 하니 그들과는 차원이 다른, 정말 똑똑하고 대단한 사람으로 보였다. 심지어 왜군 포로를 심문하면서 좌수사께서는 공태원을 통하여 적진에서 일어나는 일과 왜적이 우리 수군을 정탐하고 감시하는 절차 등을 따져 묻게 한다고 하니 실로 보통일을 하는 사람이 아님이 분명했다.

그래서 뿐만 아니었다. 그에게 친밀감을 느낄 수밖에 없었던 것은 공태원 역시 태귀련과 이무생에게 동병상련을 마음을 갖고 있었기 때문이었다. 그 또한 왜구들에게 포로로 붙잡혀 갔다는 사실 때문에 태귀련과 이무생이 대장장이임에도 불구하고 스스럼없이 대해주는 것인지도 몰랐다.

— 말도 마시게. 나 역시 처음에는 자네들과 마찬가지로 왜놈들과 내통한 놈이라고 손가락질당하며 왜놈이라는 소리까지 들었다네.

공태원 같은 사람마저도 처음에는 그런 소리까지 들었다는데, 태귀련과 이무생과 같은 대장장이 따위는 더 말해 무엇 하겠는가. 그의 말을 듣고 나니 그동안 이곳 사람들의 곱지 않은 시선에 대해 불편한 마음을 가졌던 것이 오히려 한갓 사치였다는 생각까지 들었다.

한편 공태원을 통해서 왜적에게 포로로 잡혀 있다가 다시 살아온 우리나라 사람들의 사정도 들을 수 있었다. 특히 당항포와 율포 앞바다 싸움에서 정운 나리께서 데리고 온 열세 살, 열네 살 남자아이의 경우는 모두 머리카락을 잘라 왜인들 모습을 하고 있었는데, 그들이 겪은 사연이 남의 일 같지 않아 가슴이 먹먹했다. 열세 살 아이의 사연은 대충 이랬다.

"저는 동래 동문 밖에 살았는데, 전란이 일어나자 부모를 따라 동래성으로 들어갔습니다. 사월쯤 왜적이 몰려와서 성을 여러 겹으로 둘러쌓았습니다. 그리고 성이 함락되자 닥치는 대로 사람들을 죽였습니다. 저는 허겁지겁하는 사이 부모와 형을 잃어버렸습니다. 어디로 갈지 몰라 허둥대고 있을 때, 왜적에게 붙잡혀 부산포에 있는 배에 실렸습니다. 배가 어디로 가는지도 몰랐고, 어느 때는 몇 척씩 부대로 나누어 도적질했고, 마을을 불태우고 재물을 빼앗고 소와 말을 칼로 해치고 벼와 곡식, 잡다한 물건을 그 배로 날라 싣기를 두 번, 세 번 거듭했습니다. 저에게 주는 아침과 저녁밥에는 모래와 흙이 반이나 섞여 있었습니다."

열네 살 아이는 전란을 피해 부모를 따라 산에 들어갔는데, 굶주림 때문에 가까운 들판 보리밭에서 이삭을 주워 먹으려 내려왔다가 왜적에게 붙잡히고 말았다고 했다. 구출된 날에는 왜적이 영등 근처 기슭에 배를 정박시키고 민가에서 빼앗은 물건들을 햇볕에 말리고 바람을 쐬고 있을 때, 우리 수군이 갑자기 돌격해 나왔다고 했다. 순식간에 왜군은 엎어지고 넘어지며 갈팡질팡하다가 곧 닻줄을 자르고 큰 소리로 떠들며 배에 올랐고, 자신은 멀리 바깥 바다로 도망치다가 힘이 다해 기진맥진할 때 우리 수군에게 붙잡혀 다시 살아오게 되었다고 했다.

모두 정운 나리께서 구한 아이들이었다. 물론 좌수사께서 포로를 구할 때 "특별히 찾고 조사해 절대 함부로 죽이지 말라."라는 말씀 덕분일 수도 있었겠지만, 어쨌든 아이들을 직접 구한 정운 나리가 새삼 우러러보였다.

태귀련과 이무생이 자신이 들려주는 이야기에 놀라고, 한편으로는 정운 나리에 대해 각별한 존경심을 보이자, 공태원은 정운 나리에 대한 다른 이야기도 자랑처럼 떠벌렸다.

— 녹도 만호 그분은 성격이 호방하고 의협심이 많아. 그만큼 고집도 세다는 얘기지. 그러니까 남이 하는 대로 잘 따라 하지 않으려

하지. 그런 면에서 다른 장수들에게는 독불장군처럼 보일 수밖에. 의롭지 못한 것을 보면 의기가 북받치는 성격이라 평소에도 절개와 의리에 따라 죽을 수 있다고 입버릇처럼 말씀하시는 분이니까. 그 분이 차고 있는 칼에 '정충보국貞忠報國'이라는 글자를 스스로 새겼다고 할 정도니까 말이야.

공태원은 자신이 많은 것을 알고 있다는 사실을 자랑이라도 하려는 듯 또다시 어깨를 으쓱대며 목소리에 힘을 주었다.

— 칼에 스스로 글자를 새겼다고요?

태귀련과 이무생은 마치 약속이나 한 듯이 한목소리로 물었다.

— 허허, 이 사람들 보게. 내 말이 진짜라니까. 정말 못 믿겠으면 나중에 만호 나리께 청하여 한 번 보여줄까?

두 사람이 동시에 한 목소리로 묻는 태도에 깜짝 놀란 공태원이 자기 말이 진짜라는 사실을 확인이라도 해줄 듯이 설레발을 쳤다.

태귀련과 이무생은 눈빛만으로도 서로의 마음을 읽고 있었다. 언젠가 좌수사 영감님과 정운 나리께 보은의 칼을 만들어 드리자. 두 사람은 서로가 품은 같은 마음을 가슴에 새겼다.

연이어 전해진 승전보에다 공태원과 차츰 친하고 가까운 사이가 되어가다 보니 평소 말이 없던 이무생도 이제는 태귀련에게 농담까지 거는 모습을 보이기도 했다. 공태원이 태귀련을 자꾸 태구련으로 부르자 이무생도 맞장구를 쳤다.

— 형님, 잘 되었네요. 이참에 부르기 편하게 태구련으로 합시다.

우리 고향 경상도식으로 말하면 이게 훨씬 편하지요. 더구나 태귀련으로 부르면 여자 이름 같기도 하고 말이요.

이무생의 이런 농담에 태귀련은 오히려 마음이 한결 더 가벼워졌다.

— 허허, 예전에는 내 성씨를 가지고 놀리더니만, 이제는 이름 가지고 그러네.

— 우리 고향에서는 태씨 성을 가진 사람을 한 번도 본 적이 없었으니까 그랬지요.

이무생은 겸연쩍은 듯 다소 어색한 미소를 머금었다.

— 하기야 대장장이 주제에 성씨가 무슨 상관이냐. 그래 동생 네 말대로 주변에 쉽게 찾아보기 힘든 성씨임은 분명하지. 나도 윗대 어른들한테서 들은 게 전부지만, 그래도 명색이 발해 고왕 대조영의 후손이라고 하더라고. 그런데 발해 멸망 후 고려로 망명해 오면서 태씨로 바꾸었다고 하더구먼. 그러니까 우리 조상들이 주로 북쪽에 자리를 잡았는데, 내 윗대 어른들은 살기가 얼마나 팍팍했으면 이곳 먼 남쪽까지 내려왔을까. 그러니까 대대로 대장장이로 살아왔겠지만 말이야.

— 형님 고향 김해 쪽은 오랜 옛날부터 좋은 쇠로 이름난 곳이 아닙니까. 조상님들이 그것을 잘 알고 터를 잡은 것이겠지요.

— 허허, 동생은 듣기 좋은 말만 골라서 하네.

— 아닌 말로 대장장이가 뭐 어때서요. 우리도 천한 신분이지만, 소를 잡습니까? 사람을 죽입니까? 농사짓는 데 없어서는 안 될 농

기구 만드는 사람 아닙니까.

이무생은 예전과는 달리 제법 목소리에 힘을 주었다.

— 이제는 사람 죽이는 칼을 만들고 있지 않은가?

— 그건 우리가 원해서 한 일이 아니잖습니까? 형님!

— 그렇지만, 이젠 옛날로 돌아갈 수도 없는 노릇 아닌가. 그러니 지금부터는 진짜 좋은 칼을 만들 수밖에…….

— 진짜 좋은 칼이라뇨? 그럼, 지금까지는 좋지 않은 칼만 만들어 왔다는 말입니까?

이무생의 목소리가 점점 더 높아졌다.

— 그런 말이 아니야. 사람을 죽이는 데 쓰이는 칼도 방법에 따라서는 사람을 살리는 칼도 될 수 있다는 말도 있지 않은가. 그런 좋은 칼 말일세.

태귀련은 오히려 차분하게 목소리를 가라앉혔다.

— 저도 들은 적이 있습니다. 활인검 말이지요.

— 맞아. 활인검! 좌수사 영감님의 칼이야말로 진짜 활인검이어야 하네. 뽑아 들지 않고 보기만 해도 적들이 두려워서 도망칠 수밖에 없는 그런 큰 칼 말일세. 아니 그런 칼이 있다는 소문만 듣고도 무서워서 감히 쳐들어오지도 못하게 할 수 있는 칼, 그래서 만백성을 구하는 칼이야말로 바로 활인검이 아니겠는가?

태귀련은 단전에 힘을 모아 숨을 내뱉듯 목소리에 기를 모았다.

— 그렇다면 형님은 어느 정도 큰 칼을 만들고 싶은지요?

— 우리가 일본에서도 만들어 보지 못한, 아니 보통 사람들이 생

각조차 하지 못한 큰 칼이 되어야 한다고 생각하네.

— 형님이 생각하는 그런 큰 칼을 과연 우리가 만들 수 있을까요?

이무생은 아직도 감이 잡히지 않는다는 듯이 물었다.

— 나도 장담할 수는 없지만, 천지신명께 우리 목숨을 걸고서라도 만들어 봐야지. 그러니 동생은 좋은 쇠부터 구할 수 있는 방법을 찾아보게.

— 예. 형님, 좋은 쇠를 구하는 것이 보검의 첫걸음이지요.

태귀련의 말을 들은 이무생도 가슴이 벅차오르는지 결의에 찬 얼굴로 말했다. 그리고 임진년 칠월 초여드렛날, 한산섬 푸른 물결을 타고 파도와도 같은 엄청난 소식이 들려왔다.

제5장

한산섬, 어제와 오늘

한산도는 고려시대 거제현에 속한 곳으로 「경상도 속찬지리지」에 '한산도 목장'이라는 기록이 있는 것으로 보아 국가에서 말을 놓아기르는 방목장으로 관리되던 곳이었다. 고려시대부터 조선시대에 이르기까지 우리나라 남쪽 해안지역은 왜구들이 수시로 침범하여 양민을 죽이고 재물을 약탈하였다. 그 때문에 특히 섬 지역은 사람이 살기 어려울 수밖에 없었다. 그래서 조정에서는 섬을 비우는 공도空島 정책이니, 육지로 이주시키는 쇄환刷還 정책이라는 대책이 나왔던 것이다.

일설에 의하면, 남해안 지역 마을의 굴뚝은 대체로 처마 아래 낮게 설치한 것으로 나타나는데, 이것은 연기를 낮게 퍼지게 하여 왜구들에게 노출되는 것을 막기 위해서였다고 한다. 또한 싸리나무를 땔감으로 사용하기도 했다는데, 이것 역시 연기가 잘 나지 않고, 불에 잘 타는 싸리나무의 속성을 활용한 것이라고도 한다. 6.25 때 지리산 빨치산들이 자신들의 위치를 들키지 않기 위해 싸리나무 땔감을 사용했다고도 하니까 인간의 생존 본능이 삶의 지혜를 터득하게 된 것이 아닐까 싶다.

이처럼 비어있던 한산도에 사람이 살기 시작한 것은 1560년경부터라고 알려져 있다. 그때는 매우 적은 숫자였고, 많은 사람이 한꺼번에 들어오게 된 것은 역시 이곳에 삼도수군통제영이 설치되고 난 뒤부터였다. 이순신 장군의 지휘 아래 각종 군수물자를 지원하고 자급자족하기 위한 많은 인력이 필요했기 때문이었다. 또한 전라좌수영에서 일하던 사람들도 일부 이곳으로 왔고, 한편으로는 뭍에서 난을 피해 살길을 찾아온 사람들도 대거 유입된 것으로 보인다.

세종실록에 따르면, 세종 1년(1418년) 삼군도체찰사 이종무 장군이 병선 227척, 군사 17,285명의 대군을 이끌고 대마도 정벌에 오른 출전지가 바로 지금의 한산면 추봉리 추원 포구였다. 이와 같은 역사적 사실을 비추어 볼 때, 한산도는 사람이 살기 이전부터 해상 전략의 요충지였던 곳이다. 이순신 장군이 한산대첩 이후 통제영을 한산도에 설치한 것도 이곳이 전략상 얼마나 중요한 곳인지를 잘 알고 있었기 때문이었다. 그 까닭을 충무공은 <현덕승에게 보낸 편지(1593년 7월 16일)>에 다음과 같이 적고 있다.

"호남은 국가를 지키는 최후의 보루입니다. 만약 호남이 없어진다면 이는 국가가 없어지게 되는 것입니다. 이 때문에 어제 한산도로 나아가 진을 쳤고, 바닷길을 끊고 저지할 계획입니다."

한산도가 행정구역상 지금처럼 거제에서 통영으로 편입된 것은 1900년부터이며, 한산면은 64개의 크고 작은 유·무인도로 이루어져 있다. 그중 대표적인 섬은 한산 본섬을 비롯하여 비산도, 좌도, 추봉도, 용초도, 비진도, 죽도, 대매물도, 소매물도, 가왕도, 장사도, 상죽도 등이 있는데, 나는 좌도, 추봉도, 용초도, 비진도, 매물도와 장사도 심지어 가왕도까지도 가봤지만, 이상하게도 한산 본섬의 여러 마을을 모두 둘러본 적이 없었다. 물론 본섬에 있는 제승당은 여러 차례 간 적이 있지만 말이다. 그래서 한산 통제영 시절의 이야기를 소설 속에 담기 위해서는 통제영 중심지였던 한산 본섬에 대한 현지답사가 꼭 필요했다.

마침 운 좋게도 이웃에 한산도가 고향인 고등학교 동기가 살고 있어 자초지종을 얘기했더니 바로 흔쾌히 나서 주었다. 한산도에 아직도 고향집이 있다면서 1박 2일의 일정으로 자신이 직접 안내해 주겠노라 했다. 그것도 주말을 택해 자신의 차로 운전까지 하면서 말이다. 미안하고 고맙기 이루 말할 수 없었다.

그래서 나는 통영에 가면 먼저 점심이라도 대접하고 현지답사에 드는 부대비용과 경비 일체를 부담할 생각이었지만, 친구는 그것마저도 한사코 거절했다. 친구의 말인즉, 한산도 이야기를 쓰려는 친구에게 부담을 주지 말고 각별히 신경 써서 안내하라고 아내가 신

신당부하더라는 것이다. 그런 친구의 호의를 거절할 수 없어 그대로 따를 수밖에 없었다.

통영에 도착한 후, 곧장 차를 싣고 다니는 여객선을 타고 한산도로 향했다. 내가 알기로 예전에는 제승당만 가는 유람선이 따로 있었다. 그러니까 한산도 주민들을 위한 일반 여객선은 제승당에 가지 않았었다. 그런데 지금은 차를 실을 수 있는 여객선이 맨 먼저 제승당 선착장으로 들어가는 것이었다. 그 이유는 남동쪽 선착장에서 출발하여 제승당 남서쪽 마을까지 한산도 일주도로가 뚫려 있어 차로 갔다가 다시 돌아올 수 있기 때문이었다. 그러니까 이제는 통영에서 제승당까지 가는 방법으로 여객선과 유람선, 또는 요트까지 다양한 경로로 갈 수 있도록 선택의 폭이 열려 있었다. 이처럼 예전과 많이 달라진 여건들을 보면서 나 또한 고향에 자주 들르지 못한 세월이 꽤 되었음을 실감했다.

제승당 선착장에 발을 내디디면서 나는 새로운 감회에 젖어 들었다. 예전에 이곳을 여러 차례 들렀을 때는 연수 아니면 관광이 목적이었지만, 이번에는 이순신 장군이 삼도수군통제사로서 3년 8개월을 지내는 동안 이곳 사람들이 치열하게 살았던 삶의 현장을 사실적으로 그려내야 한다는 마음이 앞선 탓으로 긴장감과 설렘이 발끝에서부터 전해 왔기 때문이다. 그래서일까? 호수같이 잔잔한 제승당 앞바다 수면을 비추는 햇살 조각과 제승당을 에워싼 울창한 숲까지 예전과는 다르게 보였다. 몇 번을 와도 늘 아름다운 풍광이었다. 수루를 에워싼 숲은 아직 단풍이 물들지 않았다. 깊은 가을은 좀 더 멀리 있었다.

내 개인적인 느낌으로는 단풍이 짙게 물든 가을 제승당이 가장 아름다웠다. "한산섬 달 밝은 밤에 수루에 홀로 앉아~"라는 시조를 비롯하여 이순신 장군이 남긴 여러 편의 글을 읽을 때마다 충무공은 무인이면서도 문인 못지않은 매우 감성적인 면을 가진 분이 아니었을까 하는 생각이 들곤 한다. 「난중일기」 1593년 7월 15일 일기를 보면 그런 면을 더 느끼게 된다.

"가을 기운 바다에 스며드니, 나그네 마음 어지러워 배의 뜸 아래 홀로 앉으니, 온갖 생각에 어지럽구나. 달빛이 뱃전에 드니 신비로운 기운이 맑고 서늘해져 자려고 해도 잠을 들 수 없었는데, 어느새 닭이 우는구나."

이처럼 일기 여러 군데에서 이런 감정들이 표출된 구절들이 있는 걸 보면, 남쪽 바다 달 밝은 밤의 수려한 풍광에 젖어 있던 순간에도 호시탐탐 어디서 나타날지도 모르는 왜적의 급습에 경계의 눈초리를 거둘 수 없었던 복잡한 심경을 어느 누가 헤아려 줄 수 있었을까? 삼도수군통제사가 짊어진 그 엄청난 짐의 무게와 외로움을…….

제승당을 바라보며 짧은 상념도 잠시 곧바로 친구의 고향집부터 갔다. 친구가 태어나서 중학교 때까지 생활했다는 고향 마을은 제승당에서 약 8km쯤 떨어진 한산면 염호리 대고포란 곳이었다. 이 마을은 한산 통제영 시절에 군수용 소금을 구워 공급한 염전이 있었던 곳이라 하여 염포鹽浦(염개)라 부르다가 고포羔浦로 이름을 고쳤고, 다시 대고포와 소고포 마을로 나누게 되었다고 한다. 마을 안내

표지판에 소개된 내용을 설명하면서 친구 역시 이순신 장군의 역사가 살아 숨 쉬는 고향에 대한 강한 자부심을 지니고 있었다. 한산도 친구다웠다.

— 우리 한산 본섬에서 가장 높은 봉우리인 망산(293.5m)에 올라 둘러보면, 한산도가 통영에서 남쪽으로 뻗은 미륵도와 거제도 서쪽 사이에 깊숙이 자리를 잡은 것을 한눈에 볼 수 있어. 그리고 한산면 사무소가 있는 진두 일대 남쪽 해안선은 매우 단조로운 데 비해 제승당 일대 동쪽과 서쪽 및 북쪽은 해안선이 복잡하고 깊숙이 들어온, 이른바 리아스식 해안을 이루고 있지.

이어진 친구의 설명에 따르면, 한산만은 나지막한 산기슭의 깊은 골짜기가 바닷물에 침수되어 형성된 익곡만溺谷灣으로 제승당을 중심으로 흡사 꽃게의 집게다리 모양을 하고 있단다. 그러니까 내만인 한산만은 다시 두 개의 작은 만으로 나누어지는데, 제승당 왼쪽 집게다리에 해당하는 개를 두억개(개목 안개)라 부르고, 오른쪽 집게다리에 해당하는 개를 염개라고 했다. 바로 염개의 끝자락이 친구의 고향 마을이었다.

그러고 보니 마을 입구까지 깊숙이 들어온 만은 수심이 낮고 잔물결조차 없이 잔잔했다. 물이 빠지면 모래 갯벌이 넓게 펼쳐져 밤이면 해루질하기에 그만이란다. 그런데 나중에 물이 빠졌을 때를 보니까 돌담으로 개막이를 해놓은 흔적이 남아 있었다. 밀물 때 물이 들어왔다가 썰물 때 물이 빠지면서 갇힌 고기를 잡는, 이른바 돌발이라고 했다. 그러니까 돌발의 한자어인 석염石簾의 발 '염'자를 써서 염포簾浦, 염개 등에서 이름이 유래되었을 수도 있다는 것이다. 그러고 보니 소금 '염'자와 발음이 같으니 어떤 식으로 불러도 염개가 되니까 말이다. 어쨌든 마을의 입지 조건으로 보면 통제영 시절 소금을 구워 공급했다는 염전이 있기에 안성맞춤인 곳으로 보였다.

이와 같은 두 개의 만 입구는 아주 좁고, 만의 안은 넓은 특징을 지닌 데다 한산만 입구 앞에는 대섬과 해갑도가 가로 놓여 있어 바깥 바다인 통영해만에서는 한산만의 존재는 물론 만의 크기와 모습을 알아보기 힘들게 되어 있었다. 바로 이러한 지형적 조건이 잘 알려진 대로 한산도 해전을 승리로 이끈 결정적 요인이었던 것이다.

그러니까 지형적 조건을 잘 활용한 충무공의 전투 전략이 얼마나 치밀했는지 가늠할 수 있었다. 한산도 해전뿐만 아니라 명량 해전을 보면 더더욱 고개를 끄덕일 수밖에…….

부모님과 큰형님이 사셨다는 친구 고향집은 이제 형제들과 친척들이 세컨 하우스처럼 사용한단다. 여장을 풀면서 친구는 아내가 싸준 것이라면서 가지가지 반찬통을 냉장고에 넣었다. 덕분에 점심까지도 푸짐하게 먹을 수 있었다. 정말 미안할 정도로 융숭한 대접이었다. 그뿐만 아니라 책장에서 큰형님이 보관했다는 「한산면지」 책자까지 꺼내어 참고하라며 주는 것이 아닌가.

점심 식사 후, 맨 먼저 둘러볼 곳으로 관암冠岩 마을을 택했다. 한산 본섬에서 제일 북쪽에 있는 바닷가 마을인데, 제승당으로 들어가는 바다 왼쪽, 통영항에서 바로 마주 보이는 곳이다. 이곳 마을을 시작으로 남동쪽에서 남서쪽까지 일주도로를 따라 한산 통제영 유적지 마을을 중심으로 답사할 생각이었다.

친구는 관암 사람들이 마을 이름을 대체로 탕지바우로 부른다면서 그 연유를 얘기했다.

— 이곳에 탕건바위가 있는데 탕건처럼 우뚝 버티고 선 바위, 지탱하여 선 바위라 하여 탕지암宕支岩, 그래서 탕지바우라고 부르게 된 것이래. 그러다가 의관을 정제한 선비라는 문구를 따서 지금의 관암이라는 행정구역상 용어를 쓰게 되었다고 해.

관암 마을을 둘러본 후 곧바로 여차汝次 마을에 들렀다. 옛 지명이 내추리(뇌추리가 변한 말)이라고 했는데, 뇌추리의 '뇌'가 배에 쓰는 '노'를 의미한단다. 통제영 시절에 각종 전선에 필요한 노를 이곳에서 만들어 공급했다고 하여 그런 이름이 붙여졌다고 한다. 그 후 제승당 다음에 가는 명당이라 하여 너 '여', 다음 '차'의 여차汝次라 부르게 되었단다. 여차 마을 산 너머, 그러니까 제승당으로 들어가는 바다의 왼쪽, 고동산 아래 있는 옛터를 비추리라 불렀다고 하는데, 그곳은 배를 만들거나 해전에서 손상을 입은 전선을 수리, 정비하던 곳이었다고 한다. 한산도에서 두 번째로 높은 고동산(217m)은 우리 군사들이 서로 연락을 취하기 위해 고동을 불러 신호를 보냈다 하여 유래된 이름이란다.

이곳 비추리는 규모 면에서 전라 좌수영 선소船所에 비할 바는 아니지만, 우후 군관이 직접 관리하는 선소였던 만큼 매우 중요한 역할을 담당했다는 것이다.

예부터 각 수영 또는 통제영에 딸린 각종 병선 중, 선령이 다 되었거나 실전에서 기동성을 발휘하는 데 지장이 있는 노후 선박은 폐선 처분하지 않고 퇴선물림이라 하여 각 수영에서 배를 원하는 백성에게 적당한 값을 매겨 물려주는 제도가 있었다고 한다. 이 배들을 다시 수리하여 무역품을 싣는 무곡선이나 또는 쌀을 싣는 세곡선 등으로 쓸 수 있었기 때문이었다.

그러나 임진왜란이 일어나자 이 제도는 모두 중지되었다고 한다. 이순신 장군은 각 수영의 수사와 우후들에게 아무리 오래되고 낡은 전선이라도 퇴선물림이 없도록 엄명을 내리고, 노후 선박은 다시 점검하고 수리하여 쓰도록 했으며, 전투에 나설 수 없는 배는 군량미와 병장기 및 보급물자를 실어 나르도록 했다고 한다.

이처럼 이곳 옛 비추리에서 배를 건조했다는 사실은 「난중일기」 1593년 7월 6일자에 "한산도에서 새로 건조한 배를 끌고 오기 위해 중위장이 여러 장수를 이끌고 나갔다가 끌고 왔다."라는 구절에도 잘 나타나 있다. 그러니까 이순신 장군은 통제영을 한산도에 설치하기 이전부터 한산도를 어떤 전략적 요충지로 꾸릴지 미리 설계하고 있었던 것이다.

차는 장곡長谷 마을을 향했다. 이 마을은 장곡 본 마을, 독안마을, 벌통골 세 개의 자연 마을로 이루어져 있으며, 임진왜란 당시 망산 봉수대의 신호를 통제영에 직접 전달한 당산 봉수대가 있었던 곳이란다. 장곡은 이름 그대로 긴 골짜기(장골)가 있어 통제영에 필요한 숯과 연료를 만들어 공급했다고 한다. 그래서 예전에는 숯덩이골이라고도 불렀단다. 독암 마을은 수군에게 필요한 질그릇을 만들던 곳이라 하여 도간바우라 불리기도 했다고 한다. 그리고 산수가 좋고 산림이 우거져 벌통을 많이 놓고 길렀다는 벌통골도 있으며, 마을 앞에는 유자섬이 있다.

다음은 창동倉洞 마을을 향했다. 이곳은 이름 그대로 군량미를 비축했던 창고가 있었던 곳이란다.

— 옛 어른들한테서 들은 얘기로는, 이곳에 집을 지으려고 땅을 파다 보면 불에 탔거나 썩은 곡식 알갱이 같은 것이 이따금 흙에 섞여 나왔다고 해.

친구는 이곳이 바로 곡식을 보관하던 창고 터임을 보여주는 것이라는 설명을 덧붙인다. 그러니까 한산 통제영 시절, 창동 포구는 둔전에서 생산된 곡식을 보관하는 창고가 있었을 뿐만 아니라, 각처에서 조달한 군량미를 싣고 온 배들과 각 진영으로 보급하기 위해 실어 나르는 배들로 붐볐을 거란다.

— 그런데 이곳 창동의 식량 창고가 제8대 이기빈 통제사가 1608년에 설치한 한산창으로 한산 통제영 시절에 지어진 것이 아니라는 주장도 있던데?

내가 조사한 내용이 있어 의문을 제기했더니 친구 또한 자기 생각을 나름대로 얘기한다.

— 역사학자들이 그렇게 파악했다면 그럴 수도 있겠지만, 내 개인적인 생각으로는 1604년에 통제영을 지금의 통영으로 옮기고 한산도는 폐허가 되다시피 했는데 4년 뒤에 한산도에 식량 창고를 짓는다? 만약 지은 것이 사실이라면 한산창이 반드시 식량 창고였을

까? 하는 의문이 들기도 하거든. 어쨌든 우리는 그런 내용까지는 잘 모르고, 옛날 어른들로부터 내려온 이야기를 듣고 그렇게 여기고 있는 거지. 그게 오히려 우리 한산도 사람들의 믿음이라고나 할까?

친구의 말대로라면 한산 본섬 여러 마을은 하나같이 통제영과 관련되어 있지 않은 마을이 없을 정도니 어쩌면 한산섬 전체가 통제영 역할을 한 것이라는 생각까지 들었다. 그러니까 어찌 보면, 6.25 때 낙동강을 최후 보루로 삼고 부산에 임시수도가 들어섰던 것처럼 임진왜란 당시 임금은 북쪽으로 피신을 가고, 남쪽 바다가 최후의 보루가 되었으니 한산섬이야말로 임시수도 역할을 한 것이나 마찬가지로 이른바 '한산수국閑山水國'이 아니었을까?

여기서 한산수국이란 어휘가 떠오른 것은 충무공이 지은 오언절구 한시 「한산도야음閑山島夜吟」이 생각났기 때문이다. 이 시는 1595년 10월 20일 밤에 지은 것으로 알려져 있다.

수국추광모水國秋光暮
경한안진고驚寒雁陣高
우심전전야憂心輾轉夜
잔월조궁도殘月照弓刀
물의 나라에 가을 햇빛 저무는데
추위에 놀란 기리기 떼 높이 나는구나.
시름에 겨워 잠 못 이루는 밤
새벽달은 활과 칼을 비추네.

창동 마을에 이어 입정포로 가기 전 친구가 다녔다는 초등학교에 들렀다. 그러나 지금은 폐교가 되어 운동장에는 차박 야영을 하는 사람들의 텐트가 줄지어 서 있었다. 농어촌 지역의 인구 감소로 인해 갈수록 폐교가 늘고 있는 오늘의 현실이 비단 이곳 뿐만은 아니지만, 추억의 공간을 잃어버린 친구는 안타까운 마음에 씁쓸한 표정을 지었다. 그러면서 친구는 조만간 고향 마을에 돌아와 살 생각이라고 했다.

우리는 입정포를 거쳐 한산 본섬의 남쪽 끝자락에 자리한 진두에 들렀다. 이곳 지명은 임진왜란 당시 우리 수군이 진을 치고 경비초소를 두어 통제영과 수시로 연락을 취하고 바로 앞바다의 경계 임무를 수행하였던 곳이란 뜻에서 유래했고, 또한 예부터 한산 본섬과 추봉도 사이의 좁은 해협을 연결하는 나루터 구실을 해왔기 때문에 붙여진 이름이라고 한다. 그래서 진두라는 지명의 한자 표기 또한 두 가지로 쓰고 있었다. 陣頭와 津頭.

이곳 진두는 한산면의 행정중심지로 면사무소, 통영경찰서 지서, 우체국 등의 관공서와 한산중학교가 있는 곳이었다. 친구 역시 이곳 중학교에 다녔단다. 한산도에 단 하나밖에 없는 중학교인데, 당시는 오늘날처럼 차가 다니지 않았던 때라 각 마을에서 모두 걸어서 등교했다고 한다. 내가 친구더러 대고포 마을에서 여기까지 걸어 다녔으니 정말 대단했다고 하니까 다른 친구들에 비하면 자신은 아무것도 아니라고 한다.

— 우리가 맨 먼저 들렀던 관음 마을 친구들은 어떠했겠어. 본섬 북쪽에서 남쪽 끝까지야. 심지어 본섬 옆 좌도에 사는 친구들은 배를 타고 본섬까지 와서 다시 걸어와야 했으니까 말이다.

— 그럼 저쪽 멀리 떨어진 용초도나 비진도에 사는 친구들은 통학선을 타고 왔겠네?

— 아니야. 우리 시절에 통학선은 없었어. 통영에서 한산도 일대를 운항하는 정기여객선을 타고 왔지. 폭풍주의보라도 내려 여객선을 운항할 수 없게 되면 어쩔 수 없이 결석할 수밖에…….

친구의 이야기를 들으면서 우리 세대 친구들도 이렇게 힘들게 생활했는데, 옛날 이곳 사람들은 어떻게 살았는지 상상이 잘 되지 않았다. 한편으로는 친구 세대들이 그렇게 생활할 수밖에 없었던 여건을 자연스럽게 받아들였듯이 통제영 당시 한산도 사람들 역시 제승당을 중심으로 새로운 길을 내거나 노를 저어 다니는 것을 당연시했을 터이다. 오늘날 우리 시각으로 봐서는 안 된다는 생각이 들었다. 어쩌면 오늘날 우리보다 훨씬 더 치열하게 살았을 것이다. 한산대첩이라는 엄청난 승리를 거둔 후, 이순신 장군이 있는 한산섬이야말로 목숨을 건질 수 있는 유일한 동아줄이 내려온 곳이라 생각했을 테니까.

진두 바로 앞 물살이 제법 있는 좁은 수로 맞은편에 추봉도가 있었다. 이제는 추봉 연도교로 연결되어 차로 섬을 한 바퀴 돌 수 있었다. 이 섬은 한산면 전 지역과 함께 여수까지 이어지는, 이름하여 한려수도閑麗水道가 시작되는 곳이다.

우리는 먼저 몽돌 해변으로 유명한 봉암 해수욕장을 찾았다. 한 바다로 통하는 길목이라 그런지 세찬 바람과 파도가 넘실거렸다. 몽돌이 파도에 쓸리며 자그락거리는 소리 또한 청량했다. 잠시 여독을 풀며 머리를 식혔다. 추봉 연도교 덕분으로 여름철에는 피서객들이 많이 찾을 것 같았다.

다음은 추원 포구에 들렀다. 이곳은 조선 세종 때, 이종무 장군이 대마도를 정벌하기 위해 출발한 곳으로 알려져 있다. 또한 통제영 시절에는 경상 우수영(거제 가배)에서 통제영으로 연락하는 역참이 있었던 곳이란다. 그리고 이어서 추원과 가까운 예곡 마을을 들렀는데, 이곳은 용초도와 더불어 역사적 아픔이 있는 곳이었다.

— 우리는 6.25 전쟁 때 포로수용소가 거제도에 있었다는 사실을 잘 알고 있지만, 한산면 예곡과 용초 마을 두 곳에도 포로수용소가 있었다는 사실은 잘 모르고 있지. 특히 이 두 곳에는 포로들 중 가장 악질적인 포로만 골라 약 1만 명을 수용했다고 하거든. 이런 포로수용소가 설치되는 바람에 마을 전체가 강제 철거되어 모두 인근 마을로 이동해야만 했고, 나중에 돌아왔을 때는 아무런 보상대책도 없었다는 거야. 6.25 때에도 정부가 남쪽 섬마을을 쓰레기장 취급을 했는데, 조선시대 조정은 어떠했겠어. 유배지 정도로만 생각했으니까 말이야. 그러니 오죽했으면 이곳 사람들이 이순신 장군을 신으로 모신다 해도 지나치지 않다고 생각하겠어.

친구의 뼈 있는 말은 한산도 사람들의 속마음을 대변해 주는 듯했다.

추봉도를 둘러본 후, 우리는 다시 진두로 되돌아 나와 다음은 야소 마을로 향했다. 야소 마을 역사 안내판에는 '한산 통제영 당시 각종 병장기를 생산하기 위해 대장간을 설치하고, 쇠를 녹여 병장기를 제조, 수리하였던 곳으로 풀무란 뜻의 한자인 야冶를 따서 야소冶所라 일컫게 되었다.'라고 소개하고 있었다.

임진왜란 당시 대장간은 본영뿐만 아니라 각 영과 심지어 판옥선 안에까지 있었다고 하니 전쟁에서 무기 공급이 얼마나 중요한 것인가를 여실히 보여준다. 「난중일기」 1596년 1월 1일 일기 뒤 메모에는 "1월 3일에 배 위에서 환도 4개, 왜도 2개를 만들었다."라는 내용이 나온다.

이처럼 모든 해전에서 승리할 수 있었던 것은 충무공의 뛰어난 전술 덕분이었겠지만, 각종 무기를 차질 없도록 공급하고, 고장 난 무기는 가까운 대장간에서 즉시 수리할 수 있도록 조치한 충무공의 지략 또한 뒷받침되었기 때문 아니었을까.

야소 마을에 이어 바로 의암衣岩 마을을 들렀다. 이곳은 우리 수군의 군복을 짓고 수선하는 피복창이 있었던 마을인데, 큰 바위들이 널려 있어 빨래한 옷을 말리기에 좋은 여건으로 옷바우(옷바위)라는 이름이 붙여졌다고 한다.

다음은 하포荷浦 마을로 향했다. 이곳은 제승당에서 남서쪽으로 4km 지점에 있는 마을로 통제영의 보급창이 있어 각 진영에 보급할 군수물자 조달과 보관 및 보급하는 일을 보던 곳이라고 한다. 따라서 군수물자를 싣고 들어온 배들과 각 진영에 보급할 물자를 실어 나르는 배에서 풀고 싣는 짐을 어깨에 메고 풀었다 해서 멜개라는 지명이 붙여졌고, 한자어로 하포荷浦라 일컫게 된 것이라고 한다. 일설에는 멸치가 많이 잡히는 곳이라 멸개였는데, 경상도식 발음상 멜개가 되었다는 이야기도 있다고 한다. 그리고 하포 마을에서 가까운 곳에 못개가 있는데, 군사용 식수를 비롯한 생활용수를 저장했던 곳이라 한다. 그러니까 의암, 하포, 못개는 군수품과 생활필수품을 공급했던 지역이었던 셈이다.

하포 마을을 뒤로 하고 이제는 남서쪽 방향의 제승당이 점점 가까워지는 두억리를 향해 차를 몰았다. 그리고 먼저 장작지長作支 마을에 도착했다. 이곳은 통제영 수군이 진을 치는 해상 훈련을 했던 곳이라 하여 진작지陣作支라 불렀으며, 이순신 장군의 진도陣圖에 따라 수군들이 거북선을 주축으로 하는 학익진 등의 각종 진법을 연습했던 곳이라 한다. 장작지라 함은 진작지에서 별칭인 장흥長興의 긴 장長자를 따서 장작지라 불리게 되었단다.

그러고 보니 장작지 마을 앞바다가 맞은편 통영 미륵도와 한산도 사이의 통영해만으로 이순신 장군이 학익진을 펼치며 한산 해전을 승리로 이끈 바로 그 격전지였다.

지금까지는 해안도로를 따라 바닷가 마을들을 둘러보았는데, 다음은 야트막한 산길을 따라 두억리의 중심지로 들어갔다. 두억리는 두억개란 포구 이름을 따서 지은 행정 명칭인데, 예전에는 산줄기들이 이어져 개를 두르고 있다고 해서 두룩개라 불렀던 곳이란다. 두억리는 한산도 전체에서 가장 먼저 사람이 살았고, 대촌, 신거, 망곡의 농촌 마을과 의항, 문어포, 장작지와 같은 어촌 마을까지 포함하고 있어 면사무소가 지금의 진두로 옮겨가기 전까지 행정중심지였다고 한다. 특히 제승당 바로 옆이라는 이점 때문에 삼도수군통제영이 입지 조건상 이곳 두억리를 중심으로 자리하게 되었을 것이다. 「난중일기」에는 이곳을 두을포豆乙浦로 표기하고 있다. "1593년 7월 14일, 맑았으나 늦게 이슬비가 내렸다. 한산도 두을포로 진을 옮겼다."

산길을 따라 들어가자 한산도의 주봉인 망산 아래 골짜기를 따라 넓은 분지가 나타났다.

— 바닷가 마을과는 완전 다른 느낌이 들지. 대촌, 신거, 망곡 세 개 마을이 터를 잡은 이곳은 우리 한산섬에서 가장 큰 규모의 논농사를 지을 수 있는 곳이야.

지금까지 답사한 마을과는 다른 마을 풍경에 내가 약간의 감탄사를 자아내자 친구는 그럴 줄 알았다는 듯이 목소리를 키운다. 듣고 보니 지금은 묵힌 논들도 눈에 띄는 것으로 보아 일손이 없는 현실을 보여주고 있지만, 예전에는 한산도의 곡창지대로 불렀다고 하니 통제영 당시에 얼마나 귀중하게 여긴 곳인지 짐작이 가고도 남는다.

마지막으로 의항, 문어포 마을을 둘러본 후, 제승당은 내일 보기로 하고 다시 고향집으로 돌아가기로 했다. 날이 저물고 있었기 때문이다.

의항蟻項 마을은 개미허리 모양으로 잘록한 야산이 있는데, 한산 해전 때 도망치던 왜군들이 길이 막히자 산을 파서 수로를 만들어 도망치려고 개미처럼 붙어서 산을 파 마치 개미허리처럼 잘록해졌다 하여 개미목이라는 이름이 생겼단다. 또한 왜군들의 시체를 매장한 곳이라 하여 매왜치埋倭置란 지명도 있고, 개미목과 매왜치 사이에 있는 진터골은 통제영 수군들이 육상 훈련도 하며 주둔했던 곳으로 큰 진터골과 작은 진터골로 나누어져 있었단다.

— 여기서 서쪽으로 마주 보이는 산이 있지. '엿보기'라는 말의 우리 지역 토박이말로 '얏비기산'이라고 해. 이순신 장군이 여기에 척후병을 배치하여 왜적의 동태를 엿보았다는 것에서 유래했다는 말도 있고, 또한 이곳 산꼭대기에 깃발로 신호를 보냈다고 해서 깃대봉이라고 하기도 해. 그래서 통제영 시절에 아마도 이 산 능선에 활터를 만들었지 않았나 싶어. 한산 통제영에서 두 차례나 무과 시험이 있었는데, 말을 타고 활을 쏘았다고 하니까 이곳 활터가 바로 과거 시험장이었던 거지.

마지막으로 문어포問語浦 마을은 지명 그대로 왜군들이 도망치면서 길을 묻던 곳이라 하여 이름 붙여진 곳이라고 하는데, 옛날에는 이곳 바닷가에 문어가文魚가 많이 서식했던 것에서 유래된 지명이라고도 한다.

한산 일주도로는 문어포를 마지막으로 끝이 났다. 다시 왔던 길로 나오면서 중간쯤에 망산 아래로 가로지르는 산길 지름길로 향했다. 시간을 반으로 줄일 수 있는 거리였다. 시간상 망산 정상까지는 올라갈 수 없다면서 친구는 망산에 관한 얘기를 들려준다.

— 짐작했겠지만, 통제영 당시 산꼭대기에 망대 겸 봉수대를 구축하고 망꾼을 두어 대마도를 비롯한 한산도 일대 왜적선 동태를 탐지하기 위해 망을 보게 하였다. 하여 망산이라 불러. 그런데 러일전쟁 당시 일본 해군이 러시아 함대의 동정을 살피기 위해 이곳에다 망대를 설치했다고 하니 정말 역사의 아이러니가 아닐 수 없어.

친구가 말하는 역사의 아이러니가 비단 이것뿐이랴. 임진왜란 때 임금은 백성들을 버리고 명나라로 도망가려 하자 류성룡 같은 신하가 "아니 되옵니다."를 수차례 간언하여 말렸고, 오죽했으면 임해군과 순화군 두 왕자를 백성들이 붙잡아 왜군에게 넘겨 인질이 된 사건은 어떤 의미로 해석해야 할 것인가. 노량해전에서 충무공이 목숨을 바쳐 위기의 나라를 구해냈건만, 40년도 채 되지 않아 병자호란이 터져 나라는 다시 초토화되고 임금은 삼전도의 굴욕을 겪어야만 했다. 역사의 교훈은 그때뿐. 망각의 역사는 구한말 일본에 나라를 빼앗기고 치욕의 식민 지배 시대를 겪어야만 했으니……. 그런 역사의 아이러니를 우리 시대, 아니면 가까운 미래 어느 날 또다시 겪지 말라는 법은 없지 않은가. 역사의 아이러니라는 친구의 말에 나는 잠시 지난 역사가 남긴 아픔의 흔적을 분노의 마음으로 떠올려야만 했다.

망산이란 어느 마을이나 있는 흔한 이름이다. 그래서 대체로 마을에서 가장 높은 산을 일컫는 경우가 많지만, 한편으로는 외부의 침입자를 사전에 탐지하고자 하는 경계망의 중심 역할을 한다는 의미가 더 크다. 그러므로 통제영 당시 이곳 망산의 역할은 클 수밖에 없었을 것이다. 충청, 전라, 경상, 강원, 네 지역 도체찰사를 겸임했던 이원익 우의정이 한산 통제영을 시찰하기 위해 방문하여 이순신 장군과 함께 올라 적진을 살폈던 산이기도 하다. 「난중일기」에는 상봉上峯으로 나온다.

"일찍 식사한 뒤, 체찰(이원익)과 부사, 종사관이 함께 내가 탄 배에 탔다. 아침 8시에 배를 띄우고 같이 탔다. 함께 서서 크고 작은 섬과 진이 설치된 곳, 진을 합칠 곳, 맞붙어 싸웠던 곳을 손가락으로 짚었다. 내내 의논하며 이야기했다. 곡포는 평산포로 합치고, 상주포는 미조항으로 합치고, 적량은 삼천으로 합치고, 소비포는 사량으로 합치고, 가배량은 당포로 합치고, 지세포는 조라포로 합치고, 제포는 웅천으로 합치고, 율포는 옥포로 합치고, 안골은 가덕으로 합칠 것을 보고하고 결재를 받았다. 저녁에 진 안에 도착했다."(1595년 8월 25일)

"군사 5480명에게 밥을 먹였다. 저녁에 상봉에 도착해 적진과 적이 다니는 길을 손가락으로 짚었다. 바람이 아주 험하게 불었다. 석양을 타고 되돌아 내려왔다."(1595년 8월 27일)

망산 아래로 가로지르는 지름길을 따라 다시 대고포 마을로 돌아오니, 통영 시내에 잠시 다녀왔다는 친구의 사촌 형님을 만날 수 있었다. 친구가 나를 소개하면서 고향집에 함께 온 까닭을 설명하자 사촌 형님은 더욱 반갑게 맞아 주었다. 이야기를 나누다 보니 이 마을 유지일 뿐만 아니라 한산면 전체의 발전을 위해 많은 일을 하시는 분으로 친구보다 몇 배나 더 한산도에 애정을 가진 분이셨다. 그래서 내가 넌지시 물어보았다.

— 역사학자들 중에는 오늘 제가 둘러본 통제영 유적지에 관한 이야기들 가운데 역사적 사실에 부합하지 않은 부분이 많다고들 하던데요?

— 나도 그런 이야기 많이 듣고 있소. 역사학자들이야 기록으로 남아 있는 사료만 가지고 객관적으로 기술하려고 하니까 그렇지요. 충분히 이해는 하지만 작가 양반, 기록이라는 것이 말이요. 물론 실록이라는 것은 그렇다고 치고 일반적인 기록은 글을 아는 양반 사대부들이 남긴 것이 대부분인데, 그 양반들의 성향이나 특정 시각에 의해서 쓴 기록까지도 모두 역사적 사실이라고 믿을 수 있겠소? 그럼, 글을 모르는 일반 백성들이 살아온 이야기는 어떻게 할 거요? 설화나 전설 따위로만 치부할 거요?

아니나 다를까. 사촌 형님은 곧바로 맞받았다. 뿐만 아니라 목소리까지 높아지며 다시 말을 이었다.

— 우리 한산도 사람들은 충무공에 관한 이야기라면 역사학자들 말보다 윗대 어른들이 입에서 입으로 전해 들었다는 옛날이야기를 더 믿는 편이요. 한 가지 예를 들어 두억개頭億浦라는 지명만 해도 그렇소. 왜놈들 목을 억이나 쳤다는 것에서 유래됐다고 하니까 말도 안 되는 소리라고들 하잖소. 하지만 우리 경상도 말로 '억수로' 많다는 뜻으로 받아들이면 되는데, 굳이 억수億數의 본뜻으로 해석할

필요가 어디 있소.

— 일리가 있는 말씀입니다.

— 그리고 창동 마을처럼 통제영 밖에 식량 창고가 없었다고들 하는데, 「이충무공행록」에 이순신 장군이 한성으로 압송되기 전 원균에게 인수인계하는 부분에 보면 "군량미는 9914섬이었고, 다른 곳에 있는 곡식은 계산에 함께 넣지 않았다."라는 구절이 나온다 말이오. 이것을 보면 다른 곳에 식량 창고가 있었다는 이야기잖소. 그러니까 내 말은 학자들께서 지엽적이고 원론적인 문제 제기만 하지 말고, 충무공 정신을 미래 세대에게 어떻게 이어갈 수 있도록 할 것인가 하는 미래지향적인 새로운 문제의식으로 접근했으면 하는 거요.

— 정말 좋은 말씀입니다.

내가 조금씩 수긍하는 태도를 보이자 사촌 형님은 한 걸음 더 나아갔다.

— 오늘 여객선 타고 들어올 때, 제승당을 둘러싼 울창한 숲을 봤지요?

— 예. 아름드리 큰 나무들이 장관이더군요. 더구나 한산도 다른 마을에서는 보기 어려운 적송이 많아 매우 인상적이었습니다만…….

— 그렇지요. 통제영 당시부터 판옥선을 만들기 위해 벌채를 엄격히 금지했기 때문에 숲이 울창했답니다. 그런데 1800년대 후반, 조정에서 조운선을 건조할 때 제승당 측에서 네 척을 만들 수 있는 양의 목재를 담당하는 바람에 제승당 주변 산은 거의 벌거숭이가

되었다는 거요. 물론 제승당 경내에 있는 나무들은 손대지 않았기에 지금도 고목으로 남아 있게 된 것이고……. 그 후 제승당을 관리하는 수방장들이 도별하는 일이 생기면서 가용할 목재가 차츰 없어졌고, 일제 말기에는 연료 공출이라는 명목하에 주변 산 전부 벌채되어 버리고 말았다오. 그런 산을 오늘날과 같은 모습으로 만든 것은 모두 우리 한산도 사람들의 정성 때문이었소. 산판이 벌채될 때마다 안타까워한 우리 한산도 사람들은 송충이가 생기면 잡아 없앴고, 일제 강점기 황폐된 곳에는 소나무 묘목을 심었다오. 심지어 학생들의 고사리손까지 빌려 나무를 심고 가꾸었단 말이오. 아궁이에 불을 때던 시절에 각 마을 산에는 땔감용 갈비마저 구하기 어려울 때도 제승당 주변 산에는 누구 한 사람 몰래 들어가지 않았고, 산나물조차도 캐지 않았다오. 그만큼 제승당을 지키는 마음은 한산도 사람 모두가 한결같았기 때문이오. 한마디로 말하면 제승당은 우리들의 성지란 말이오.

가슴에 맺힌 마음을 풀어내듯 쏟아내는 사촌 형님의 말속에는 묵직한 울림이 담겨 있었다. 어쩌면 한산도 사람들에게는 이곳을 단순한 과거사나 역사의 흔적 정도로만 여기기는 것이 아니라 오늘도 여전히 살아 움직이는 의미의 원천으로 그들의 정서 속에 켜켜이 쌓여왔는지도 모른다는 느낌이 들었다. 아울러 성지聖地란 말에 아까 포로수용소가 있었다는 추봉 예곡 마을에 들렀을 때, 친구가 하던 말이 언뜻 떠올랐다. 한산도 사람들이 이순신 장군을 신으로 모신다 해도 지나치지 않다고 생각한다는…….

그러면서 친구도 한 마디 덧붙인다.

— 한산도 사람 중에는 명절 때 조상님께 제사 지내기에 앞서 먼저 제승당에 들러 충무공 영정 앞에 절부터 하고 오는 분들도 있을 정도이니까.

그래. 내일은 한산도 사람들의 성지, 제승당을 둘러보리라. 저녁 무렵, 친구가 물었다.

— 오늘 한산 본섬 한 번 둘러보니 어때?

— 역사의 흔적은 찾아볼 수 없었지만, 그 숨결만은 느꼈어.

그렇게 대답해 놓고선 내가 생각해도 지나치게 피상적인 응답이라는 생각이 들었다. 과연 그것뿐이었을까? 바다를 끼고 아늑하게 자리 잡은 어촌 마을은 여느 갯마을과 다르지 않은 전형적인 모습들이었다. 하지만 바닷물에 늘 발을 담그며 소금기를 머금고 있는 마을마다 흑백 필름처럼 어제의 속살을 숨긴 채 오늘의 시선으로 옛 그림자를 지우고 있었다. 어쩌면 나는 옛 그림자 속에 스며있는 역사의 흔적이 아직도 남아 있기를 바라는 환상을 그리고 있었는지도 모른다. 그래야만 과거와 소통할 수 있는 끈 하나라도 붙잡을 수 있을 것 같았다. 그러면서 그 숨결 속에 왠지 낯설지 않은 푸른 냄새가 배어 있었으니, 그것은 바로 해초 향 섞인 통영바다 내음이었다.

한산도의 밤은 숨소리조차 들릴 것 같은 적요 속에 깊어 간다.

어제 친구 사촌 형님의 말씀이 떠올랐기 때문이었을까. 나도 성지 순례자가 된 마음가짐으로 제승당을 찾았다. 그래서인지 오늘의 제승당은 예전과는 사뭇 다른 모습으로 다가왔다. 물론 친구의 추억은 달랐다.

— 초등학교 시절부터 소풍을 왔던 곳이었지. 그때는 그냥 흙으로 된 이 앞마당이 그렇게 넓을 수가 없었는데……. 달리기 시합까지 했을 정도였으니까.

친구는 보물찾기하던 시절의 추억이 고스란히 담긴 공간으로 먼저 기억하고 있었다.

— 예전에는 이곳 제승당 옆에 이순신 장군이 손수 심었다는 팽나무 한 그루가 있었거든. 천연기념물로 지정까지 되었었는데 말이야. 그런데 정화 사업이 이루어지면서 그랬는지 말라 죽었다고 하더라고. 나무 전문가들이 백방으로 살려보려고 애를 썼지만 구하지 못했다는 거야.

친구는 팽나무가 없어진 것을 안타까워하면서 정화 사업 이전의 옛 제승당 시절을 더 그리워하는 것 같았다.

제승당이 오늘날과 같은 유적지로 탈바꿈하게 된 것은 1976년 대대적인 정화 사업이 이루어진 이후부터이다. 그리하여 이곳은 제승당, 충무사, 수루, 한산정과 같은 크고 작은 건물들을 비롯하여 유허비 2기, 한글유허비 1기, 통제사 송덕비 7기, 비각 5동과 내삼문, 외삼문, 홍살문, 충무문, 대첩문까지 5개의 문과 기타 부속건물이 들어서게 된 것이다.

친구와 나는 맨 먼저 중심 건물인 제승당制勝堂 앞에 섰다. 내가 여러 차례 이곳을 방문하면서 배우고 조사한 내용에 따르면, 정유재란의 시발점이 된 칠천량 해전으로 불타버린 운주당 옛터에 1740년(영조16) 제107대 조경 통제사가 새로 집을 짓고 제승당이란 친필 현판을 걸었다고 한다. 한산 통제영 당시를 기리기 위한 유허비와 함께. 여기서 제승制勝은 손자병법 '허실편'에 나오는 다음과 대목에서 연유된 것으로 알려져 있다.

수인지이제류水因地而制流
병인적이제승兵因敵而制勝
물은 땅의 형세에 따라 흐름의 상태가 규정되고,
군대는 적의 정세를 이용하여 승리를 취하는 것이다.
(무릇 군대의 형태는 물과 같아야 한다. 물은 높은 곳을 피하고 아래쪽으로 흐르게 마련이다. 군대의 형태는 적의 실을 피하고, 허를 쳐야 한다.)

운주당의 운주運籌는 본래 사마천의 「사기」에 나오는 구절 중, 한 나라를 세운 유방이 장량을 평가한 말에서 유래한 것이라고 한다.

부운주유악지중夫運籌帷幄之中
결승어천리지외決勝於千里之外
무릇 본진의 군막 안에서 계획을 짜내어,
천 리 밖에서 승리를 결정짓는 것은 내가 장량만 못하다.

류성룡의 「징비록」에도 운주당에 대한 이야기가 나온다.

"이순신이 한산도에 있을 때, 운주당을 짓고 그곳에서 밤낮없이 장수들과 군사 일을 토론했고, 말단 병졸들에게도 문을 활짝 열어 놓았다. 이에 따라 모든 수군이 군대에 관련된 일을 잘 알게 되었다. 또한 이순신이 전투를 시작하기 전에 장수들과 의논하여 계책을 결정했으므로 전투에서 패하는 적이 없었다."

충무공은 운주당에서 휘하 장수들과 수군들에게 그가 추구한 목표를 분명히 보여준 셈이다. 충무공 역시 장량처럼 승리의 비책을 만들 수 있는 공간을 꿈꾸었던 게 아니었을까. 즉 운주당에서 부하들과 함께 왜적을 물리칠 계책을 논의하고, 더 나아가 전쟁으로 심신이 지친 군사와 백성들에게 용기와 희망을 주면서 다 함께 어려움을 이겨내는 방법을 모색하는 공동체의 터전으로 삼았는지도 모른다.

그런데 본래의 운주당은 남향으로 앉았는데, 1976년 제승당 정화사업 때 지금의 위치로 옮기면서 제승당을 동향으로 세우고 규모 또한 크게 확장, 중건하여 오늘에 이르고 있다는 것이다.

다음은 충무공 영정을 모신 사당인 충무사로 발걸음을 옮겼다. 충무공 영정 앞에 향을 피우고 참배부터 했다. 통제사의 관복 차림으로 그려진 영정은 처음에는 김은호 화백이 그린 영정으로 봉안되어 있다가 친일 활동 이력이 알려지면서 1978년 정형모 화백이 그린 영정으로 교체된 것으로 알려져 있다.

충무공 영정은 장군을 기리는 여러 유적지의 사당이 세워지면서

부터 모셔져 왔다. 가장 오래된 통영 착량묘를 비롯하여 순천 신성리 신당과 여수 장군 영당에 초상화를 모신 것을 시작으로 그 이후 세워진 여러 사당마다 영정이 봉안되어 있으니 말이다.

충무사 안에는 국보 제76호에 포함되어 있는 서간첩 일부와 통제사가 중국 송나라 역사를 읽고 썼다는 독후감이 병풍으로 만들어져 보관되어 있다.

충무사 참배를 마치고 돌아 나오면서 뜰 앞, 제승당 유허비 비문의 내용을 보는 순간, 친구 사촌 형님의 말처럼 한산도 사람들이 왜 이곳을 성지로 여기는지를 어렴풋하게나마 짐작할 수 있었다. 이 비문은 조경 통제사가 직접 쓴 것으로 예부터 명문으로 알려져 왔다.

"어허, 여기는 이 장군 순신의 제승당 터이다. 바로 그가 이 집에 앉아 지휘하고 호령할 제 천지귀신도 그 정성을 굽어보고 바람 구름 번개 비가 그의 웅변술책을 도와 왜적들이 바다에 깔려 날뛰면서도 이 집 밖에서만 웅성거리지 차마 감히 가까이 다가들지는 못했던 것이니 어찌 그리 장하실고.

이제 다시 수백 년이 지나 주춧돌은 옮겨지고 우물과 부엌마저 메워졌건만, 아득한 파도 너머 우거진 송백 속에 어부와 초동들은 아직도 손가락으로 제승당 옛터를 가리키니 백성들은 이같이 오래도록 잊어버리지 못하나 보다. (……)

세월이 흐르고 역사가 지나가 더 아득해지면 저 어부와 목동마저 집터를 잊어버려 물어볼 곳조차 없어질는지 그 또한 누가 알리오. 그래서 이제 통제사 조경이 흙을 쌓아 터를 돋우고 돌을 다듬어 비를 세우는 뜻은 실로 여기에 표해 두자는 때문이니 어허, 이제는 천하만세에 여기가 이 장군 집터였던 줄을 알게 되리라. (……)"

다음은 활을 쏘는 정자인 한산정閑山亭을 향했다. 맞은편 산기슭에 커다란 과녁 세 개가 나란히 서 있다. 그러나 이순신 장군이 휘하 장수들과 함께 활을 쏘던 정자는 지금의 제승당 구역에 있었으며, 충무사 방향의 남쪽 산언덕을 향하여 활을 쏘았을 것으로 추정하고 있다. 충무사는 충무공 영정을 모신 곳이니까 한산 통제영 시절에는 없었던 건물이다. 그러니까 본래 과녁이 있었던 남쪽 산언덕을 깎고 넓혀서 지금의 충무사 건물을 짓다 보니 과녁이 지금의 방향으로 바뀌게 된 것이다. 물론 수군들의 활쏘기 훈련을 했던 활터는 어제 둘러보았던 진터골에서 마주 보이는 엿비기산 기슭으로 알려져 있고…….

일설에 의하면, 우리 수군이 해전에서 실전 거리 적응을 할 수 있도록 유효사거리에 해당하는 지점에 과녁을 놓고 밀물과 썰물이 교차하는 곳에 활터를 만든 것이라고도 하니 그런 관점에서 보면 활터는 지금 과녁이 설치된 곳이 아니라 의항 마을 쪽, 진터골에서 바다 건너편 엿비기산 기슭에 활터가 있었음을 보여준다.

마지막으로 나는 수루에 올라갔다. 물론 이곳도 제승당 정화 사업 때 지금의 위치로 새로 지은 건물이라고 한다. 바다에서 바라보는 수루 쪽 전경도 아름답지만, 역시 수루에서 바라보는 한산만의 풍광은 더없이 수려한 한 폭의 수채화로 다가선다. 친구의 말대로 꽃게의 집게다리 두 개가 좌우로 감싸 안은 듯한 한산만 입구에는 길라잡이처럼 해갑도와 거북등대가 서 있다. 잔잔한 수면 위로 하얀 요트 한 척이 물살을 가르며 미끄러지듯 들어온다. 그러나 고동산 쪽에서 불어오는 바람결에는 430년 전, 왜적이 쳐들어온다는 소라고동 암호가 들려오는 듯하다. 그 암호를 해독이라도 하듯 나는 큰 칼 옆에 차고 깊은 시름에 잠긴 통제사의 고뇌를 빙의하듯 헤아려 본다.

"비가 잠시 내렸다. 홀로 수루에 기대앉아 있었다. 나라의 형편을 생각하니, 아침 이슬처럼 위태롭다. 조정에는 전쟁의 승패를 결정지을 수 있는 책략을 지닌 기둥과 들보 같은 사람이 없고, 초야에는 나라를 바로 세울 수 있도록 보좌할 주춧돌 같은 사람이 없다. 종묘사직이 끝내 어찌 될지 알지 못하겠다. 마음이 괴롭고 어지러웠다. 내내 엎치락뒤치락했다."(난중일기 1595년 7월 1일)

전쟁이란 얼마나 야누스적인가. 그것은 아군이든 적군이든 내가 죽거나 상대를 죽이는 것을 전제로 한다. 그러므로 전쟁은 집단의 광기를 부추기고, 한 개인에게는 희생만을 강요하는 비열하기 짝이 없는 칼이다. 그 칼은 모든 것을 소모시킨다. 그리하여 마침내 전쟁은 점차 냉혹한 힘의 대결로, 더 나아가 격화되는 술수와 폭력이라는 또 다른 이중적 얼굴을 드러낸다. 그 속에서 의미 있는 인간 존재는 없다. 전쟁이 시작될 때 이미 한 시대는 끝나고, 전쟁이 끝날 때는 또 다른 시대가 시작될 것이다. 그러나 뒤이어 맞이하는 새로운 시련에 어떻게 대응하느냐에 따라 긴장이 완화되거나 긴장 상태가 계속 이어질 것이다. 그러므로 장군의 칼은 사물의 질서를 지닌 힘으로 인간의 질서를 바로잡는 빛이어야 한다.

나도 이런 시답잖은 생각들을 엎치락뒤치락하며 통제사의 고뇌를 헤아려 보는 순간, 김훈 선생의 「칼의 노래」 한 구절이 새삼스럽게 다가왔다.

"나는 칼로써 지켜내야 하고 칼로써 막아내야 할 세상의 의미를 돌이켜 볼 수 없었고, 그 하찮음들은 끝끝내 베어지지 않는다는 운명을 알지 못했다."

제6장
장검을 꿈꾸다

대장간 안은 뜨거운 열기로 가득하다. 풀무질을 멈추었는데도 땀이 비 오듯 쏟아진다. 바깥이나 안이나 구분도 되지 않은 곳인 데다 여름 날씨에 대장간이 아니라 할지라도 어디든 덥기는 마찬가지일 터이다.

— 형님, 형님, 태구련 형님!

이무생이 가쁜 숨을 몰아쉬며 뛰어 들어온다. 태귀련을 찾는 목소리가 망치 소리마저 멈추게 한다. 언제부턴가 이무생도 태귀련을 아예 태구련으로 부른다. 이게 모두 다 공태원, 그 양반 탓이다. 그렇다고 뭐라고 할 수도 없는 노릇이고, 이젠 그렇게 부르는 이름조차도 차츰 익숙해지고 있는 형편이다.

— 아이고, 숨넘어가겠다. 넌 일하다 말고 어디 갔다 오면서 웬 호

들갑이냐?

태귀련은 대장간을 비운 이무생에게 핀잔부터 준다.

— 아니 형님, 지금 대장간 지키는 게 문제가 아니라니까요.

— 대장장이가 대장간을 지키는 게 당연한 게지. 문제가 아니라니? 무슨 뚱딴지같은 소리여?

— 형님은 아직 소식 못 들었소? 이번에도 우리 좌수사 영감님이 왜놈들을 크게 무찔렀다는 소식 말이오. 이것은 분명 천지신명께서 굽어살피신 게지요. 사람들이 지금 야단법석들이라니까요. 칠월 초여드레부터 사흘 동안이나 앞산에서 종소리 같기도 하고 북소리 같기도 한 소리가 이어졌다고 말이오. 천지신명께서 미리 이길 징, 징조를 알려주신 것이라고들 합니다.

이무생은 가쁜 숨을 몰아쉬며 전승 소식을 전하느라 말까지 더듬거렸다.

그랬다. 임진년 칠월 초여드레부터 한산 앞바다 푸른 물결을 타고 화살처럼 날아든 소식은 믿기지 않을 정도로 놀라운 것이었다. 견내량에서 시작하여 한산섬, 그리고 안골포까지 사흘에 걸쳐서 들려온 승전 소식은 대장간의 열기보다 더 뜨거운, 지금까지와는 차원이 다른 실로 엄청난 내용이었다.

그것은 태귀련과 이무생이 전라 좌수영에 온 이후, 사천 앞바다 싸움부터 시작하여 당포, 당항포, 율포 앞바다 싸움에 이르기까지 연전연승을 거둔 여느 바다 싸움과는 사뭇 다른 결과였다. 물론 이번 싸움은 좌수사께서 이끄는 전라 좌수영 수군을 비롯하여 전라 우수영과 경상 우수영 수군까지 합세한 연합군으로 우리 수군 전체가 출전한 것이나 다름없는 대군이었지만, 왜적도 우리 수군을 압도할 정도의 엄청난 대군이었다고 했다. 그런데도 왜적을 거의 섬멸하다시피 했다니 그야말로 놀라운 일이 아닐 수 없었다.

이무생의 말대로 천지신명이 굽어살피신 것이라면 더없이 좋은 징조일 테다. 그래도 하늘이 내리신 우리 좌수사 영감님의 신출귀몰한 전술이 빛난 덕분이리라. 영웅과 같은 인물이 아니고서는 어떻게 그런 엄청난 일을 해낼 수 있단 말인가. 그런 생각에 태귀련은 뭔가 묘한 기분이 들었다. 말로는 표현할 수 없었지만, 이번에는 확실히 다르다는 느낌이랄까? 아니면 다른 분위기?

어쩌면 이번 승리로 전란이 끝날지도 모른다는 기대감 때문이었을지도 모른다. 아니면 또 한편에서는 기대감만큼 하루아침에 전란이 끝나지 않는다 해도 지금까지 불안하고 쫓기듯 움츠러들었던 마음과는 달리 왜적을 완전히 물리치고 우리가 반드시 이길 수 있다는 뭔지 모를 자신감마저 드는 것이었다.

달도 차면 기우는 법. 좌수영 앞바다 밀물과 썰물의 물때처럼 물이 돌고 판이 바뀌는 때가 있는 법이다. 이번이야말로 바로 그때가 아닐까 하는 예감이 들었다. 이른바 반전의 기세에 올라탔다는 생각이 들자 태귀련은 대장간 안의 열기도, 흐르는 땀방울조차도 오히려 시원하게 느껴졌다.

그런데 이와 같은 생각이 비단 태귀련 자신만 느낀 것이 아니었다. 좌수영 안의 사람들뿐만 아니라 인근 마을에서 마을로 들불처럼 번져 모든 사람이 같은 마음을 품고 있다는 사실을 알게 된 것은 그리 오래 걸리지 않았다.

이제부터는 우리도 물러서지 말고 당당히 나서 왜적과 맞서 싸우자. 의병이라도 된 것처럼. 아니면 좌수사께 조금이라도 도움이 되는 일을 하자는 마음들이었다. 한 덩어리로 뭉쳐지는 중심에 바로 좌수사의 승리가 자리하고 있었다. 그리고 그 마음들은 우리 수군들이 금의환향하듯 본영으로 돌아와 산에서 잡은 멧돼지와 노루, 그리고 바다에서 잡은 물고기 등으로 잔치를 벌이면서 절정을 이루었다.

수군들의 무용담은 밤이 새도록 끝날 줄을 몰랐다. 서로 앞다투어 자랑을 늘어놓았다. 물론 그만큼 자신이 용감했었다는 과장된 몸짓은 덤이었다.

— 우리가 처음에는 견내량에서 한 판 붙을 줄 알았제. 원균 경상우수사가 그랬다고 하더라고. 좁은 바다 길목이라 왜선들이 한꺼번에 들어올 수 없으니 한 척씩 깨뜨리자고 말이여. 왜선들이 어림잡아도 일흔 척은 넘어 보였거든. 엄청난 대군이었제.

— 그런디 우리 영감님이 안 된다고 한 거여.

또 다른 수군이 아는 체하며 나섰다.

— 왜 안 된다고 했을까?

— 우리 좌수사께서는 말이여. 견내량은 지형이 좁고 험한데다 암초가 많아 판옥선이 서로 닿아 부딪칠 수 있어 싸움을 벌이기는 적합하지 않다고 한 것이여. 그뿐만 아니라 왜적들은 싸우다가 자

신들이 불리해지면 뭍으로 올라가 도망치면서 우리 백성들을 해할 것이 분명하니 한산도 앞바다로 끌어내서 싸워야 한다는 거여.

— 그러니까 한 마디로 유인 작전을 쓰자는 거였네.

— 맞어, 맞어. 그래서 우리는 영감님이 시키는 대로 먼저 판옥선 몇 척으로 기습 공격을 하는 것처럼 했다가 왜군 여러 배가 한꺼번에 쫓아올 때, 거짓으로 후퇴하여 넓은 바다까지 끌어내는 데 성공한 것이여. 그때부터 놈들은 우리 작전에 휘말린 거라. 순식간에 학이 날개를 펼친 듯이 진을 짜서 놈들을 둘러쌓아 버렸제. 바로 독 안에 든 쥐 꼴인 거여. 그때부터 지자, 현자, 승자 총통을 한꺼번에 쏘기 시작했제.

— 솔직히 나도 놀랐당께. 처음에는 왜적들 기세에 마음을 졸였는디, 화포가 터지는 우레 같은 소리에 왜선들이 하나, 둘 깨어지는데 말이여. 아이고, 이기겠다는 기세가 오르자 나도 모르게 흥분됨시랑 활을 쏘는 팔에 힘이 절로 나더라고. 날아오는 철환도 하나도 안 무섭더라고. 나뿐만 아니여. 모두들 앞다투어 돌진하면서 화살과 화전을 잇달아 쏘는디, 왜선을 불태우고 놈들을 죽이는 데는 순식간이더라고. 나도 몇 놈을 죽였는지 모를 정도였으니 말이여.

술에 취기가 달아오른 건지, 아직도 그날의 흥분이 가라앉지 않은 탓인지 얼굴이 붉게 타오른 수군이 목청까지 높이며 너스레를 떨었다.

— 그라고 보면 우리 영감님도 정말 무서운 분이여.

— 왜 무서운디?

— 이번 작전을 보더라고. 견내량에서는 뭍으로 도망치면 살아남을 수도 있지만, 한산도에 몰아넣으면 굶어서 죽을 테니까 말이여. 한 마디로 왜적은 한 놈도 살려 보내서는 안 된다는 뜻이란 말이제. 다시 말하면 우리 영감님헌테 걸리면 죽음을 면치 못한다는 것이여. 그라니께 정말 무시무시한 분이신 거여. 안 그래.

수군들의 이야기는 술 한 잔과 더불어 한산 앞바다 싸움에서 안골포 싸움으로 옮아갔다.

— 안골포 포구는 지세가 좁고 수심이 얕아서 물이 빠지면 육지가 된다는 거여. 그래서 우리 판옥선이 쉽게 들어갈 수 없어 이번에도 왜선들을 포구 밖으로 유인하려 했제. 그란데 놈들은 한산 앞바다에서 엄청나게 당했던 터라 급하면 육지로 올라갈 속셈으로 이번에는 아예 나올 생각을 안 하는 거여.

— 그라면 이분 참에는 어떤 수를 썼는디요?

— 우리 영감님도 작전을 바꾸었제. 여러 장수들이 전선을 이끌고 교대로 포구 안으로 드나들면서 총통과 장전, 편전으로 공격하도록 했제. 그라니까 그때사 놈들도 대응하기 시작하는 거여. 철환이 막 날아오더라고. 우리도 위험하긴 했지만, 오히려 그것을 노린 셈이었제. 그때를 맞춰 이억기 전라 우수사가 부하 수군들을 매복시켰다가 우리가 주춤하는 사이 놈들이 기세를 올리며 바깥으로 나오는 순간 우리 배들과 합세하여 달려들어 눈 깜짝할 사이에 왜선들을 모조리 깨부수었제. 한산 앞바다에서 깨부순 왜선보다는 적지만 말이여. 그래도 마흔두 척이나 가라앉혔으니 엄청 대단한 거여.

한참 긴 너스레 같았지만, 술 한잔 걸친 수군치고는 제법 조리 있는 말솜씨였다.

— 아 참, 그라고 제일 통쾌한 장면 하나가 기억에 남는디 말이여.

— 뭔 장면?

— 왜 있잖은가? 왜군이 자랑하는 가장 큰 배 말이여. 삼 층으로 된 안택선인가 하는 배라고 하던데, 그 배를 우리 판옥선에서 쏜 대장군전 한 방이 정통을 맞춰버린 순간 말이여.

— 맞어, 맞어. 정말 통쾌한 장면이었제.

모두 이구동성으로 박수를 치며 함성을 질렀다.

우리 수군들이 정말 자랑하고도 넘칠 만한 승리였다. 왜적의 기세를 단번에 꺾어 놓았으니 말이다. 그만큼 엄청난 싸움이었기에 우리 수군의 희생도 클 수밖에 없었다. 조총의 철환에 맞아 죽은 수군이 열아홉이고, 다친 수군도 백여 명이 넘었다.

죽음의 문턱을 두 번이나 드나들었던 태귀련의 입장에서는 전란이란 얼마나 몸서리치게 무섭고도 잔인한 것이 아니던가. 바다 싸움에서 연전연승을 거둘 때마다 왜적들이 죽은 숫자에 비해 우리 수군이 입은 피해는 비교가 안 될 정도로 적다고 단순하게 계산하는 것 또한 승패에만 매달리는 전란의 냉혹함이 아닐까 싶었다.

우리 안방까지 쳐들어온 도적 떼들을 죽이는 것은 당연한 일이지만, 안방을 지키려고 싸우다 죽은 우리 사람 한 명, 한 명 목숨은 더없이 소중한 것이 아니겠는가. 엊그제까지만 해도 진영 안에서 서로 얼굴을 익혔던 수군들인지라 그들의 죽음이 안타깝기 그지없었다. 태귀련은 왜구들의 손에 부모님이 죽임을 당하던 그때가 생각나 다시금 몸서리가 쳐졌다. 그런 심정이었기에 태귀련은 승리의 기쁨은 기쁨대로 잔치로 나누듯이 하되, 안타까운 죽음에 대한 슬픔도 같이 나누어야 한다는 생각이 들었다.

한편 한산 앞바다 싸움에서 부상을 입은 사람들 가운데 정걸 조방장이 있었다는 사실에 진영의 많은 사람이 놀라고 걱정했다. 그제야 비로소 정걸 영감님이 어떤 분인지 알게 되었다. 역시 공태원이 알려준 덕분이었다.

— 정걸 영감님은 내일모레 여든을 앞둔 노장이시지.

— 예에? 여든이 다 되셨다고요?

공태원의 말에 태귀련과 이무생, 두 사람은 함께 놀랐다. 그렇게 나이 든 몸으로도 싸움터에 나섰다니 말문이 막힐 지경이었다.

— 나이도 나이지만 정말 대단하신 분이야. 이미 오래전에 이곳 전라 좌수사와 전라 병사를 거치신 분이 지금은 우리 영감님 옆에서 군무를 도와주는 조방장 역할을 하고 계시니까 말이야.

— 그럼 우리 영감님보다 한참이나 윗분이신데 오히려 우리 영감님을 윗분으로 모시다니 정말 대단한 분이시네요.

— 그뿐인감? 이분이 말이야. 판옥선뿐만 아니라 불화살과 대총통을 만드는 데 일등 공신이라고.

— 그런 재주까지 지니신 분인 줄 몰랐네요.

태귀련은 진영에 있는 모든 사람이 왜 정걸 조방장의 부상을 걱정하는지 알 것 같았다. 그러면서 한편으로는 이런 분을 참모로 모신 좌수사 영감님이 더 대단해 보였다. 일반적으로 자신보다 나이가 많은 사람을 아랫사람으로 두는 것을 꺼리는 경우가 많지 않은가 말이다.

이런 생각까지 미치자 태귀련은 좌수사 영감님의 칼은 더욱더 남달라야 한다는 마음을 먹게 되었다. 그래서 이무생에게 자기 생각을 밝혔다.

— 동생, 아무래도 우리 영감님 칼은 지금까지 생각했던 것보다 좀 더 커야 하겠어.

— 그렇다면 형님, 그냥 보통 사람들이 생각지도 못하는 큰 칼이라고만 하지 말고 구체적으로 어느 정도 크기의 보검을 생각하고 있습니까?

이무생이 조금은 답답하다는 듯이 물었다.

— 여섯 자 반 크기 장검일세.

태귀련은 지금까지 자신만 품어왔던 칼의 크기를 마침내 구체적으로 밝히는 순간이었다.

— 예에? 여섯 자 반이나요? 제 키보다 훨씬 더 큰…?

이무생조차도 거기까지는 생각하지 못했는지 도무지 믿어지지 않는다는 듯이 입을 다물지 못하고 눈까지 동그랗게 떴다.

— 그 정도는 되어야 이번 한산 앞바다 싸움에서 승리한 위대함과 모두가 우러러볼 수 있는 위세, 더 나아가 좌수사 영감님의 근엄한 기세를 보여줄 수 있지 않을까 싶네만…….

태귀련은 다시 한번 결의에 찬 모습으로 목소리를 가라앉혔다.

— 예. 형님 뜻도 충분히 이해하고 저도 같은 마음입니다만, 그런 큰 칼을 과연 우리가 만들 수 있을까 걱정부터 앞섭니다.

— 우리 둘이 혼을 바칠 각오로 만든다면 가능할 걸세.

— 형님이 그렇게 생각하신다면 만들 수 있겠지요. 물론 저는 마땅히 따르겠습니다. 그런데 형님, 아직은 때가 아닌 것 같습니다.

— 아직 때가 아니라니?

— 여기서는 대장간을 온전히 우리 마음대로 쓸 수 있는 처지가 아니지 않습니까? 아직도 우리가 왜놈들 앞잡이 노릇을 했다고 하는 곱지 않은 시선이 남아 있기도 하고, 대장간 우두머리인 야장의 눈치도 봐야 하니 말입니다. 무엇보다도 지금은 총통을 만드는 동철도 부족한데, 정철마저 구하기 쉽지 않습니다. 형님이 말씀하시는 장검이라면 최소한 시우쇠 정도는 되어야 그것으로 참쇠를 만들 수 있으니……. 그 정도 좋은 쇠를 구하려면 다른 곳까지 살펴봐야 하는데, 우리 처지가 밖으로 쉽게 나갈 수 있는 형편도 아니고 말입니다. 아니면 쇠부리 가마에서 잡쇠를 가지고 참쇠를 만들어야 하는데, 우리 야장이 허락하겠습니까? 다른 것이 급하다고 하는 마당에……. 그러니 조금 더 시간을 두고 준비하는 게 좋을 것 같습니다.

듣고 보니 이무생의 말은 반박할 수도 없는 현실 그대로였다. 지금은 총통과 화살촉, 그리고 화약을 만드는 일이 대장간의 주된 일이었다. 그동안 사천, 당포, 당항포, 율포 앞바다 싸움을 치르면서 그때마다 사용했던 각종 총통 중 고장이 나거나 찌그러져 다시 쓸 수 없는 것들이 많아졌다. 찌그러진 총통은 수리가 불가능하므로 다시 녹여서 새로 만들어야만 했다. 쇠부리 가마에 동철銅鐵을 녹여 내느라 여념이 없는 판국에 도검용 쇠를 녹여 만들 여유가 없었다.

더구나 큰 칼을 만든다는 사실을 야장이 알게라도 되면 무슨 소리를 들을지 알 수도 없는 일이고……. 어쩌면 왜놈 앞잡이 노릇을 하던 놈들이 아부 근성만 늘어 엉뚱한 짓을 한다고 호통을 칠지도 모를 일이다. 그래. 아직은 때가 아닌 것 같다. 이무생의 말대로 조금 더 기다려 볼 수밖에 없다. 태귀련도 아직은 가슴에만 칼날을 벼리기로 했다. 그래도 야장 몰래 칼집과 칼자루용 나무 정도와 칼 장식용 부속품 정도는 미리 준비해 두는 것이 좋을 듯싶었다.

그런데 요즘 이무생의 관심은 온통 딴 데 가 있었다. 한산 앞바다 싸움에서도 여느 때처럼 여러 명의 조선 포로들을 구해왔다. 역시 이번에도 정운 나리께서 앞장섰고, 어영담 나리와 권준 나리 등 여러 장수도 각각 불태운 왜선에서 붙잡은 포로들을 데리고 왔다. 구출해온 여러 포로 중, 한 처자를 바라보는 이무생의 눈빛이 예사롭지 않았다.

포로들을 조사하여 알게 된 여러 내용 중, 새로운 사실이라면서 들려준 공태원의 말은 또 한 번 가슴을 쓸어내리게 했다.

— 포로들 대부분이 잡혀서 한양까지 갔다가 다시 남쪽으로 내려왔다는 점이 특이했어. 그런데 각각 서로 다른 왜선에 포로로 있었던 사람들인데 똑같이 '전라도를 향한다.'라는 말을 들었다는 거야. 그 말은 한양까지 밀고 올라갔던 왜적들이 다시 내려와 세 개

부대로 나누어 배를 타고 우리 쪽을 오려고 했다는 사실이 입증된 것이지.

— 한양까지 쳐들어갔던 놈들이 왜 부산포에 모여서 전라도를 향한다는 말입니까?

— 전라도에 와서 식량을 약탈하고, 서해를 통해 다시 올라가려는 속셈이지. 그래야만 명나라 구원병이 오는 것을 막을 수 있거든.

— 정말 무시무시한 놈들이군요. 그래서 견내량을 건너오려다 우리 좌수사께 막힌 것이네요.

— 그런 셈이지.

정말 간담이 서늘한 이야기였다. 만약 우리 좌수사께서 한산도에서 왜적을 막지 못했다면 전라도에 있는 우리는 모두 죽은 목숨이나 마찬가지가 아니었겠는가. 비단 우리뿐이랴. 이 강산, 이 강토 모든 사람이 왜적의 발아래 짓밟히게 되었을 것이니 말이다. 그러니 이번 승리야말로 새로운 기회를 되찾게 된 것만은 분명해 보였다. 거기에다 왜적에게 붙잡혀 갔던 조선 포로들까지 목숨을 구해낼 수 있었으니…….

이무생이 관심을 보인 처자는 광양 현감 어영담 나리께서 붙잡아 왔다는 포로였다. 그 처자는 남동생을 데리고 있었다. 경상도 안동현에 살다가 왜적을 피해 산에 숨어 있었는데, 동생이 하도 배가 고프다고 하여 먹을 것을 구하려 내려오다 그만 놈들에게 붙잡혀 끌려갔다고 했다. 불행하게도 누나는 왜장들에게 여러 차례 몸을 짓밟혀 스스로 목숨을 끊으려 했으나 동생 때문에 차마 죽지 못했다는 것이다.

— 형님, 공태원 나리께 한번 말씀 좀 해보시오. 저 처자를 잘 돌볼 수 있도록 말이오.

평소 이무생의 성격과는 달리 먼저 발 벗고 나설 태세를 취하는 게 아닌가. 태귀련도 깜짝 놀랄 정도였다. 심지어 남동생은 대장간에서 풀무질을 돕는 일을 시키면서 데리고 있으면 안 되겠느냐고 했다.

— 너 혹시 딴마음 먹고 있는 게 아니냐?

태귀련이 다그치자 이무생은 펄쩍 뛰다시피 하며 손사래를 쳤다.

— 형님도 참, 무슨 그런 말씀을……. 그냥 불쌍해서 그런 게지요.

그러면서도 이무생은 얼굴을 붉혔다. 태귀련도 그런 이무생의 마음을 헤아려 주고 싶었다. 우리도 같은 신세가 아니던가. 더욱이 처자로서 몹쓸 짓까지 당했으니 안쓰러운 마음이 드는 것은 더할 것이리라. 나야 그렇다 치더라도 이무생은 그래도 아직 앞날에 대한 꿈을 꿀 수 있는 나이가 아닌가.

그렇다. 아무리 죽음과 맞닿은 전란 한가운데에서도 아름다운 순간은 있게 마련이다. 그런 순간들이야말로 사람들에게 절망과 행복이 가끔은 서로 한 뼘 거리에 있음을 알려주는 것이리니. 이무생에게도 운명처럼 비친 처자에게 콩깍지로 눈이 가려져 세상이 한순간 다른 빛깔로 빛나 보이는 게 아닐까. 그래서 지금이 하루살이 같은 삶일지라도 마치 어둠 속에서 한 줄기 빛처럼 순간과 영원으로 짜여 있음을 느끼고 있는지도 모른다.

그래. 이 전란이 언제 끝날 것이며, 만약 고향으로 돌아간다 해도 아는 사람이 누가 있으며, 누군들 반겨 줄 것인가. 언제 죽을지도 모르는 전란 한 가운데라도 맺을 수 있는 인연이라면 엮어줘야 하고, 살 사람은 또 살아가야 한다. 그런 생각을 태귀련은 하고 또 하며 마음에 되새겼다.

여느 때와는 달리 이무생은 그 일로 마음고생을 하고 건밤을 새웠는지 다음날 눈까지 데꾼해 보였다. 그런 이무생을 보고 나니 태귀련은 공태원에게 사정해서라도 방법을 찾아볼 생각이었다. 왜구들에게 붙잡혀 10년이나 같이 노예 생활을 하면서 목숨을 부지해온 동지 같은 마음이라 이무생에게만은 피를 나눈 형제보다 더 잘해주고 싶은 마음이었다. 설사 태귀련 자신에게 무슨 일이 닥치더라도 이무생만큼은 꼭 지켜주고 싶었다.

그런 마음 덕분이었을까? 아니면 간절하게 빌면 길이 나타난다고 했던가. 역시 공태원이었다. 그들과는 계산법이 완전히 달랐다. 그가 보여준 남다른 입끝, 손끝, 발끝 빠른 재주 하나는 알아주어야만 했다. 공태원이 힘써준 덕분에 이무생의 바람대로 처자는 당분간 공태원 집에서 그의 안사람이 돌봐주기로 했고, 남동생은 대장간에서 풀무질을 돕게 하는 것으로 일이 잘 풀리게 되었으니…….

태귀련은 공태원의 재주와 마음 씀씀이에 그저 고마울 따름이었다. 덕분에 이무생의 얼굴에 나날이 웃음꽃이 피었다. 그 웃음꽃만큼이나 햇살도 좋아 곡식도 잘 여물고 있었다. 좋은 절기였다. 그렇게 성큼성큼 가을이 다가왔다. 억새가 머리칼을 풀어헤치고, 하늘은 더없이 높고 푸르렀다.

한산 앞바다와 안골포 싸움에서 크게 이긴 후, 우리 수군들의 사기는 하늘을 찌를 정도였다. 그러나 좌수사께서는 흐트러지거나 조금의 틈도 보여주려 하지 않았다. 언제 다시 바다 싸움에 나가야 할지 모르는 상황에 대비하도록 여러 가지 주문을 했다. 수군들은 훈련을 거듭했고, 각종 장비들을 고치거나 새로 만드느라 여념이 없었다. 덩달아 대장간 일도 바쁘게 돌아갔다. 그렇게 두 달 정도가 훌쩍 지나가고 있었다.

그 사이 좌수사께서는 또다시 엄청난 싸움을 벌일 준비를 다 마친 상태였다. 이번에는 부산포를 향한다고 했다. 그곳은 왜군들이 부산진성과 동래성을 함락시키고 이제는 그들의 본거지를 삼고 있는 곳이 아니던가. 그런데 그곳의 왜적을 무찌르기 위해 가신다니 실로 엄청난 일이 아니겠는가. 어쩌면 큰 모험 같기도 하고…….

태귀련이 보기에도 이것은 적의 허를 찌르는 전술이라는 생각까지 들었다. 설마 자신들의 본거지를 치겠다는 전술을 쓸 줄 왜적들은 꿈엔들 생각이나 하겠는가 말이다. 그런 면에서 좌수사 영감님은 정말 대단한 분이시구나. 하는 생각이 드는 한편 불안한 마음 또한 드는 것도 사실이었다.

마침내 출전의 깃발이 올랐다. 승리에 대한 기대와 혹시나 하는 불안감으로 대장간의 일이 손에 잘 잡히지 않았다. 그리고 구월 초하룻날, 백 척도 넘는 왜선을 격파했다는 승전보가 날아들었다. 이제는 패배를 모르는 우리 수군의 당연한 승리로 여길 정도였다. 불안감 역시 억새꽃처럼 하르르 날려 보냈다.

그런데 그 승전보 속에 믿을 수도, 믿기지도 않은 소식이 하나 들어 있었으니……. 부산포 싸움에서 녹도 만호 정운 나리께서 전사했다는 소식이었다.

태귀련과 이무생에게는 마른하늘에 날벼락 같은 소식이었다. 아직 나리께 드릴 보검을 만들 준비도 하지 못했는데 분하고, 억울하고, 안타깝기 그지없었다. 더구나 그들을 구해준 은인이나 마찬가지였기에 가슴이 미어터지는 슬픔은 더했다. 하늘은 앞서고 의로운 사람을 먼저 데리고 가시는구나.

백 척도 넘는 왜선을 깨부순, 유례가 없는 전과를 올린 싸움이었음에도 좌수사께서는 정운 나리의 죽음에 매우 비통해하시었다. 늘 충성심과 의로움에 북받쳐 왜적과 함께 죽기로 맹세했던 장수라면서 다른 여러 장수에게 별도로 차사원差使員을 정해 장례를 치르게 하셨다. 아울러 좌수사께서 정운 나리를 이대원李大源 사당에 함께 배향해 주시기를 임금님께 청하는 글까지 올렸다는 소식도 들을 수 있었다. 정운 나리에 대한 좌수사 영감님의 마음이 어떠했는지 헤아리고 남음이 있었다.

그리하여 좌수사께서는 정운 나리의 늠름한 기상과 정령이 속절없이 없어진다면 후세 사람들이 듣지 못하게 될까 걱정하시며, 혼을 불러 같은 제단에서 제물과 음식을 올려 제사를 지내도록 하셨다. 좌수사 영감님의 긴 제문에는 정운 나리에 대한 애통하고 절절한 마음이 마디마디 배어 있었다.

"아, 인생에는 반드시 죽음이 있고, 죽고 사는 데에는 천명이 있으니 사람이 한 번 죽는 것은 진실로 아까울 게 없건마는, 유독 그대의 죽음에 가슴 아픈 까닭은 무엇인가? (……) 아, 슬프도다. 내 재주 모자라 적을 칠 길 없을 적에, 그대와 함께 의논하니 해를 보듯 밝았도다. 계책을 세우고 배를 이어 나갈 적에 죽음을 무릅쓰고 앞장서 나아가니, 왜적들 수백 명이 한꺼번에 피 흘리며 검은 연기 근심 구름 동쪽 하늘 덮었도다. 네 번이나 이긴 싸움 그 누구 공이런고? 어찌 뜻했으랴. 하늘이 돕지 않아 적탄에 맞을 줄을 저 푸른 하늘이여 알지 못할 일이로다. (……) 그대 같은 충의야말로 고금에 드물거니, 나라 위해 던진 그 몸 죽어도 살았도다. 슬프다. 이 세상에 누가 내 마음 알아주리. 극진한 정성으로 한잔 술을 바치노라. 아, 슬프도다."

제7장
태산은 한 줌 흙도 사양하지 않는다

대학 선배의 소개로 해군사관학교에서 생도들을 가르친 김 교수님을 만나게 된 것은 크나큰 행운이었다. 교수님으로부터 충무공 이순신 장군과 관련된 여러 지식을 공부할 수 있도록 많은 도움을 받을 수 있었기 때문이다. 그동안 수박 겉핥기식 게 꽁지만 한 지식으로 고향 자랑을 할 때마다 한산대첩을 들먹이고, 통영 오광대가 어떠하며 승전무에 대해서도 꽤나 아는 체를 하지 않았던가. 학창 시절에는 한산대첩 기념 웅변대회에 학교 대표로 참가하여 세병관에서 충무공 정신에 대해 열변을 토하기도 했으니까 말이다.

— 친구가 강 작가님 작품 쓰는 데 조금이라도 도움이 될 만한 얘기를 나누라기에 나왔습니다만, 제가 역사학자는 아니라서 깊이 있는 내용까지는 어려울 수도 있습니다.

첫 만남이라 그런지 김 교수님은 조심스레 운을 뗀다.

— 아닙니다. 교수님. 저 역시 역사 공부가 목적이 아니라 제 작품 주제와 연관된 충무공 숨결을 어떻게 담을 것인가에 대한 고민을 풀고 싶기 때문입니다. 그러니 사관생도들에게 가르쳤던 내용 중 충무공 정신에 대한 일부만 들려주셔도 됩니다.

나로서는 선배의 부탁으로 흔쾌히 자리를 마련해 준 것만으로도 오히려 김 교수님께 고맙고 송구스러울 따름이었다.

— 허허, 그러면 강 작가님이 알고 싶은 내용 중심으로 묻고 제가 답하는 형식으로 얘기를 나눠보도록 하죠.

— 고맙습니다. 그 방법이 좋겠군요. 그러면 매우 교과서적인 질문입니다만, 먼저 한산대첩에 관한 것부터 물어보고 싶습니다. 통영에서는 1962년부터 한산대첩을 기념하는 행사를 시작하여 2022년에는 「통영 한산대첩축제 60년사」를 발간할 정도로 큰 의미를 두고 있습니다. 또한 역사 교과서에도 한산대첩이 임진왜란 3대 대첩과 한국사 3대 대첩 중의 하나로 반드시 언급될 정도입니다. 그렇다면 어떤 측면에서 한산대첩에 이토록 큰 의미를 부여하게 되었을까요?

— 이순신 장군을 연구하는 사람들이 엄청나게 많으므로 학자마다 조금씩 다른 의미를 부여하긴 합니다만, 일반적으로 학계에서는 류성룡의 「징비록」에 나오는 글을 토대로 한산대첩의 의의를 살펴온 것으로 알고 있습니다. 그만큼 잘 설명이 되어 있다는 것이겠지요. 먼저 「징비록」에서 한산대첩에 대한 의미를 어떻게 부여하고

있는지부터 살펴보는 게 좋을 것 같네요.

"고니시 유키나가가 평양에 당도했을 때, 우리 진영에 이런 글을 보내왔다. '우리 수군 10만 명이 곧 서해로 도착할 것입니다. 임금께서는 이제 어디로 가시렵니까?' 원래 적은 수군과 육군이 합세해 서쪽을 공략하려 하였던 것이다. 그런데 거제 싸움에서 패하면서 한 팔이 꺾였기 때문에 비록 고니시 유키나가가 평양성을 점령하였을지라도 군세가 외로워 더 이상 앞으로 나아가지 못하게 된 것이다. 결국 전라도와 충청도, 황해도와 평안도 연안까지 온전히 보존할 수 있었기에 군량을 조달하고 명령을 전달하여 중흥을 이룩하였다. 뿐만 아니라 요동과 천진 등지에 왜적의 손길이 닿지 않아 명나라 군사들이 육로로 와서 구원하여 왜적을 물리칠 수 있었으니, 이것이 모두 이 싸움의 공이다."

김 교수님은 마치 생도들 앞에서 강의하듯 이야기를 풀어놓기 시작한다.

— 그러니까 「징비록」에 따르면 일본 측 입장으로는 한산 해전에서 패배했기 때문에 서해를 통한 수륙병진水陸竝進이라는 전략이 좌절되었다는 것이네요.

— 맞습니다. 만약 일본군이 전라 좌수영과 우수영에 있는 조선 수군을 돌파하여 남해와 서해 제해권을 모두 장악했다면, 강 작가님이 한 말처럼 수륙병진 전략이 성공하여 한반도에 있는 일본 육

군의 보급이 아주 쉽게 이루어졌겠지요. 그런데 한산대첩으로 그 전략이 깨어지고, 일본군의 교두보 기지였던 부산도 부산포 해전으로 엄청난 손실을 보게 되면서 일본군 전체 전략에 큰 구멍이 생길 수밖에 없게 되었던 것이지요. 더구나 그런 상황으로 말미암아 명나라 구원병이 올 수 있는 길이 열리게까지 되었으니 말이죠.

— 임진왜란에서 일본군에게 가장 큰 타격을 준 결정적인 해전이었기에 한산대첩의 의의가 제일 크다는 말씀이군요.

— 그럼요. 거기에다 그 이후 여러 가지 영향을 끼친 것에도 그 의미가 컸다고 할 수 있죠. 먼저 조선의 입장으로는 한산 해전에서 크게 승리했다는 소식이 전해지면서 백성들이 자신감을 가지게 되어 곳곳에서 의병 활동이 더욱 활발해지는 계기가 되었지요. 반대로 일본 측 입장으로는 패전 보고를 받은 도요토미 히데요시가 그때부터 해전을 피하라는 명령을 내리고, 군선 건조와 남해안에 성을 쌓아 방어하는 장기전을 명령하게 되지요. 그 결과 부산에서 순천 사이 해안에 왜성 18개가 축성되었으니까요. 임진왜란 전체 기간에 일본군이 쌓은 성이 모두 30여 개나 됩니다. 그중 순천성을 제외하면 모두 경상도 남해안에 집중되어 있다는 사실도 눈여겨볼 내용이지요.

— 그렇군요. 교수님의 명쾌한 설명을 듣고 보니 한산대첩의 의미가 더 명료하게 이해가 되는군요. 또한 왜성의 흔적을 남해안 일대에서 지금도 볼 수 있는 이유도 충분히 알겠네요. 그렇다면 교수님, 해군 전술 측면에서 충무공의 전투 전략을 어떻게 보시는지요?

— 군사사 전문가 김병륜의 「절제방략과 제승방략」에 따르면, 16세기 조선군 분군법의 기본 중 하나는 '오위진법'이라는 전투 편성이었습니다. 이순신 장군 역시 임진왜란 개전 초반에는 오위진법에 따라 1위 5부 체제의 전투 편성을 한 것으로 분석하고 있습니다. 여기에다 해전의 특성을 고려하여 선봉장, 돌격장, 유군장, 좌우 척후장, 한후장, 참퇴장 등 임무별 지휘관을 추가로 편성했다고 볼 수 있지요. 선봉장은 말 그대로 선봉에서 과감하게 공격하는 임무를 맡은 지휘관이고, 돌격장은 필요시 저돌적인 공격 임무를 부여받은 지휘관이며, 유군장은 진형에 상대적으로 덜 구애받으면서 변칙적인 작전을 구사하는 부대를 지휘하는 지휘관을 의미하지요. 척후장은 정찰 부대를 지휘하는 것이고, 한후장은 후방에 잔류하는 예비대의 지휘관으로 전장에서 이탈하는 병사들을 통제하는 임무였던 것으로 보입니다. 참퇴장은 일종의 독전 역할을 맡은 지휘관이었죠.

— 저희는 늘 학익진에 관한 이야기만 들은 탓인지 전투 편성 체제에 대해서는 좀 익숙지 않네요.

— 그렇겠지요. 학익진은 전투 진형, 즉 진법 중 하나를 두고 이르는 말이지요. 이순신 장군이 활용한 여러 진법이 있었습니다만, 그 중 전투 시 주로 활용했던 대표적인 진법이 바로 학익진과 장사진이었죠. 학익진은 잘 아시다시피 한산대첩 때 활용했던 진형으로 널리 알려져 있고, 안골포 해전과 제2차 당항포 해전 때에도 사용했지요. 장사진은 부산포 해전에서 활용했던 진형입니다. 그러니까

학익진은 횡렬진, 장사진은 종렬진과 같다고 보시면 됩니다. 학익진 대형이 당시 판옥선에 설치된 총통이 직사포가 아닌 곡사포로서 명중률이 높지 않았다는 점을 고려하여 적진을 중앙에 두고 이를 에워싸 발포함으로써 명중률을 높이기 위한 선택이라고 할 수 있지요. 또한 일본군 병선을 한곳으로 모이게 하여 기동성을 적게 만든 후, 집중 화력을 퍼부을 수 있는 장점을 가지고 있었죠. 그 결과는 한산대첩에서 잘 보여준 것이고요. 그런 점에서 이순신 장군의 전술, 전투 전략은 오늘날 관점으로 보아도 정말 대단하다고 할 수밖에 없습니다.

— 잘 알겠습니다. 교수님께서 전투 편성과 전투 진형을 각각 나누어 설명해 주시니 훨씬 이해가 잘 됩니다. 그런데 교수님, 충무공의 전승 기록이 17전 17승이니 23전 23승 또는 32전 32승이라고 주장하는 분들이 있고, 심지어 38승 5무라고 얘기하는 분도 있는데, 어쨌든 단 한 번의 패전도 없는 사실을 두고 일부에서는 이길 수 있는 싸움만 출전한 것이 아니냐는 문제를 제기하기도 하더군요. 이 점에 대해 교수님 생각은 어떠하신지요?

이것은 내가 충무공 장검과 임진왜란과 관련하여 공부하면서 늘 궁금하게 여겼던 내용 중 하나였다.

— 예. 저도 그런 얘기 많이 들었습니다. 어떤 지휘관인들 전투에서 이기고 싶지 않겠습니까마는 사실 모든 전투에서 항상 이긴다는 보장이 있는 것은 아니지요. 그런 점에서 의문을 품을 수는 있겠지만, 오히려 그 점이 이순신 장군의 위대함을 역설적으로 보여주는

것이 아닐까 싶네요.

— 역설적으로 보여주는 것이라니요?

나는 교수님의 말뜻을 조금 이해하기가 어려워 반사적인 말투가 튀어 나갔다.

— 물론 충무공이 전투에 대비한 철저한 준비와 훈련을 했기 때문이기도 하겠지만, 무엇보다도 군사력에서 일본군에 비해 열세라는 사실을 잘 알고 있었던 장군으로서는 이길 수 있는 우리만의 장점을 최대한 살릴 수밖에 없었지요. 한산대첩과 명량대첩이 그 점을 극명하게 보여주지 않았습니까? 다양한 총통의 화력만큼은 우리가 우위를 가지고 있었기 때문에 되도록 근접전을 피하고 지형을 잘 이용하는 방법 등을 최대한 활용했다고 볼 수 있죠.

— 그 점은 저도 잘 알고 있는 사실입니다만, 또 다른 이유는 없었을까요?

— 가장 중요한 것은 단 한 번의 패배만으로도 치명적인 결과를 초래할 것이라는 사실을 장군은 너무도 잘 알고 있었다는 점입니다. 임진년 일기 뒤 메모의 편지글에 이런 구절이 나옵니다. "나라를 지키는 울타리를 한 번이라도 잃는다면, 그 독이 배와 심장까지 흘러갑니다." 칠천량 해전에서 원균이 패한 이후 어떤 일이 벌어졌는지 잘 알고 있잖습니까. 그러므로 이순신 장군에게 모든 전투 하나하나가 절대로 지면 안 되는, 반드시 이겨야만 하는 절체절명의 순간들일 수밖에 없었던 것이었죠.

— 교수님 말씀을 듣고 보니 정말 그럴 수밖에 없었겠다는 생각

이 드는군요.

— 게다가 장군을 둘러싼 모든 여건이 좋지 않았잖습니까?. 특히 노 젓는 격군조차 구하기 힘들었고, 수군을 보충하는 일에 많은 어려움을 겪었지요. 징발을 면제받을 궁리를 하는 사람들이 많았고, 오히려 수군을 육군으로 데려가는 등 조정에서 해전에 대한 이해도가 낮은 편이었으니까요. 심지어 권율, 곽재우, 김성일 등 유명한 분들조차 그랬을 정도였으니, 수군과 육군이 합동작전을 펼쳐야 일본군을 완벽하게 물리칠 수 있다는 장군의 전략을 받아들이기가 쉽지 않았던 것이죠. 그래서 전략 전술상 이길 수 있는 전투를 벌인 것인데, 그것 때문에 오히려 모함받아 백의종군까지 하게 되었잖습니까?

지금까지 차분하게 설명하던 김 교수님은 조금 전과는 달리 약간 목소리를 높인다.

— 교수님 말씀이 어떤 의미인지 잘 알겠습니다. 그러고 보니 연대책임 면제 명령을 취소해 달라는 장계와 수군과 육군의 합동작전을 펼칠 수 있도록 육지 장수들이 빨리 공격하도록 명령을 내려달라는 장계를 보낸 이유를 알 수 있겠네요.

— 그러니 이순신 장군 입장으로는 얼마나 많은 고뇌를 했겠습니까. 그런데도 겉으로는 전혀 내색하지 않았으니 정신력 하나는 정말 대단하다는 말 정도는 넘어섰다고나 할까요. 이런 면을 지닌 분이었지만, 저는 개인적으로 이순신 장군 또한 우리와 같은 평범한 사람의 솔직한 인간미에 더 매력을 느낍니다. 예를 들면 류성룡에

게 보낸 편지를 보면 그렇습니다. 사천 해전 때 맞은 조총의 철환 때문에 얼마나 오랫동안 고생했는지를 여실히 보여주는 내용입니다.

"철환에 맞아 아주 중합니다. 비록 죽을 정도까지 다치지는 않았지만, 그 뒤로는 연일 갑옷을 입고 싸웠기에 철환에 맞은 구멍이 헐고 문드러졌습니다. 고름이 흘러내려 아직도 옷을 입을 수 없습니다. 뽕나무 잿물과 바닷물로 연일 목욕하고 씻어내고 있지만, 아직 어느 정도도 효과를 얻지 못했습니다. 뿐만 아니라 견골을 깊이 침범했기에 또한 활을 쏠 수 없습니다."

나는 김 교수님의 얘기를 통해 이순신 장군의 진면목과 충무공 숨결에 담겨 있는 의미에 좀 더 다가서는 느낌을 받았다.

— 교수님, 충무공이 전승을 거둘 수 있었던 비결을 포함해서 재직 중에 사관생도들에게 지휘관으로서 충무공으로부터 본받아야 할 덕목은 무엇이라고 강조하셨는지요?

— 제 개인적인 생각입니다만, 세 가지 정도를 강조했습니다.

— 세 가지라면?

— 용인술과 정보 탐색 능력, 그리고 백성을 위하는, 이른바 위민 정신을 언급했습니다. 먼저 적재적소에 걸맞은 사람을 잘 써야 한다는 것이죠. 모든 사람을 예로 다 들 수는 없고 대표적인 인물 몇몇만 얘기하자면, 먼저 정걸이란 인물을 들 수 있습니다. 잘 알려져 있다시피 이순신 장군이 전라 좌수사로 임명된 것이 임진왜란이 일어

나기 일 년 전이었지요. 종5품 정읍 현감에서 좌수사 임명 직전 종4품 진도 군수와 종3품 가리포 첨사로 부임 도중 곧바로 정3품 전라좌수사가 된 파격적인 인사 때문에 난리가 났었지요. 게다가 수군을 지휘한 경력이라고는 발포 만호로 근무한 1년 6개월이 전부였기에 관할 구역 기존 장수들의 시선이 따가울 수밖에 없었고, 아울러 지휘 능력에 대한 의구심마저 불러일으켰죠. 때문에 산전수전 다 겪은 78세 백전노장 정걸을 최측근 참모인 조방장으로 모신 것은 신의 한 수에 가까운, 정말 대단한 용인술이었지요. 물론 자신보다 31세나 아래인 이순신 장군의 요청을 받아들인 정걸 역시 대단한 인물임은 틀림없고요.

— 정말 대단한 용인술이군요. 제가 알기로도 행주대첩 때 화살이 다 떨어져 갈 무렵, 당시 정걸 충청 수사가 배 두 척에 화살을 싣고 와 도왔다는 사실로 유명할 뿐만 아니라 부산포 해전은 정걸 조방장의 치밀한 계획에 따라 치러졌다고 알고 있습니다만…….

— 맞습니다. 이순신 장군이 사람을 쓰는 장점 중 하나죠. 경험 많은 노장의 지혜를 빌릴 줄 아는 리더로서 지녀야 할 자질이 뛰어난 것이죠. 운주당 활용에도 잘 드러나듯이 전략회의에서 자기 생각만 내세우지 않고, 다른 장수들의 의견을 잘 새겨듣고 결정했다고 하니까요. 또한 부하 장수들이 가진 단점은 포용하고, 장점만을 잘 활용하는 용인술도 주효했지요. 예를 들면, 부하들을 엄격하게 다스리고 저돌적인 성향을 지닌 정운 같은 인물도 필요했죠. 옥포 해전을 앞두고 여러 장수가 우리 관할도 아닌데 왜 그곳까지 가느냐는

논란이 있을 때, "적을 토벌하는 데 우리 도와 남의 도가 없다. 적의 예봉을 꺾어 놓아야 전라도를 보전할 수 있다."라고 주장한 정운의 말을 앞세워 실행에 옮길 수 있었으니까요.

— 그러고 보니 옥포 해전의 승리부터 시작해서 연승을 거두어 남해 제해권을 놓치지 않았으니까 정운의 주장을 받아들인 충무공이 전략이 주효했네요.

— 물론이지요. 그밖에 이순신 장군과 가장 많은 의견을 나눈 인물로 좌수영의 제2인자 역할을 했다고 알려진 순천 부사 권준이 있었고, 행정 능력은 다소 부족했지만, 바닷길만은 누구보다 훤히 꿰뚫고 있었던 광양 현감 어영담 역시 용인술의 백미라 할 수 있죠. 어영담을 요즘 식으로 말하면 수로 네비게이션이라도 부를 수 있을 정도였으니까요. 또한 이순신 장군의 선봉장 역할로 왜군과 싸움에서 가장 많은 공을 세운, 장군과 한글 이름이 같은 무의공 이순신과 거북선을 만드는 데 일등 공신인 나대용, 그리고 전라 우수사였던 이억기 등의 인물들을 빼놓을 수 없지요.

— 예. 저도 교수님과 같은 생각입니다. 이분들 모두 한결같이 충무공을 따르고 누구보다 용감하게 전장을 누빈 인물들인 걸로 알고 있습니다.

— 맞습니다. 이분들 중 몇 분의 이름이 우리 해군 잠수함의 함명으로 사용된 것으로만 보아도 대단했던 인물들이죠. 해군은 잠수함 함명으로 임진왜란의 명장, 일제 강점기의 독립운동가 등 주로 항일 지사들의 이름을 붙입니다. 우리 잠수함은 톤수에 따라 1,200톤

급은 장보고급, 1,800톤급은 손원일급, 3,000톤급은 도산 안창호급으로 나누는데요. 장보고급 잠수함으로 1996년 취역한 SS 066 이종무함, 1997년 SS 067 정운함, 2000년 SS 068 이순신함(무의공)과 SS 069 나대용함, 2001년 취역한 SS 071 이억기함이 있습니다. 참고로 손원일급 잠수함으로는 2009년에 취역한 SS 075 안중근함, 2013년 SS 076 김좌진함, 2014년 SS 077 윤봉길함, 2015년 SS 078 유관순함, 2016년 SS 079 홍범도함과 SS 081 이범석함, 2017년 SS 082 신돌석함 등이 있답니다.

— 제가 해군에 복무할 때만 해도 이런 잠수함들은 꿈도 꾸지 못했었습니다만, 이젠 우리 해군도 정말 대단하군요. 이런 잠수함까지 보유하다니 말이죠. 게다가 잠수함 함명도 임진왜란 때 크게 활약했던 명장들과 일제 강점기 독립운동가들의 이름을 붙인 점 또한 신기하기도 하고 참 좋네요.

— 더 대단한 건 2021년에 취역한 최신예 SS 083 도산 안창호급 잠수함입니다. 3,000톤급 이상 잠수함을 독자적으로 개발한 여덟 번째 국가가 되었으니까요. 이른바 SLBM을 탑재할 수 있는 수직발사체계를 장착한 잠수함으로 공기불요추진체계(AIP)에 개선된 연료전지로 수중 잠항 기간도 늘어난, 정말 최신예 잠수함이라고 할 수 있습니다.

— 듣고 보니 정말 굉장하네요. 자랑할 만도 하구요. 그럼, 충무공 이순신 장군의 이름을 딴 잠수함이나 군함은 없나요?

— 장보고급 7번 잠수함인 SS 068 이순신함을 충무공 이순신함

으로 착각하는 사람들이 많습니다. 그래서 2003년에 취역한 구축함은 특별히 충무공 시호까지 넣어 DDH-975 충무공 이순신함으로 부르고 있답니다.

김 교수님은 자신이 해군사관학교에 재직했던 당시가 생각나는 듯 남다른 감회에 젖은 듯 보인다.

— 그렇군요. 교수님, 해군 이야기가 나와서 궁금합니다만, 제가 조사한 바로는 임진왜란 때 사용한 '대장군전'이라는 무기를 해군사관학교에서 재현하여 시험 발사까지 해보았다고 하던데요?

— 그러고 보니 강 작가님도 공부 많이 하셨네요. 예. 맞습니다. 실제로 사관학교에서 시험 발사한 결과 400m 거리에서 화강암을 80cm나 뚫고 들어간 것을 확인하였지요. 실험할 때 화약을 문헌에 기록된 정량보다 40%로 줄였는데도 그 정도였으니까 당시에는 왜선을 관통할 수 있을 정도의 위력을 가졌던 것 같습니다. 대장군전은 천자총통에 넣어 쏘는 화살처럼 생긴 포탄으로 요즘으로 치면 조선판 미사일 정도가 아닐까 싶습니다. 일본 쪽 기록에 의하면, "조선군은 대들보를 뽑아 대포에 넣어 쏜다." 또는 "조선군이 쏘는 화살은 통나무만 하다."라는 표현이 있는 것을 보면, 일본군에게는 엄청나게 두려운 무기였다고 할 수 있습니다.

— 그럼 해군사관학교에서 재현했다고 하면, 실물이 우리나라에 있다는 얘긴가요?

— 아닙니다. 실물은 아쉽게도 일본에 남아 있답니다. 안골포 해전 당시 3층 누각이 있는 안택선安宅船, 즉 아타케부네에 왜장 구키

요시타카가 타고 있었는데, 그 배에 대장군전이 명중했다고 합니다. 그것을 퇴각하면서 가져가 그의 가문에 보관했다가 지금은 일본 박물관에 보존되어 있습니다. 2017년 국립진주박물관에서 구키 가문의 협조를 받아 국내에 전시하기도 했지요.

— 그것이 유일하게 남은 대장군전 유물이군요.

— 그런 셈이죠. 그런데 대장군전처럼 임진왜란 당시 사용된 여러 무기 중 우리가 간과하고 있는 무기가 하나 있습니다.

— 간과하고 있는 무기라면?

— 예. 승자총통과 소승자총통이라는 무기입니다. 일반적으로 조선 수군이 사용한 주력 무기는 천지현황이라는 각종 총통과 장전, 편전 등의 화살뿐인 걸로 알고 있습니다만, 이순신 장군이 정사준을 시켜 일본 조총을 모방한 정철총통을 만들어 쓰기 전까지 이 승자총통과 소승자총통이 개인화기로 사용되었던 것이지요.

— 일본 조총과 비슷한 무기인가요?

— 「난중일기」에도 이순신 장군이 정사준이 만든 정철총통에 대해 설명하면서 소승자총통이 일본 조총에 비해 성능이 떨어진다는 이야기가 나옵니다. 하지만 당시 조총에 상대할 수 있는 수군의 개인화기로서 활보다는 그 역할이 컸다고 할 수 있지요. 오늘날 소총과 유탄발사기, 산탄총의 용도를 혼합한, 조선 초기 개인화기를 대표하는 무기였다고 할 수 있으니까요.

— 그렇군요. 그런데 교수님, 이순신 장군이 정사준을 시켜 만든 정철총통이 승자총통의 단점을 보완하고 일본 조총보다 더 좋은 성

능을 보여줬다고 하는데, 그 좋은 무기를 왜 대량 생산을 하지 못했을까요? 그랬더라면 좀 더 빨리 전쟁을 끝낼 수도 있었을 것이고, 아니면 정유재란도 일어나지 않았을 것 아닙니까?

이 또한 내가 가장 궁금하게 여기고 의문을 품었던 것 중 하나였다.

— 일리가 있는 얘깁니다. 문제는 이순신 장군의 요청을 잘 받아들이지 못한 당시 조정 분위기도 한 가지 걸림돌이었지요. 다음으로는 당시 화약을 만드는 중심 원료인 염초(질산칼륨)와 유황을 구하는 데 제약이 있었고, 정철 또한 부족했기 때문에 정철총통이 대량 생산되지 못했던 것이지요.

— 어떤 제약이 있었다는 말씀인지요?

— 염초를 쉽게 제조하려면 자연산 초석 광산에서 초석을 채굴해야 하는데, 조선의 생산량은 크게 부족해 명나라에서 수입해 썼는데도 화약 생산량이 충분하지 못했지요. 초석 광산이 풍부했던 명나라는 이 점을 잘 알고 있었기에 초석 수출을 엄격하게 통제해서 화약 강소국으로 발돋움하려는 조선의 군사력에 제동을 걸었던 것이죠. 예나 지금이나 강대국이 지배 헤게모니를 놓지 않으려는 속셈이라고나 할까요? 미국이 몇 년 전까지만 해도 우리 미사일 개발에 옵션을 걸었던 것과 아직도 전작권에 대한 태도 등을 보면 마찬가지가 아닌가 싶습니다만…….

— 교수님 말씀을 듣고 보니 좀 더 이해가 잘 되네요. 당시 역사를 공부하거나 지금 우리가 처한 지정학적 상황을 볼 때마다 가슴 답답한 일이 한두 가지가 아닙니다.

— 허허, 그렇지요?

그러고는 잠시 교수님을 말머리를 돌린다.

— 아, 참. 이건 여담입니다만, 강 작가님은 어떻게 해군에 입대하게 되었는지요?

— 교수님도 잘 아시다시피 통영은 충무공과 인연이 깊은 통제영의 고장, 즉 오늘날 진해와 같은 해군기지가 있었던 곳 아닙니까. 그러다 보니 6.25 전쟁 때부터 자연스럽게 해군으로 가는 경우가 다른 지역에 비해 높았다고 볼 수 있지요. 그런 선배들을 보고 후배들도 따라가는 경우가 많았답니다. 저 역시도 그랬으니까요. 특히 저는 통영 충렬사 가까이 살았는데, 늘 해군 훈련병들이 충렬사에 참배하러 오는 광경을 봐 왔었죠. YTL정 침몰 사고 이전까지 말입니다.

— 아니 YTL정 침몰 사고도 아세요?

— 그럼요. 통영 사람이면 누군들 모르겠습니까. 저는 직접 목격까지 했었는데요. 대학 1학년을 마감하는 겨울방학이 거의 끝나갈 무렵, 1974년 2월 22일이었죠. 사고 소식에 집을 뛰쳐나오니까 구급차뿐만 아니라 훈련병을 업고 병원으로 뛰어가는 모습까지 봤었죠. 결국 159명이나 사망한 안타까운 사고였고요. 더구나 훈련병의 해군 기수가 159기였는데, 공교롭게도 159명이 사망한 것을 두고 우리 고장에서는 온갖 말들이 많았죠.

— 강 작가님이 들은 온갖 말들이라면?

— 예. 통영 사람들은 충무공의 노여움을 사서 그런 사고가 일어난 것이라고들 쑥덕거렸죠. 그날따라 일기도 고르지 못한데다 귀함

시간을 맞추기 위해 삼백 명이 넘는 훈련병 중에서 뒤쪽의 일부 중대는 충렬사 참배를 하지 않고 앞 중대의 행렬을 따라 바로 돌아섰다는 말들도 떠돌곤 했으니까요. 게다가 하필이면 남망산 공원에 있는 충무공 동상이 바로 내려다보는 지점에서 침몰 사고가 일어났기 때문에 그런 소문이 무성할 수밖에 없었지요.

— 그런 사고를 직접 목격하고도 어떻게 해군에 자원입대했습니까?

— 글쎄요. 저도 무슨 힘에 이끌려 그랬는지 잘 모르겠습니다만, 군함을 타보고 싶은 소박한 꿈이 있었던 것 같습니다. 어쨌든 군 복무기간을 포함해서 지금까지 한 번도 바다가 없는 지역에서 살아본 적이 없었습니다. 아이쿠, 교수님, 제 얘기만 늘어놓아서 죄송합니다. 화제가 이상한 쪽으로 흐르고 말았네요. 남자들은 군대 얘기만 나오면 시간 가는 줄 모른다니까요.

— 그건 저도 마찬가집니다. 그럼 다시 본론으로 돌아갈까요?

— 예. 두 번째와 세 번째 덕목으로 꼽은 정보 탐색 능력과 위민 정신에 대해 말씀해 주시죠.

— 정보 탐색 능력이란 군사 용어로는 첩보전을 말하는 것이겠죠. 적을 알아야 이길 수 있는 전술을 짤 수 있지 않겠습니까? 이순신 장군은 포로로 잡은 일본군들을 심문하여 내부 상황을 파악하는 한편 일본군에게 포로로 붙잡혀 갔다가 구출된 조선 사람들에게서도 작은 정보 하나라도 얻으려고 했을 뿐만 아니라 귀화한 일본인, 즉 항화인에게까지도 여러 정보를 수집했지요. 물론 이런 방법은 예나

지금이나 지휘관이라면 누구든 하고, 또 할 수 있는 것들이지요. 문제는 수집한 정보들을 어떻게 거르고 취하는가 하는 분석 작업이 가장 중요한데, 장군은 그 작업을 철저히 했던 것이죠. 한산대첩에서도 잘 알려진 대로 견내량 부근에 왜선들이 정박해 있다는 사실을 미륵산에서 보고 제보한 김천손이라는 사람의 말도 그냥 흘리지 않고 새겨들어 확인 작업까지 하는 등 일반 백성들로부터 입수한 정보까지도 분석했던 사실을 보면 분명 남달랐다는 것이죠. 마지막으로 고기잡이배로 위장할 수 있는 협선이나 포작선을 보내어 왜선의 출몰이나 정박 상황 등을 수시로 파악하여 장수들과 전략회의에서 모든 정보를 공유하여 일치된 전술대로 해전에 임한 것이 전승의 비결일 뿐만 아니라 지휘관으로서 가져야 할 덕목 중 하나로 볼 수 있습니다.

— 교수님 말씀을 듣고 보니 말은 쉽지만, 누구나 다 쉽게 할 수 있는 방법은 아니었겠네요.

— 그럼요. 그래서 용인술에 이어 리더로서 두 번째로 꼽은 덕목이지요. 세 번째 위민 정신이라는 것도 앞서 말씀드린 대로 일반 백성들에게 믿음을 주지 않고서는 정보를 얻을 수 없다는 사실과 결부된다고 봐야죠. 백성들을 생각하는 장군의 모습은 「난중일기」 곳곳에도 나오지 않습니까. 한산대첩 때만 해도 견내량에서 바로 싸우지 않은 이유 중의 하나로 뭍으로 도망간 왜적들이 백성들을 해칠 것을 염려하여 한산 앞바다로 유인한 후, 한산도로 몰아넣어 섬으로 올라가도 굶어 죽게 할 방법을 택했던 것이죠.

— 예. 저도 조정에 보낸 장계에서 그런 구절이 있는 것을 본 적이 있습니다. "육지에 올라간 적들은 미처 다 잡지 못했습니다. 그 지역에 살고 있는 백성은 산골에 숨어 있는 자가 아주 많았기에, 왜적들의 배를 다 불태우면 궁지에 몰린 도적을 만들게 되어 숨어 있는 백성이 짓밟혀 결딴나는 재앙을 면치 못하게 될 듯해 잠시 1리쯤 물러나 밤을 보냈습니다."라고 언급한 부분이 무척 가슴에 와닿았습니다.

— 그렇지요. 한산대첩 당시 왜장 중 한 명이었던 와키자카기가 구사일생으로 일본에 돌아가 남긴 기록에 보면, 갑옷에 화살을 맞고 한산도에 올라가 13일 동안 솔잎과 미역을 먹으며 견디다가 거제도 밖에서 일본 병선이 몰려오고 있다는 것을 듣고 판옥선이 갑자기 물러난 틈을 타 뗏목을 타고 살아왔다는 내용이 나옵니다. 그런데 이순신 장군의 장계에도 그와 같은 사실이 나옵니다. "한산도 앞바다에서 맞붙어 싸울 때, 전에 맞은 왜적 400여 명이 그 섬으로 올라갔습니다. 경상 우수사 원균에게 그의 소속 수군을 이끌고 사면을 둘러싸고 포위해 남김없이 붙잡아 베고, 공문으로 보내줄 것을 약속했습니다. 신과 우수사 이억기 등은 진을 파하고 군대를 되돌렸습니다. 그런데 원균은 그 뒤에 적선이 많이 이르고 있다는 잘못된 이야기를 듣고, 포위를 풀로 갔습니다. 그래서 땅으로 올라갔던 왜인 등이 나무를 잘라 뗏목을 만들어 거제로 다 건너갔다고 합니다. 솥 안의 물고기가 끝내 빠져나갔습니다. 아주 원통하고 분합니다."라는 내용을 볼 때, 와키자카기가 남긴 기록과 일치하거든요.

— 여기에서도 원균은 역시 문제 인물로 나오는군요.

— 잘 알다시피 원균의 행적이야 어디 그뿐이었습니까? 한편 백성들을 생각하는 장군의 마음 씀씀이는 「이충무공행록」에도 잘 표현되어 있지요. "공이 진에 있으면서 언제나 군사들의 식량을 걱정했기에 백성을 모아 둔전에서 농사를 짓게 하고, 사람들로 하여금 고기를 잡게 하며, 소금을 굽고, 질그릇을 굽게 했다. 할 수 있는 일이라면 다 했다."라는 내용을 보면 전쟁에서 전투가 가장 중요한 일이긴 하지만, 수군들뿐만 아니라 인근 백성들도 먹고살게 해야 한다는 위민 정신이 있었기에 백성들의 믿음 속에서 승리 또한 얻을 수 있었던 것이 아닐까 싶습니다. 또한 그런 백성들의 믿음은 그들 스스로 해상 의병 역할을 마다하지 않아 장군에게 힘을 보태기까지 했으니까요. 이것은 마치 공자의 「논어」 한 구절과 일맥상통하는 게 아닐까 싶습니다. "足食, 足兵, 民信之矣. 먹는 것을 충분하게 하고, 국방을 튼튼히 하여 백성들에게 믿음을 주는 것"이란 내용 말입니다. 또 한 가지를 더 보태자면, <화포를 봉해 올리는 장계>에 정철 총통을 만드는데 이바지한 장인들 이름을 모두 적었다는 사실입니다. 신분 질서가 엄격했던 조선시대 하층계급에 속했던 대장장이와 노비들의 이름을 장계에 적는다는 것은 보통일이 아니잖습니까? 이것만 보더라도 이순신 장군의 위민 정신이 어떠했는지 극명하게 보여주는 게 아닐까 싶습니다.

"신의 군관인 훈련원 주부 정사준을 시켜 총통을 만들었습니다.

정사준은 신묘한 방법을 터득해 낙안의 대장장이 이필종과 순천 사노 안성, 난을 피해 본영에 살고 있는 김해의 절 노비 동지, 거제의 절 노비 언복 등을 데리고 총을 만들어 냈습니다. (……) 정사준과 대장장이 이필종 등은 별도로 상을 주시어 그들이 감동을 받아 즐거운 마음으로 조선 조총을 만들게끔 하여 주시옵소서"

김 교수님의 얘기를 들으면서 나는 사마천의 「사기」 '이사李斯 열전'에 나오는 구절이 떠올랐다.

태산불양토양 泰山不讓土壤
하해불택세류 河海不擇細流
태산은 한 줌 흙도 사양하지 않고,
하해는 실개천도 가리지 않는다.

무릇 지도자는 백성들의 이야기를 듣는 것에서부터 그 뜻을 펼쳐야 한다. 하늘에 닿을 만한 태산도 따지고 보면 한 줌 흙에서 비롯된 것이며, 넓은 바다, 또한 산골짜기 실개천에서 시작된 것이 아니던가. 태산이 한 줌 흙을 무시하고, 바다가 실개천의 물줄기를 외면한다면 지도자의 근본을 망각하는 것이다. 어쩌면 "모든 권력은 국민으로부터 나온다."는 오늘날 표현과 일맥상통하는 것이 아닐까.

제8장
드디어 한산도로

태귀련과 이무생은 슬픈 가을을 보내야만 했다. 절기도 잊고 지냈다. 다복솔 사이로 부는 바람결에도 가슴이 먹먹했고, 한숨처럼 흩날리는 억새풀 하얀 머리칼만 봐도 눈물이 나왔다. 부모님의 죽음 앞에서는 공포와 경악 그 자체였으므로 눈물을 흘린 겨를조차 없었다. 왜구들의 칼 앞에서 충격과 겁에 질린 몸은 화석이 되어 한 가닥 감정도 끄집어내지 못했다. 그때는 산송장이나 다름없었다. 그런데 지금은 이렇게나 다르다니……. 우여곡절 끝에 살아남은 목숨 줄의 은인에게 느끼는 감정은 무엇이었을까. 사람이 사람을 생각하고 느끼는 마음이 이다지도 깊을 줄은 몰랐다. 정운 나리의 죽음은 오래도록 가슴에 멍울로 남아 대장간 망치질에도 힘이 들어가지 않았다.

그래도 진영의 모든 사람은 '산 사람은 살아야 한다.'라는 기막힌 말을 몸으로 익힌 듯 다시 새로운 싸움을 준비하는데 여념이 없었다. 태귀련은 그래서 더 슬펐다.

한산 앞바다 싸움과 부산포 싸움 이후, 왜적들은 한동안 바다로 나올 기미를 보이지 않았다. 대신 곳곳에 성을 쌓는다는 소문이 들려왔다. 무슨 꿍꿍이속인지는 몰라도 쉽사리 물러날 뜻이 없음은 분명했다. 염탐꾼 배들이 몰래몰래 다닌다는 소문도 사람들 입에 오르내렸다. 그러니 큰 싸움이 없는, 쥐 죽은 듯이 조용한 바다라고 해도 언제 어디서 다시 나타날지 모르는 적들에 대한 감시를 소홀히 할 수는 없었다. 그것은 팽팽하게 당겨진 활시위처럼 또 다른 긴장감으로 다가왔다.

우리 수군도 왜선들의 움직임을 감시하는 복병선을 띄웠다. 맞붙는 싸움만이 무서운 게 아니었다. 싸울 준비를 하는 것 또한 마찬가지였다. 그만큼 진영 안은 바쁘게 돌아가고 있었다. 그러므로 슬픔에 젖은 시간은 사치로 여길 수밖에 없었다. 화약을 만들고 무기를 새로 가다듬으며, 배를 다시 만들거나 수리를 하는 등 모든 날이 내일의 싸움을 준비하는 시간으로 채워질 뿐이었다.

시월 여드렛날쯤 되었을까. 왜적 수만 명이 진주성을 공격했다는 소식이 들려왔다. 이놈들이 한산 앞바다 싸움에서 우리 좌수사께 크게 패하여 바닷길이 막히자 이번에는 육로로 전라도를 침범하기 위해 진주성을 공격한 것이라고 했다. 정말 징하고도 징한 놈들이었다. 그러나 놈들을 욕만 할 겨를이 없었다. 문제는 진주성만이 아니었기 때문이다. 만약 진주성이 무너지면 이곳 좌수영도 안심할 수 없게 될 것이다. 수군이 육지 싸움에서 승산이 있을까? 진영은 온통 걱정과 함께 비상이 걸렸다.

그래서 진주성 싸움은 남의 일이 아니라 바로 우리 일이었다. 가슴 졸이는 날들이었다. 그래도 우리 좌수사 영감님이 한산도에서 왜적을 크게 무찌른 후 온 나라 곳곳에 의병들이 일어나고, 이제부터는 왜적을 물리칠 수 있다는 자신감이 가득 찼기에 진주성 사람들도 마찬가지가 아닐까 싶었다. 그런 간절한 마음 때문이었을까. 며칠 뒤, 기쁜 소식이 들려왔다. 김시민 진주목사께서 철환에 맞아 쓰러졌지만, 끝내 왜적들을 물리쳤다는…….

몇 천여 명에 불과한 진주성 사람들이 수만 명의 왜적들을 물리쳤다니 믿어지지 않을 만큼 엄청난 소식이었다. 다행이다. 정말 다행이다. 또 한 번 하늘이 우리를 굽어 살펴 주시는구나. 우리 좌수사 영감님이 바다 싸움에서 이겼을 때처럼 모든 사람이 안도의 한숨과 함께 웃음꽃을 피웠다.

그렇게 가슴 졸였다 풀렸다 하는 나날 가운데 태귀련의 입장에서는 정말 이해하기 힘든 일이 하나 있었다. 새로운 싸움 준비에 바쁜 가운데 군량미를 싣고 진상품을 꾸리는 일로 한바탕 부산을 떨었기 때문이다. 그것도 임금님이 피신해 있다는 의주 행재소까지 보낼 것이라고 했다. 천여 석의 군량미와 긴 화살인 장전과 애기살이라 부르는 짧은 화살인 편전, 대나무와 각종 종이 등을 실었으니…….

태귀련으로서는 도무지 이해할 수가 없었다. 평상시라면 몰라도 전시 중이지 아니한가. 그것도 당장 내일이라도 싸움을 치러야 할 가장 최전선인 이곳이야말로 군량미와 화살들이 더 필요한 것이 아니겠는가. 먹여야 할 수군들이 얼마이며, 살기 위해 이곳으로 온 피란민들은 또 얼마인가 말이다. 이제 곧 겨울이 닥치면 식량 구하기가 더욱 어려울 터이다. 그러니 오히려 이곳으로 더 많은 군량미를 보내주어도 모자랄 판이 아닌가. 그런데 거꾸로 이곳의 군량미를 한양도 아니고 더 먼 의주까지 보내야 한다니…….

태귀련은 그런 속마음을 공태원에게만 조심스레 털어놓았다. 태귀련의 얘기를 들은 공태원은 씩 웃으면서 눈을 껌벅거리고는 목소리를 낮추었다.

— 나도 자네와 같은 마음일세. 그러나 우리 영감님 입장은 다르거든. 비변사를 통해 직접 전달된 어명인데 어찌 감히 거역할 수 있겠는가. 더구나 온 세상천지가 쑥대밭이 되고, 한양뿐만 아니라 평양까지 당했으니 물품을 조달할 곳이 우리 말고 어디 있어야 말이지.

— 사정이 그럴 수밖에 없다는 거군요. 하지만 아무리 그렇더라도 이건 해도 해도 너무하네요. 만약 우리 영감님이 안 계셨더라면…….

태귀련은 더 이상의 말을 입 밖으로 낼 수 없어 가슴만 답답했다.

— 그리고 이번 일은 정사준이라 분이 큰일을 한 셈이지. 훈련 봉사직을 맡고 있다가 모친상을 당하여 상을 치르던 중에 전란이 터지자 다시 복귀한 분으로 충성심이 대단하신 분이야. 순천에서 동생과 조카를 비롯한 여러 사람과 같이 군량미를 모아 싣고 왔으니까 말이야.

— 그런 나리가 계시다니 정말 대단합니다. 훌륭하신 우리 좌수사께는 역시 대단하신 나리들이 힘을 보태주시는 것 같습니다그려.

나중에 보니 태귀련이 생각하기에도 정말 대단하다는 말 밖에 나오지 않을 만큼 주어진 임무에 충실한 분들이었다. 늦가을, 물건을 실은 배가 황해도 물길을 따라 올라가다가 풍랑을 만나고, 급기야 정사준 나리까지 병이 들어 어쩔 수 없이 되돌아오고 말았던 것이다. 그러자 이번에는 동생분들이 나서 탄신일, 동지, 설날용 방물 진상품까지 보태 싣고는 그 추운 동지섣달에 기어코 의주 행재소까지 전달하는 임무를 끝내고 돌아왔으니 모두 깜짝 놀랄 수밖에 없었다.

그렇게 어마어마하고 무시무시했던 임진년이 저물어 갔다. 얼마나 많은 일들이 연이어 일어난 해가 아니었던가. 태귀련과 이무생은, 살아온 날들이 살아갈 기적을 만들기 시작한 날부터 때로는 숨죽이며, 때로는 승전보에 환호하며 새로운 생활에도 모지락스럽게 견뎌왔다. 대장장이로서 가슴에 품은 칼은 아직 만들지 못했지만, 풀무질과 망치질로 온갖 종류의 무기 만드는데 도와주느라 비지땀을 흘려야만 했다. 언젠가는 서릿발 칼날을 벼린 큰 칼을 반드시 만들고 말리라. 그러나 아직은 때가 아니었다. 이런저런 생각에 희망보다는 걱정이 앞서는 계사년(1593년) 새날이 밝아왔다.

— 태구련 형님, 그 소식 들었소?

이무생이 어깻숨을 몰아쉬며 말했다.

— 너는 어째 무슨 소식만 있으면 그렇게도 숨이 가쁘냐? 그래, 이번에는 또 무슨 소식?

— 우리 좌수사 영감님이 피란민들을 돌산도에 들어가게 해 농사를 짓게 한다는 소식 말이오.

— 너는 어디서 그런 소식을 듣고 와서 야단이냐? 혹시 안동 처자를 만나러 갔다가 듣고 온 것은 아니고?

— 에이, 형님도. 영 안이고 밖이고 다들 아는 얘긴데…….

안동 처자 이야기가 나오자 이무생은 말끝을 흐린다.

— 그런데 형님, 진작 그렇게 했으면 더 좋았을 텐데 말이오. 봄에 씨뿌리고 가을에 거두려면 한시가 바쁘잖소. 하기야 그동안 우리 영감님이 여러 바다 싸움에서 왜적을 물리치느라 그럴 생각까지 할 겨를이 어디 있었겠소.

— 그럼, 그렇고말고. 영에서 일일이 돌봐주는 것도 한계가 있으니까 아주 잘된 일이고말고.

— 그런데 말이오. 형님, 공태원 나리한테 들으니까 그 일도 나라에서 허락받아야 한다고 합디다. 그러니 마음대로 하는 일이 아니었다고 하네요. 아니, 돌산도는 우리 영감님 관할 지역인데 왜 마음대로 못 한다는 건지 원……. 더구나 목장이 있는 곳은 나라에서 필요한 말을 키우고 조달하는 일에 방해가 된다고 반대하는 양반들도 많았답니다.

이무생은 마치 자신이 피란민의 입장이라도 된 것처럼 제법 목소리를 높였다. 그런 이무생의 태도를 보자 태귀련은 예전과 확실히 달라졌다는 느낌을 받을 수밖에 없었다. 이것 역시 안동 처자 때문에 일어난 변화임이 분명하다 싶었다.

— 오래전부터 섬은 나라에서 비워두라고 했다더라고. 왜구 놈들 노략질 때문이었겠지. 섬에 사람이 없으니 놈들은 바다에서 가까운 뭍에 있는 우리 마을이나 동생 마을까지 쳐들어온 것이지. 그렇지만 이제부터는 우리 영감님이 계시니까 개미 새끼 한 마리조차 얼씬도 하지 못할 거라고.

— 맞습니다. 형님. 저도 이놈의 전란만 끝나면 섬에 들어가 풀무질도 하면서 농사를 짓고 싶소.

농사는 혼자서 할 수 있는 일이 아니다. 그러고 보면 이무생의 말 속에는 살림을 차려 식구를 늘리고 싶다는 생각을 은연중에 드러낸 것이리라. '물 본 기러기 꽃 본 나비'라는 속담도 있지 않은가. 태귀련은 조만간에 이무생을 위해 일을 꾸며 봐야겠다는 생각이 다시 들었다.

— 그런데 형님, 염초 만드는 일을 거드는 것도 아직 손에 익지 않아서 그런지 생각보다 쉬운 일이 아니네요.

이무생은 태귀련이 안동 처자 이야기를 꺼내기도 전에 먼저 화제를 돌린다.

— 세상에 쉬운 일이 어디 있는가. 우리도 칼 만드는 것을 처음부터 잘했는가?

— 그야 그렇지요. 그래도 군관 이봉수 나리가 정말 대단합니다. 어떻게 염초 만드는 법을 알아냈을까요? 그것도 구린내 나는 뒷간

이나 처마 밑, 마루, 부엌 아궁이 썩은 흙을 물로 우려내고 끓여서 만드니 말입니다. 정말 신기한 노릇이지요.

— 그러게 말이야. 나도 정말 대단하다고 생각해. 우리도 좋은 칼 하나 만들려면 보통일이 아니지만, 콩알만 한 화약 하나 만드는 것도 실로 엄청난 일이더구먼.

— 맞습니다. 염초 한 근 만들어 내는 것도 장난이 아닌데, 거기에 다 유황과 숯가루를 넣고 갈고 볶아서 물을 붓고 절구에 찧는 일을 일만 번도 더하는 것 같습니다. 그뿐만 아니라 중간에 물기가 마르면 물을 다시 넣고 반쯤 마르면 그다음에는 햇볕에 다시 말린 뒤 부수어 콩알만 한 화약을 만들어 내니 그게 어디 보통일입니까. 칼 만들 때 우리 망치질처럼 말입니다.

— 동생 말대로 여기서는 보통일이 아닌 게 어디 있던가? 판옥선 만드는 일은 또 어떻고 말이야. 모든 물자가 귀하다 보니 좋은 쇠 하나 구하기도 어려운 일 아닌가. 총통 만드는 동철도 그렇고, 말일세.

— 그러게 말입니다. 동철, 정철, 염초 하나 같이 귀한 것들인데, 공태원 나리 얘기 들어보니까 화약 만드는데 제일 중요한 유황은 이곳에서 더 이상 구할 수가 없답니다. 그래서 우리 영감님이 조정에 유황을 보내달라고 청하는 글까지 올렸다고 하더구먼요.

— 우리 수군 주력 무기인 총통은 화약이 없으면 제구실을 할 수 없으니 어찌 됐든 화약 만드는데 애를 쓸 수밖에…….

— 우리도 하루빨리 영감님 칼을 만들었으면 좋겠소. 왜적들이 그 칼만 보고도 놀라서 자지러지게 말이오.

이무생도 태귀련의 속마음을 읽고 있기라도 하듯 한 마디 더 거들었다.

그런데 염초 만드는 일을 가르치고 지시하던 이봉수 나리가 주축이 되어 도망간 수군 70여 명을 붙잡아 다시 각 배에 배치하는 일이 일어났다. 사건의 시작은 책임자들이 수군 80여 명이 도망갔다고 보고하고도 뇌물을 받고 붙잡아 오지 않았다는 데 있었다. 그 책임자 몇몇은 경상도에서 조선인이 된 왜인들로 이른바 향화인들이었다. 이름도 조선식으로 바꾸고 수군에서 작은 직책도 맡는 등 우리 영감님이 믿음을 주었건만, 뇌물까지 받아먹고 수군들이 도망치는 것을 눈감아 주었다니 어처구니가 없었다. 영감님은 그 죄를 물어 그들을 처형했다. 역시 좌수사께서는 그런 면에서는 가차 없이 단호했다.

문제는 그 바람에 태귀련과 이무생은 몸을 더 움츠릴 수밖에 없었다. 그러잖아도 왜놈들에게 부역했다는 곱지 않은 시선을 받았던 적이 있지 않았던가. 그 때문에 이곳 사람들에게 베돌지 아니 하려고 무척이나 애를 써 왔던 터였다. 물론 향화인들이 저지른 일과는 아무런 상관이 없다고 할지라도 그들 스스로 다른 사람들의 시선을 의식하지 않을 수 없었다.

그리고 얼마 뒤, 영감님은 좌수영 수군들을 이끌고 부산 쪽으로 향했다. 이번에도 경상 우수영과 전라 우수영 수군들과 연합군을 만들어 싸운다고 했다. 바로 웅천 앞바다 싸움이었다.

공태원의 말에 따르면, 본래는 명나라 군에 패한 왜적이 부산 쪽으로 내려와 일본으로 돌아가려 할 것이 분명하니 한 척의 배도 돌아가지 못하도록 할 계획이었다고 했다. 그러나 좌수사께서는 웅천에서 길목을 지키고 있는 적들을 먼저 무찌르고, 김해와 양산으로 가는 길을 막아 뒤를 공격당하지 않도록 한 이후에 부산으로 나가려고 했다는 것이다.

그런데 웅천 앞바다 싸움은 생각보다 길었다. 근 한 달간이나 이어졌다. 그것은 왜적들이 포구 깊숙이 배를 감추고 입구에는 여러 장비를 설치한 데다 소굴까지 만들어 두고 있었기 때문이었다. 게다가 왜적은 한산도와 안골포 싸움에서 크게 당했던 터라 여러 유인책에도 쉽사리 바다로 나오려 하지 않았다고 했다. 이에 우리 수군은 한산도에 진을 치고 웅천까지 일곱 차례나 들락거리며 싸움을 벌였다고 했다.

먼저 포구에 정박해 있는 왜선들을 깨뜨리고 뭍에 있는 적진을 향해 화포를 퍼붓고, 나중에는 뭍으로 올라가 싸우기까지 했다는 것이다. 이때 의병 활동을 하는 승려들까지 합세하여 적을 무찔렀다고 하니 하마 왜적들은 우리 수군이 뭍에까지 올라오리라고는 생각지 못했던 것이다. 이번에도 놈들은 또 한 번 허를 찔린 셈이었다. 다만, 좌수사께서 육지에 있는 장수들이 조선군을 이끌고 웅천으로 와 곧바로 공격할 것을 청하는 글까지 조정에 올렸으나 지원받지 못했다고 했다. 수군과 육군의 합동작전으로 왜적을 완전하게 섬멸하려 했으나 그렇지 못한 것이 분하다고들 했다. 그러나 웅천 앞바다 싸움으로 왜적이 더 이상 서쪽으로 오려는 의지가 꺾인 것만은 분명했다.

계사년 삼월 하순 무렵, 임금님이 의주에서 평양으로 돌아왔다는 소식이 들려왔다. 그것은 정월에 명나라군과 조선군이 힘을 합하여 평양성을 되찾은 싸움으로 말미암은 것이니, 이제는 판세가 바뀐 것만은 분명했다. 그렇다면 곧 한양에 있는 왜적들도 물리칠 수 있을 것이라는 기대도 하게 되었다. 물론 그렇다고 그냥 순순히 물러날 놈들은 아닐 것이다. 또 어떤 짓을 할지 알 수 없는 놈들이 아닌가.

이런 상황일 때, 좌수영에 왜인 두 명이 붙잡혀 왔다. 당포 앞바다에서 우리 복병선이 고기잡이배 한 척을 사로잡았는데, 왜인 두 명이 타고 있는 것이 아무래도 의심스러워 끌고 온 것이었다. 곧바로 좌수사께서 공태원을 불렀고, 그가 일본말로 자초지종을 물었더니 두 사람이 일본에서 작은 배를 타고 고기잡이하러 나왔다가 풍랑을 만나 파도에 떠밀리는 바람에 이곳까지 오게 된 것이라고 했단다. 그러니까 그들은 결코 염탐꾼이 아니라는 것이었다. 그러나 아무래도 수상쩍다고 했다. 그러잖아도 그동안 놈들이 고기잡이배로 꾸미고 염탐한다는 소문이 퍼져 있었으니까 말이다.

그런데 그날 저녁 무렵, 태귀련은 대장간 일을 마치고 대장간 우두머리인 야장의 심부름으로 책임 군관을 만나러 가는 길이었다. 수군 막사 쪽에서 우연히 잡혀 온 왜인이 있는 곳을 지나게 되었다. 얼핏 보니 나이가 있는 쪽이 젊은 사람에게 그들 말로 계속 같은 말을 되풀이하고 있었다. 수군 복장도 아닌데다 허름한 옷차림의 대장장이를 보고 어느 사람인들 일본말을 알아들을 것으로 생각이나 할 수 있었을까. 설사 그들을 지키고 있는 수군들 앞이라고 해도 공태원과 같은 역관 역할을 하는 사람이 없는 한 일본말을 알아들을 턱이 없었으니까. 그래서인지 그들은 거리낌 없이 말을 나누고 있었다. 태귀련이 듣기로는 두 사람이 같은 말을 맞추어야 한다. 다른 얘기는 절대로 해서는 안 된다는 등의 말을 하는 것 같았다. 그러니까 이놈들은 분명 어부가 아니라 염탐꾼이 분명하다는 생각이 들 수밖에 없었다. 태귀련은 심부름을 마치자마자 그 길로 곧장 공태원을 찾아가서 자신이 보고 들은 얘기를 알려주었다.

다음 날, 왜인 두 명에 대한 심문이 다시 이어졌다. 아니나 다를까. 두 사람은 어제와 마찬가지로 계속 같은 말만 되풀이한다고 했다. 그들은 진짜 고기잡이 뱃사람들이라고……. 왜적이 보낸 염탐꾼이 아니고서는 보여주기 쉽지 않은 말과 행동이었다는 것이다. 나중에 형벌을 가하는 추궁까지 했음에도 똑같은 말을 하는 것을 보면 훈련을 아주 잘 받은 염탐꾼임이 틀림없다는 판단을 내렸다고 했다. 그리고 그 판단에는 태귀련이 들었던 말이 결정적인 역할을 했다는 것이다. 마침내 좌수사께서는 아주 교활한 염탐꾼이라며 바로 목을 베라는 명령을 내렸다고 했다.

공태원은 이번 일은 태구련 덕분이라며 추켜세웠고, 좌수사께 데려가 인사를 시키며 칭찬까지 듣게 했다. 공태원 때문에 그때부터 좌수사께서도 태귀련을 태구련으로 부르게 되었던 것이다. 태귀련은 좌수사 영감님을 직접 뵙고 칭찬을 들은 것만으로도 감읍할 따름이었다.

이 일로 지난번 향화인들이 벌인 못된 짓으로 몸을 움츠릴 수밖에 없었던 분위기도 말끔히 씻을 수 있었음은 물론이고, 염탐꾼을 밝히는 데 결정적인 보탬이 되는 일을 한 것에 남다른 자부심까지 가질 수 있게 되었다.

그리고 얼마 뒤, 마침내 왜적들이 한양을 떠나 부산으로 퇴각한다는, 정말 고대하던 반가운 소식이 들려왔다. 이제부터는 한시름 놓아도 될 것 같은 생각이 들었다. 그러자 진영에서는 좌수사께서 수군과 격군들 일부를 각자 집으로 보냈다. 보리걷이를 돕도록 하기 위해서였다. 망종까지는 보리 거두는 일을 모두 마쳐야만 하기 때문이었다. 보리걷이와 함께 하지 전까지는 모내기도 끝내야 했다. 그렇게 바쁜 농사철, 너나 할 것 없이 손을 보탰다.

그렇게 유월도 스무날이 지날 무렵이었다. 농번기가 끝나고 좌수영 선소에서는 판옥선을 한창 만들고 있었다. 목수만 해도 이백여 명이 넘었고, 일꾼들만 해도 본영뿐만 아니라 좌수영 관할 5관 5포에서 각각 동원된 인원까지 이백여 명이 넘을 정도의 대규모 작업이었다. 그런데 그때쯤이었다. 부산까지 퇴각한 왜적들이 일본으로 돌아가지 않고 다시 진주성을 쳐들어온다는 무시무시한 소식이 들려왔다. 더구나 이번에는 십만 대군이라니…….

지난해 진주성 싸움 때 왜군의 수가 삼만여 명이었다고 하는데, 이번에는 그 세 배가 더 넘는다고 하니 이 일을 어찌할꼬. 임진년 싸움에서 기적적으로 왜적을 물리친 덕분에 경상도와 인근 백성들 사이에서 진주성에 들어가면 살 수 있다는 소문이 퍼져 수만 명의 사람들이 몰려들었다고 했었다. 그러니 더 큰일이 아닐 수 없었다.

걱정은 현실이 되었다. 수일 동안 왜적에 맞서 싸웠지만, 그 많은 수의 왜적을 막기에는 역부족이었다. 마침내 진주성은 무너지고 목숨 걸고 싸웠던 군사들뿐만 아니라 피란 온 백성들까지 수많은 사람이 죽임을 당하는 참혹한 일이 일어나고야 말았다. 계사년 유월 스무 아흐렛날이었다.

그 소식을 먼저 전해 들은 좌수사께서는 "진양이 결딴났구나." 하시며 통탄하셨다고 하니, 이곳 사람들의 걱정 또한 영감님의 통탄 속에 고스란히 담겨 있었다. 육로로 전라도를 지키는 길목에 있는 진주성이 무너졌으니 그다음을 걱정하지 않을 수 없었다. 예상한 대로 왜적은 진주 인근의 마을과 하동을 약탈하며 다음으로 남원과 구례 방면으로 쳐들어왔다. 그러나 남원성을 지키고 있던 명나라군과 조선군의 반격을 받고는 왜적이 물러났다고 했다. 그리고 몇 차례 더 공격해 왔으나 그다음부터는 더 이상 쳐들어오지 않는다는 것이었다.

태귀련은 이상하다 싶어 공태원에게 왜 아직 이곳까지는 쳐들어오지 않느냐고 물어보았다.

— 아마도 우리 영감님이 무서운 게지. 거기다가 명나라군이 버티고 있으니 놈들인들 의식하지 않을 수 없겠지.

공태원은 예의 그 넉살 좋은 표정으로 덤덤하게 말했다.

— 그래도 십만 대군이라던데…….

— 그러니까 이놈들은 딴 속셈이 있었다니까. 우리 영감님은 이미 놈들의 속셈을 꿰뚫고 계셨던 것이지.

— 다른 속셈이라뇨?

태귀련으로서는 무슨 말인지 잘 알아들을 수 없었다.

— 놈들은 정월에 평양성 싸움에서 패하고 한양까지 내려오면서 심각한 전력 손실을 입었거든. 게다가 이월에는 행주산성 싸움에서 패하자 보급품에까지 문제가 생기고 전세가 불리해졌지. 그러자 결국 부산까지 퇴각할 수밖에 없는 상황이 되어 버렸던 게지. 그래서 왜국으로 돌아갈 명분을 만들기 위해 머리를 쓴 것이 이른바 화전양면책이라는 것이야.

— 화전양면책이란 게 뭡니까?

— 앞에서는 싸우지 말고 화해하자고 하면서 뒷구멍으로는 싸움을 벌이는 술수를 말하는 것이지.

예전 같았으면 이런 물음에 무식한 대장장이 같다느니 하면서 비아냥거렸을 터인데, 태귀련이 염탐꾼을 확인하는 데 도움을 준 일 이후부터는 그를 대하는 공태원의 태도가 많이 달라진 것만은 분명했다. 곧장 알아듣기 쉽게 차근차근 이야기를 풀어놓으니 말이다. 그만큼 격의 없는 사이가 된 것이라고나 할까.

— 그러니까 명나라군과 협상에서 유리하게 끌고 가기 위해 먼저 진주성을 공격한 것이 놈들의 속셈이라는 거야. 그것을 우리 영감님은 꿰뚫어 보신 것이고, 또한 명나라군 역시 왜국과 협정을 맺

고 조선에서 빨리 떠나고 싶은 속셈이 있었다고 생각하고 계신 것이야.

— 무슨 말인지 조금은 알 것 같습니다만, 참말로 복잡하네요. 하지만 우리 영감님이 그렇게 판단하신 것이라면 맞는 일이겠지요. 암요. 그럼, 앞으로는 어떻게 될까요?

— 명나라군이 진주성 싸움에 도와주지도 않고 왜적과 협상을 벌이는 것을 우리 영감님은 불편한 마음을 감추지 않으셨어. 조선 땅에서 전란이 일어났는데, 우리 조선을 제쳐두고 도와주러 온 명나라군이 왜 협상에 나서냐는 것이지. 그러시면서 내가 죽기 전까지는 한 놈의 왜적조차 살려서 돌려보낼 수 없다고 하셨지. 그래서 앞으로는 전라도를 온전히 지키고 왜적을 물리치기 위해서는 놈들이 몰려 있는 부산 쪽에 더 가까이 다가가 길목을 지키는 수밖에 없다고 하셨어.

그런 우리 영감님의 간절한 마음이 하늘에 닿았기 때문이었을까. 칠월 중순, 드디어 한산도로 진을 옮기게 되었다. 그것도 전라, 경상, 충청도를 아우르는 삼도수군통제사가 되시면서…….

제9장
문화의 기억, 그 느낌표를 찾아서

통영을 다시 찾았다. 이번에는 민 교장이 먼저 전화를 주었다. 유화백이 주관하는 <통영 인간문화재 기림제> 행사에 참석해 달라는 연락이었다. 이 행사는 말 그대로 통영 인간문화재 선생님들의 장인 정신을 기리고, 전통예술을 계승 발전시켜 후대에 전하고자 하는 취지의 행사였다.

연락받자마자 내려가겠노라 약속했다. 행사 당일 오전에, 작고하신 인간문화재 선생님들을 추모하는 기념비들 앞에서 치르는 제례 행사부터 참석했다. 그 기념비를 한곳에 모아 모신 곳은 통영중학교 교문 앞에 있는 야트막한 야산 언덕바지였다. 이곳에서 미륵산 쪽으로 조금만 올라가다 보면 전혁림 미술관이 있고, 그다음은 봉평동 버스 종점이 있으며, 그 위쪽에 용화사라는 절이 있다. 내가 이

중학교에 다닐 때만 해도 이곳에는 민가가 없었다. 부근에 공동묘지가 있었고, 겨울철이면 교실 난로에 쓸 솔방울을 따러 다녔던 산이었다. 그래서일까? 인간문화재 선생님들의 기념 비석을 모아 놓은 공간치고는 좁고 초라해 보였다. 그런 마음을 나만 느끼고 있는 것은 아닌 모양이었다. 기림제 추진위원회 측에서도 앞으로 인간문화재 기념공원을 건립할 계획이라고 했다.

이 행사에서도 나는 문외한의 부끄러움을 또 한 번 느껴야만 했다. 지금까지 국가 지정 무형문화재는 148개 종목인데, 통영은 9개 종목에 작고한 보유자를 포함하여 모두 42명이나 된다고 했다. 이는 서울 등 대도시 지역을 제외하면 지정된 국가무형문화재가 가장 많은 곳이란다. 현재 통영에서 활동하면서 후진 양성에 힘쓰고 계신 생존 보유자는 모두 13명이고, 경상남도 전체 보유자가 20명이라고 하니 전통 문화예술 분야에서 통영이 지니는 위상은 다른 지역에 비할 바가 아니라는 것이다. 이것은 통영 12공방의 영향이 컸음이 분명했다.

현재 통영 분들이 보유한 무형문화재 9개 종목으로는 갓일, 통영오광대, 나전장, 승전무, 소목장, 두석장, 남해안별신굿, 소반장, 염장 부문인데, 이와 같은 사실들도 이번에야 자세히 알게 되었다. 그러니 지금까지 노루 꼬리만 한 지식으로 그동안 고향을 자랑해 온 것에 부끄러움이 앞섰다.

오후에는 통영 박물관 강당에서 학술 세미나가 있었다. 첫 번째는 '예인의 길'이라는 주제로 대학교수님이 우리 전통춤에 대한 강연을 해주셨고, 두 번째는 문화재청 문화재 보존 국장의 강연이 있었다. 강연 내용 중에서 문화재청 국장의 몇 마디 말이 매우 인상 깊었다. "통영 시민들은 우리 문화재가 귀한 줄을 잘 모르시는 것 같다. 왜냐하면 통영은 발길 닿는 곳마다 온통 문화재급을 만날 만큼 많으니까 그런 것 같다. 그래서 다른 지역보다 오히려 관심이 무디어져 있는 게 아닌가 싶다."라고 했다. 또한 "문화재에 관한 관심 여부를 떠나서 굳이 관광 산업 측면에서라도 제승당까지 유람선 대신 왜 거북선을 띄울 생각은 하지 않느냐."라는 말 등은 나뿐만 아니라 통영 사람들이 새겨들어야 하는 따끔한 지적이었다.

모든 행사를 마무리한 후, 유 화백과 민 교장, 우리 셋은 저녁 술자리를 가졌다. 오늘 기림제 행사를 주관한 유 화백의 수고에 대한 격려의 자리였다. 나로서는 인간문화재 관련 공부뿐만 아니라 그 뿌리인 통영 12공방에 관한 이야기도 자연스럽게 나눌 좋은 기회이기도 했다. 물론 문화재청 국장의 말이 단연 첫 번째 화제로 오른 것은 당연한 일이었지만…….

그런 관점에서 앞으로 통영문화의 발전 목표와 방향을 설정하기 위해서는 통영문화가 지닌 뿌리와 가치를 되새기며, 어떤 서사로 풀어나가야 할 것인가에 대한 의견들이 오고 갔다. 그러면서 학습되지 않은 문화는 유물일 뿐이지 살아 있는 문화가 아니지 않느냐. 그래서 "아는 것만큼 보인다."라는 말을 실천하고, 지역 문화를 보다 더 활성화하려면 오늘과 같은 <통영 인간문화재 기림제>를 포함하여 학습의 즐거움을 일깨우는 일이 무엇보다 중요하다는 얘기들도 나왔다. 그런 화제의 연장선상에서 자연스럽게 내가 먼저 통영 12공방에 대한 화두를 던졌다.

— 통제영을 한산도에서 통영으로 옮긴 이후 통제사가 전국의 장인들을 불러들여 공방을 열었다고 했는데, 처음부터 12공방이란 명칭을 썼는지 아니면 나중에 정립되었는지 궁금해.

— 학자마다 견해가 조금씩은 다르지만, 대체로 처음에는 16개 또는 15개 공방으로 시작하여 시기별로 필요성 여부에 따라 통합과 폐쇄 그리고 신설 과정을 거쳐 12공방 체제가 정립되었다고 하더라고.

먼저 유 화백이 내 말을 받고는 기록에 대한 설명까지 덧붙인다.

— 통영 12공방에 대한 기록으로는 정조 때 쓴 것으로 보이는 「통영지」와 1934년에 발간된 「통영군지」에 12공방이 있었다는 기록이 있어. 그런데 1940년에 발간된 「교남지」라는 책에는 심지어 한산 통제영 때부터 12공방을 설치한 것으로 나타나는데, 다른 문헌에 비해 구체적인 명칭이나 인원 등은 언급되어 있지 않다고 해.

— 그럼, 지난번에 유 화백이 충무공 장검 이야기를 하면서 통영 12공방의 원형이 한산 통제영 때부터 시작되었다고 한 게 이와 같은 문헌을 근거로 한 말이었네.

— 물론 이런 문헌 기록도 근거의 일부가 될 수 있지만, 당시 상황을 유추해 보면 충무공의 삼도수군통제영은 전쟁 중에 세워진 전략적 요충지로 급하게 설치된 임시 시설로 봐야겠지. 문제는 한산 통제영은 섬인데다 원래부터 갖추어진 인프라가 전혀 없었으니까 무

기 제조를 비롯하여 소금 굽는 가마솥, 고기잡이 그물, 종이 등의 물품을 자급자족하기 위해서는 통영 12공방과 유사한 공방이 필요했다고 봐야지. 그러니까 전라 좌수영에 있던 기존의 기술자들을 비롯하여 피난 온 사람 중 공인들과 승려, 그리고 수군까지 손재주가 있는 여러 사람을 뽑아 일을 시킬 수밖에 없지 않았을까.

— 그랬을 가능성이 더 높았겠네.

나는 유 화백의 말에 고개를 끄덕였다.

그러자 이번에는 민 교장이 나선다.

— 그런데 12공방이라는 말이 꼭 열두 개 공방이라는 숫자만의 의미가 아니라 다른 지역 공방에 비해 많은 수의 공방이라는 수사학적 의미로 보는 학자들도 있어. 우리나라 사람들이 많거나 크다는 의미로 예부터 잘 쓰던 표현으로 열두 고개, 열두 폭 치마, 열두 대문 등이 있잖아. 12공방 역시 열두 개로 분류되는 숫자 개념 공방이 아니라 다양한 분야의 장인들이 모여 있는 많은 수의 공방을 이르는 상징적 이름으로 볼 수도 있다는 거야.

— 민 교장 말도 일리가 있는 것 같네. 특히 우리나라 사람들은 서양의 수학적 숫자 개념보다 인문학적 감성 개념으로 전이시키는 경우가 많으니까. 예를 들면, 우리 경상도 말 가운데 '억수로 많다.'라는 말은 본래 한자어 '억수億數'에서 유래된 말이거든. 그럼, 당시 통제영 12공방의 규모는 어느 정도였을까?

내가 다시 물었다.

— 공방 규모는 총 56칸으로 옻칠 전문 칠방이 9칸, 각종 지도와

군사관련 그림을 그리는 화원방이 8칸, 대장간인 야장방이 7칸, 갓 만드는 입자방이 6칸, 소목방이 5칸 등 수요에 따라 한 칸씩 규모가 작아졌는데, 나머지 공방은 대체로 4칸에서 2칸 정도의 공간을 가지고 있었다고 해. 나중에 자개를 붙이는 패부방, 부채를 만드는 미선방 등은 기존 공방인 칠방과 선자방에서 분화되어 새로 생겼다고 해. 특히 통영 부채 중 미선尾扇은 물고기 꼬리를 본떠 만든 것이 특이하거든. 장인의 수는 200여 명에 달했고, 공방별로 2명에서 많게는 27명까지 소속되어 있었다고 해. 칠방과 입자방이 각각 27명으로 가장 많았고, 은방이 2명으로 가장 적었대.

유 화백이 공방의 크기와 인원까지 구체적으로 설명한다.

— 생각보다 규모가 꽤 컸었네. 세병관에 복원된 12공방 터를 봤을 때는 그 정도까지는 생각하지 못했었는데…….

내 얘기를 듣고는 유 화백이 다시 보충 설명을 해준다.

— 19세기 중반에는 초창기보다 훨씬 규모가 커졌다고 해. 공인들이 300여 명에서, 많게는 500여 명까지 있었다고 하니까 말이야. 잘 알려져 있다시피 12공방은 군수품과 장신구 그리고 일반 생활용품 등을 생산하던 곳이었잖아. 아무래도 초창기에는 군수품을 제작하는 공방이 6개로 가장 많았고 나머지 6개 공방이 장신구와 일반 생활용품을 제작하다가 통폐합과 신설 과정을 거치면서 차츰 군수품 중심에서 장신구와 생활용품, 그리고 진상품 쪽으로 변화해 갈 수밖에 없었다고 봐야지. 특이한 것은 자개를 붙이는 패부방이 초창기에는 칠방에 속해 있었는데, 수요가 증가함에 따라 19세기에는

독립적인 공방으로 신설되었다는 점이야. 그것이 나전칠기 기술 발전의 계기가 되어 오늘날까지 통영 자개로 명성을 얻게 되었거든.

— 모든 것이 시대에 따라 변하듯이 12공방 또한 그럴 수밖에 없었겠네. 진상품 얘기가 나와서 하는 말인데, 통영 공예품이 진상품 품목에 들어갔다는 사실만으로도 명품으로 인정받았다는 것이겠지. 더구나 일부 통제사 중에는 소목장이나 나전 제품을 뇌물로 바치다 물의를 일으킨 경우가 많았다고 하니까 궁중은 물론이고 한양의 높은 양반들에게까지도 인기가 있었다는 증거잖아. 그럼, 통영 공예품이 왜 그토록 유명세를 치렀을까?

나는 이것이 늘 궁금했었다. 예나 지금이나 자본력과 기술력을 포함한 모든 것이 수도권에 집중되는 현실을 생각해 보면, 조선시대 한양에서 가장 멀리 떨어진 통영이라는 남쪽 바닷가 마을에서 만들어진 공예품이 어떻게 명품으로 명성을 얻을 수 있었을까 하는 궁금증이었다. 그것은 삼도수군통제영이라는 규모가 큰 군사 기지가 있었다는 이유만으로는 설명되기 어려운 부분이었다.

유 화백이 내 궁금증에 다시 운을 뗀다.

— 나는 두 가지 측면으로 나누어 볼 수 있을 것 같아. 한 가지는 12공방의 독특한 조직 운영 체계에서 찾을 수 있을 것 같고, 다른 한 가지는 통영의 예술미가 투영된 질 높은 제품에 있다고 봐.

— 그러니까 내 말이 어떻게 운영되었길래 독특한 것이며, 통영 예술미가 어떻게 투영되었길래 질 높은 제품이 생산될 수 있었다는 것이냐고?

— 허허, 강 작가, 성질 한번 급하기는……. 이제 내가 그걸 설명하려고 하잖아. 자, 자, 급할수록 돌아가라고. 술 한 잔 더 마시고 목도 좀 축이자고.

유 화백이 가속 페달을 밟으려는 내게 제동을 건다.

— 먼저 통영이라는 한 지역에 이렇게 다양한 분야의 장인들을 모아 12공방 체제를 갖춘 것 자체가 다른 지역에서 찾아보기 어려운 첫 번째 독특한 점이지. 다음으로 조직 구성과 운영 체계를 보면 각 공방의 책임자로 편수라 부르는 사람을 두었어. 편수는 유급 장인으로 공방 규모에 따라 한 명 아니면 두 명 정도였다고 해. 편수 아래 여러 명의 공인을 두었는데, 공인 중 일부는 무급 장인이었다는 점이 독특해. 그들은 편수에게 고용되어 공방에 종사한 독립수공업자도 있었지만, 농한기에 일정 기간 공방에서 일하는, 농업을 겸하는 숙련공도 있었다는 거야. 그러니까 그런 공인들은 공역이 있을 때만 영내 공방에서 무급으로 일을 하다가 대신 여가를 이용해 자가 생산품을 만들어 시장에 자유롭게 내다 팔아 수입을 올릴 수 있는 구조로 되어 있었다는 점이 정말 독특한 운영 체계였던 거지.

— 그러니까 진상품은 당연히 잘 만들어야겠지만, 개인이 돈을 더 벌기 위해서라도 잘 팔릴 수 있는 좋은 제품을 만들 수밖에 없었기에 명품이 생산될 수 있었다는 것이네.

— 맞아. 게다가 통영에서 공인들에 대한 대우는 다른 지역과는 달랐다는 점도 한몫을 했다고 볼 수 있어. 강 작가도 잘 알다시피 조

선시대 사농공상의 신분 사회에서 공인은 천대받았잖아. 그렇지만 통영에서는 그렇지 않았다는 것이지. 다른 어느 지역보다 반상의 구별이 가장 먼저 없어진 덕분이었으니까. 심지어 양반 후손들조차 공예에 종사하기도 했다니까 말이야. 이른바 실학사상의 실사구시 정신이 구현되었다고나 할까. 그러다 보니 통제영 12공방 장인들은 시대 변화와 더불어 점차 자연스럽게 민간으로 흡수되면서 통영 지역만의 독특한 공예 문화가 만들어지게 된 것이지. 오늘날 통영 인간문화재 선생님들은 대부분 그분들의 후손들로 대대로 장인의 유전인자를 물려받은 게 아닌가 싶어.

그러자 민 교장 역시 이야기를 보탠다.

— 유 화백 말대로 시대 변화에 따라 민간으로 자연스럽게 흡수될 수 있었던 것은 공인들이 자신들이 만든 제품 일부를 시장에 내다 팔 수 있는 구조도 한몫을 했지만, 그런 시장이 형성될 수 있는 여건이 만들어진 것도 중요한 계기가 되었다고 봐. 1600년대 중반에 제41대 정익 통제사가 통제영 남문 밖에 상설 시장을 열면서 통영을 상업 교역 중심지로 추진했다고 하거든. 당시 남문 밖 성 아래 해변, 그러니까 지금의 강구안 부근에 싸전 35곳, 잡화전 17곳, 남초전(담배) 20곳이 있을 정도로 큰 규모의 5일장이 열렸다고 해. 그리고 제47대 박경지 통제사 시절에는 남문 시장의 교역이 더 활발해졌고, 통영을 찾는 이들에게 통영 특산물까지 공급할 정도였다고 하니까 말이야. 이런 유통 구조와 입소문으로 전국적인 명성을 얻게 되고, 18, 9세기에는 국내뿐만 아니라 중국과 일본에까지 이름을

떨쳤다고 하니까.

민 교장이 매우 중요한 점을 얘기해준 것 같았다. 통영 지역이 근현대에 와서도 예술 도시, 즉 예향이라는 말이 통용될 수 있었던 이유는 무엇일까를 내 스스로 묻곤 했었다. 혹자는 이름만 들어도 다 들 잘 아는 유명 예술가들이 이곳 출신이라서 그런 말을 하지만, 그보다 먼저 공예품을 비롯한 통영 예술품들이 잘 팔릴 수밖에 없는 구조가 무엇인지를 확인해 보고 싶었었다.

그런데 민 교장 이야기를 듣다 보니 통영시인 정 선배와 나누었던 말이 떠올랐다. 이탈리아 피렌체가 르네상스 전성기를 이끌 수 있었던 것은 그곳이 바로 인적·물적 교류의 중심지였고, 그 뒤에는 메디치 가문이 있었기 때문이라고 하지 않던가. 그렇다면 통영 또한 피렌체와 닮은 구조를 지닌 고장이 아니었을까 하는 의견을 나눈 적이 있었다. 즉, 통영은 12공방이 있던 시대부터 인적·물적 교류 중심지로 명품 공예품이 생산되어 명성을 떨쳤으며, 근현대에 와서도 다른 지역보다 먼저 자본주의가 형성되면서 그동안 양반 사대부들의 전유물이었던 문화예술품을 어장아비들과 같은 신흥 자본가들이 구매하고 후원하는 구조로 변화된 것으로 분석했었다.

— 12공방의 운영 체계가 독특했다는 점은 잘 이해했고, 그럼 두 번째, 통영 예술미가 어떻게 투영되었길래 질 높은 공예품이 만들어질 수 있었는지에 대해 설명 좀 해봐.

— 그럼 강 작가, 너는 조선시대 공예문화의 특징을 한 마디로 뭐라고 말할 수 있을까?

— 글쎄다. 교과서적으로 답하자면, 조선백자로 대표되는 자연미와 소박함 정도.

— 그렇지. 고려청자와 대비되는 단순미와 절제미가 조선미의 대세였잖아. 그런데 통영 공예는 조선시대를 관통하는 그런 대표적인 미감과는 거리가 먼, 오히려 섬세하고 화려한 미감을 드러냈다는 점이 달랐던 거야. 즉, 유교적 정서가 바탕이 된 조선의 예술미보다는 불교적 색채가 짙은 고려의 예술미에 더 가깝지 않았나 싶어. 대표적인 것으로 나전칠기 공예품을 떠올려 보라고. 자개가 품고 있는 색깔의 화려함 속에 끊음질의 섬세함, 그리고 깊은 질감의 옻칠 바탕은 통영만의 남다른 정서가 아니고서는 도저히 표현할 수 없는 명품이니까 말이야.

역시 유 화백답게 예술적인 심미안을 보여준다.

— 유 화백 말대로 통영만의 남다른 정서는 갯가 기질로 대표되는 거칠고 투박함 속에 갓 잡은 생선의 꿈틀거림과도 같은 강한 생명력이 그 본질 아닐까? 그렇다면 투박하고 선이 굵은 미감이 작품에 당연히 투영되어야 하는데, 어째서 그 반대인 섬세하고 화려한 공예품이 나왔을까?

나로서는 선뜻 이해가 잘되지 않았다. 우리 고장의 남다른 정서는 반상의 구분이 가장 먼저 없어지고, 12공방 장인들의 대우 또한 다른 지역에 비해서 달랐다고 얘기하지 않았던가. 또한 양반 후손들조차 공예에 종사할 정도로 실리를 추구하는 곳이라고도 했다. 그뿐만 아니다. 통영 오광대만 하더라도 그렇다. 우리나라 모든 탈

춤이 양반에 대한 민중들의 적대감과 반항심의 산물로 만들어진 것이지만, 통영 오광대는 다른 지역 탈춤에 비해서 왜곡과 비하의 정도가 가장 심한 편이라고 한다. 세속적인 욕망을 날것 그대로 드러내는 것을 부끄러워하지 않는다. 말뚝이를 보면 반골형 하인상의 전형을 보여주고 있잖은가 말이다. 내용 면에서도 주술성, 제의성보다 오락성, 연희성이 앞서는 특징을 가졌다는 것은 바로 이 지역의 남다른 정서를 가장 잘 대변해 주는 것이 아닐까.

그만큼 통영은 유교적 질서를 더 중요하게 여기지 않았다는 증거이기도 하다. 내 경험상으로도 통영 지역은 양반 세도가들이 중심이었던 내륙 지역처럼 집성촌이 어떻고, 누구의 몇 대손이냐는 등의 가문에 대해 강조하는 말을 잘 듣지 못했던 것 같다. 오히려 불교 색채가 가미된 무속 신앙적인 요소들을 더 많이 접하지 않았던가. 출항하는 고기잡이배에서 나부끼는 오색 깃발이 더 정다웠으니까. 지금도 '남해안별신굿'이 무형문화재로 지정된 고장이 아닌가 말이다.

— 강 작가의 생각이 틀렸다는 게 아니야. 강 작가가 말한 것처럼 통영 오광대가 통영 정서에 바탕을 둔 것만은 사실이야. 그런데 통영 공예는 또 다른 특징을 보여주니까 그 점이 바로 색다르다는 것이지. 이런 모순을 두고 어떤 학자는 통영바다의 이중성 때문이라고 하더라고.

민 교장이 내 생각을 듣고는 알쏭달쏭한 역설적인 표현을 쓴다.

— 통영바다의 이중성이라니?

— 바닷가에 삶의 뿌리를 내린 이곳 사람들이 당시 절제미로 대표되는 조선의 정서를 거스르고 오히려 화려하고 탐미적인 통영만의 이질적이고 독특한 공예품을 만들어 낸 것을 두고 그렇게 말하더라고. 강 작가 생각대로 통영 오광대처럼 거친 바다가 주는 강한 생명력으로 저항성과 대중성, 심지어 통속성까지 보여주는 데 반해 한편으로는 통영바다의 잔잔하고 편안함과 같은 섬세하고 세련된 미감을 보여주는 통영 공예품을 두고 바다 문화가 지닌 이중성이라는 표현을 썼다는 거지.

그러면서 민 교장은 통영바다의 특징을 덧붙인다.

— 강 작가도 잘 알다시피 통영바다는 한산면과 산양면 사이 남쪽으로는 넓게 열려 대양으로 나갈 수 있어 매물도와 욕지도만 넘어서면 거친 바다가 펼쳐지잖아. 그리고 통영 안쪽으로는 여러 섬으로 둘러싸여 리아스식 해안이 형성됨으로써 바다라기보다 호수를 연상할 정도로 잔잔하고 포근한 느낌을 주거든. 이것을 두고 통영바다의 이중성이라고 하는 것 같아. 그 때문에 통영 문화예술 또한 이런 바다의 모순적인 이중성을 내포하고 있다고 보는 거겠지.

민 교장의 말을 듣다 보니 통영바다의 이중성이 어떤 의미를 담고 있는 것인지 조금은 알 것 같았다. 고기잡이배를 타고 한바다에서 조업하는 어부들은 바다가 얼마나 거칠고 무서운 곳인지 잘 알고 있을 것이다. 나 역시 군 복무 시절, 함정 생활을 하면서 생생하게 겪어보았다. 섬 하나 보이지 않는 망망대해에서 폭풍을 만나 황천항해까지 해보았으니까 말이다. 그러나 한려수도를 대표하는 통영 앞바다는 바다라기보다는 호수로 착각할 때가 많지 않았던가. 그런 점에서 통영 공예품에 투영된 예술미에 통영바다의 이중성이 스며있다고 하는가 보다.

어쩌면 통영을 처음 찾는 사람들은 눈앞에 펼쳐지는 통영바다의 아름다운 풍광에 탐미적인 표현을 먼저 할 수밖에 없을는지도 모른다. 미륵산 신선대 전망대에는 정지용 시인이 쓴 기행문 「남해오월점철」 중 '통영5'편 일부가 새겨진 기념비가 있다. 정지용 시인도 "통영과 한산도 일대의 풍경 자연미를 나는 문필로 묘사할 능력이 없다."라는 표현을 남길 정도였으니까. 그 표현을 보면서 나는 학창시절에 배웠던 한시 하나가 생각났다. 그래서 다시 찾아보았다. "긴 성 한쪽 면에는 늠실늠실 강물이요, 큰 들판 동쪽 머리엔 띄엄띄엄 산들일세. 長城一面溶溶水 大野東頭點點山" 고려시대 뛰어난 시인 김황원이 평양 부벽루에 올라 아름다운 경치를 보고 두 구절을 지어놓고는 더 이상 다음 구절을 이을 수 없어 통곡하며 부벽루를 내려왔다는 설화 같은 이야기를…….

통영바다에 대한 이런저런 상념을 깨뜨리기라도 하듯 유 화백의 말이 다시 귓전을 파고든다.

— 우리 통영을 대표하는 화가 전혁림 선생의 현대미술 작품 속에도 통영바다의 이중성이 잘 드러나고 있어. 오방색이 주는 강렬한 원색의 생명력 속에 세련된 미감이 표현되어 있으니까 말이야. 한마디로 말하자면 통영의 색깔이라고나 할까.

유 화백이 역시 화가다운 분석을 내놓는다. 전혁림 선생의 작품에 관한 이야기를 듣다 보니 김춘수 선생의 시 한 구절이 떠올랐다. “코발트 블루” <전혁림 화백에게>라는 시에 나오는 통영바다의 색깔……. 나는 전혁림 선생의 그림을 볼 때마다 이 시 구절을 떠올리곤 한다.

유 화백이 말한 통영의 색깔은 비단 전혁림 선생의 작품에서만 느낄 수 있는 것은 아니다. 통영 누비와 통영 연에서도 통영만의 색깔을 느낄 수 있다. 통영 누비의 화려하고 극단적인 배색에 대해서는 사족을 붙일 필요가 없을 터이다. 연은 통영에만 있는 것은 아니며, 전통 방패연 모양은 전국 공통이라고 할 수 있다. 그러나 통영 연은 어느 곳에서도 찾아볼 수 없는 정교한 기하학적 문양과 색깔을 보여준다.

— 통영의 색깔에 관한 이야기까지 나누다 보니 12공방 공예품에 통영 예술미가 어떻게 투영되었는지 조금은 알 것도 같네. 다만 오늘날 명품 반열에 오른 제품들을 보면 고급스러우면서도 세련됨은 물론이고 실용적인 내구성까지 갖추었다는 평가를 받잖아. 그렇다면 통영 공예품도 그런 요소를 두루 갖추었다고 볼 수 있을까?

— 당연하지. 통영 공예품은 먼저 튼튼하고 실용적인 내구성부터 갖춘 뒤, 그 위에 섬세하고 화려한 장식을 붙이는 방식을 취했거든. 우리 통영 지역말 한마디로 표현하자면 ‘야물다’는 거야. 우선 통영 소반을 한번 보자고. 명품 소반은 건장한 남자가 쌀 한 섬을 짊어지고 올라서도 끄떡없다고 했으니까. 그 이유는 소반 상판을 통으로 깎아서 만들었기 때문이야. 다른 지역에서는 소반 상판의 변죽, 그

러니까 소반을 들 때 잡는 가장자리를 따로 만들어 붙이는 것이 보통인 데 반해 통영 소반은 변죽을 포함해서 상판 전체를 통으로 만들었으니까 튼튼할 수밖에 없는 거지. 문제는 그렇게 만드는 것이 튼튼하기는 하지만 공정이 훨씬 어렵고 까다로워서 장인의 섬세한 손기술이 필요했던 거야.

유 화백은 자신만만하다는 투로 말한다.

— 그렇다면 정말 내구성이 강했겠네.

— 통영 소목장 역시 마찬가지야. 조선시대 일반적인 목가구는 장식이 거의 없었어. 그런데 통영 소목장은 부분부분 나무를 잇고 아교로 붙여서 만드는데, 서로 다른 나무들이 갈라지고 터지는 것을 막아 내구성을 강화하기 위해 장석을 이용했지. 나비 문양, 박쥐 문양 등 통영 두석장이 매우 화려했어. 오늘날 통영 누비에도 이와 같은 장석 무늬를 활용하니까 더 말할 나위도 없지. 또한 통영 소목장의 특징은 성퇴뇌문에 있어. 일명 아자문(亞)이라고도 하는데, 왜 성곽을 표시할 때 쓰는 문양 있잖아. 이 기법은 본래 도자기를 만들 때 사용하는 상감기법을 나무에 적용한 것이거든. 이런 문양을 만드는 과정이 꽤 복잡하고 어렵다고 해. 나무를 건조할 때 틀어지지 않고 원형대로 사용할 수 있도록 적정 온도를 유지해야만 내구성을 유지할 수 있다고 하니까 말이야. 그러니까 명품의 조건을 다 갖추고 있다는 거지.

유 화백은 마치 자신이 장인이라도 된 것처럼 자신만만하다는 표정으로 자랑스럽게 얘기한다. 나는 유 화백이 그럴 만도 하다고 여긴다. <통영 인간문화재 기림제>를 주관할 정도로 통영 문화예술에 대한 애정과 자부심이 누구보다도 강한 친구가 아닌가. 게다가 옻칠 관련 통제영 12공방에 대한 논문까지 썼으니까 더더욱 그럴 수밖에 없지 않나 싶다. 더불어 옆에서 묵묵히 숨은 조력자 역할을 마다하지 않는 민 교장 역시 대단한 친구다. 이런 친구들과의 술자리는 언제나 즐겁다. 하지만 이젠 세월만큼 체력이 문제다.

— 그러고 보니 근대에 와서 생긴 통영 누비의 내구성과 실용성도 12공방의 유전자를 물려받은 셈이네.

— 그렇지. 통영 누비의 시작은 아이를 업는 포대기인 처네에서 비롯되었거든. 꼼꼼히 누벼 아이의 무게를 견디고 여러 번 매듭을 고쳐 홀쳐 묶어도 헤어지지 않는 튼튼함에다가 대조적인 배색의 아름다움까지 더하니까 말이야.

— 통영 12공방 이야기 다 들으려면 날이 새도 모자라겠네. 오늘은 유 화백이 행사 치르느라 고생했으니까 격려주 한잔 더하고 남은 이야기들은 다음 기회로 미루자고.

비워진 술병과 안주가 제법 시간이 많이 흘렀음을 말해준다. 내가 마무리 건배를 하려고 하자 유 화백이 한 마디 더 던진다.

— 말이 나왔으니 한 가지만 더 얘기하고 마무리할게.

유 화백 목소리가 약간 꼬인다.

— 강 작가, 너는 통영 자개 제품을 볼 때 어디를 제일 먼저 보냐?

— 당연히 옻칠이 잘 되었는지와 자개를 얼마나 꼼꼼하게 붙였는지를 봐야지.

— 명품인지 아닌지를 확인하려면 자개장 바깥의 화려한 장식만 볼 게 아니라 안쪽을 더 잘 봐야 해. 내구성을 갖추려면 안쪽까지 꼼꼼하게 옻칠이 되어 있어야 한다는 얘기지. 눈에 잘 보이지 않는 부분까지 이른바 한 땀, 한 땀 장인의 손길과 시간이 스며있어야 하니까 말이야. 그래, 강 작가 말대로 오늘은 이 정도 하자. 혹시 나전칠기에 대해 더 알고 싶으면 후배 한 명 소개해 줄 테니 만나봐. 근대 통영지역 나전칠기 산업 연구로 박사 학위까지 받은 친구니까 말이야. 그리고 내일 옻칠 미술관 꼭 한 번 더 들렀다가 올라가.

— 나야 전문가 도움을 받으면 더 좋지. 하나라도 더 배울 수 있으니까. 약속 잡아주면 언제든지 내려올게. 옻칠 미술관도 들렀다 갈 테니 걱정하지 말고.

그러잖아도 나는 통영에 올 때마다 <옻칠 미술관>에 들른다. 미술관 관장이신 김성수 선생의 작품을 몇 번이고 다시 봐도 좋기 때문이다. 강렬한 통영의 색깔에 옻칠을 입히고 자개까지 붙인 작품에는 장인의 섬세한 숨결이 묻어난다. 오방색의 화려한 원색에 스며든 옻칠의 신비는 가늠할 수 없는 수직적 깊이와 수평적 넓이를 품은 미학의 느낌표다.

문화의 기억, 그 느낌표를 찾기 위해서는 역사가 지워버린 기억들을 다시 끄집어내는 일부터 시작해야 한다. 느낌표는 주춧돌 같은 작은 점 위에 야구방망이를 세운 모양처럼 보이는 문장 부호(!)다. 그것은 위쪽이 크고 아래쪽이 점점 작아지며, 주춧돌 같은 점과 떨어져 있어 매우 강렬하고 특이한 모습을 보여준다. 그렇게 서 있다는 것은 공학적으로 가능한 일이 아니다. 그러므로 느낌표는 그 공간 사이를 창조해낸 걸작에 찬사를 보내는 감탄 부호가 아니던가. 문화의 기억은 느낌표처럼 시대의 변화에 따라 다양한 집단들과 가치관의 이해가 맞부딪치면서 창작되고 학습되어 온 과거에 대한 현재의 기억이다.

제10장
서릿발 칼날에 푸른 피 물들다

드디어 한산도에 첫발을 내디뎠다. 태귀련은 잠시 눈앞에 펼쳐진 한산 앞바다에 눈을 빼앗겼다. 뭍이 아닌 섬에서 바라본 탓이었을까? 전라 좌수영 앞바다와는 분명 결이 다른 모습이었다. 전략적으로는 천연 요새 그 자체였다. 사방이 바다로 둘러싸인 섬이니 배를 타지 않고서는 들어올 수 없는 곳이 아닌가. 그러므로 좌수영처럼 성벽을 따로 쌓을 필요도 없는, 수군 진영으로서는 그야말로 안성맞춤인 곳이었다.

산 위에서 보면 한산만 입구를 향해 꽃게가 집게다리를 벌린 모양을 하고 있다는데, 두을포를 중심으로 터를 잡은 새 진영은 왼쪽 집게다리에 해당하는 곳으로 바닷길이 포구 안쪽까지 깊숙이 들어가 있는 곳에 있었다. 그리고 오른쪽 집게다리에 해당하는 바닷길도 두을포구와 마찬가지로 깊숙이 안쪽으로 들어가 있다고 했다. 그러니 한산만 입구 쪽에서는 진영이 전혀 보이지 않았던 것이다. 한마디로 완전히 숨어 있는 진영인 셈이었다.

또한 전라 좌수영 앞바다에 비해 밀물과 썰물이 드나드는 차이가 크지 않아 포구에 배를 대기가 훨씬 더 수월했다. 이런 자연조건을 잘 갖춘 곳을 어떻게 찾아냈을까? 태귀련은 통제사께서 사람뿐만 아니라 땅의 모양새까지 보는 눈이 뛰어나다는 사실에 다시 한번 놀랄 수밖에 없었다. 그뿐이랴. 왜적들과 바다에서 싸움을 치를 때마다 모두 물리치고 이겼으니 나라에서도 그 공을 높이 사서 마침내 전라 좌수사와 삼도수군통제사를 겸하는 자리에 오르도록 하신 것이 아니겠는가. 그리하여 삼도 수군 전체를 관할하는 통제영을 한산도에 자리 잡게 하였으니, 이 일이 어디 보통일인가 말이다.

그런데 공태원의 말은 태귀련이 한산 진영에 감탄하며 자랑스러워하는 마음에 다소 김을 빼게 했다.

— 삼도 수군이라고는 하나 사실 충청 수군은 너무나 멀리 떨어진 곳에 있어 왜적과 바로 맞닥뜨리는 경우는 거의 없는 터라 실질적으로 통제 사또께서 직접 가서 살펴보기란 어렵고, 경상 좌수영은 이미 왜적이 점령하여 본거지를 삼고 있는 부산 쪽이니 아예 손길이 미칠 수 없는 곳일세. 전라 좌수영은 통제 사또께서 두 집 살림을 겸하는 셈이니 실질적으로는 전라 우수영과 경상 우수영 두 곳을 새로 거느리는 모양새가 아닌가. 그리고 경상 우수영은 한산 진영 바로 가까이 있어 이제 한산 통제영과 다름없으니 이곳 한산 진

영이야말로 바로 눈앞에 왜적과 마주하는 가장 최전선이 되는 셈이라고.

그러면서 덧붙이기를 통제 사또님의 뜻은 분명하다고 했다. 이곳에서 가장 가까이 왜적과 마주하여 왜선 한 척조차도 견내량을 건너 전라도를 향하지 못하게 미리 막겠다는 뜻이라고……. 그만큼 한산 진영은 언제 어디서 왜적들이 나타날지 모르는 상황에 놓여 있었고, 적들의 염탐이 끊이지 않는 곳이어서 긴장의 끈 역시 놓을 수 없는 곳이기도 했다.

태귀련이 또 한 번 더 놀랐던 것은 이와 같은 상황에서도 세워진 한산 진영의 모습이었다. 일반적으로 한 가족이 새집을 옮기고 살림을 장만하는 일만 하더라도 결코 쉬운 일이 아니지 않은가. 더구나 아무리 전란 중에 임시로 세우는 진영이라 할지라도 그 많은 수군이 지낼 막사와 진영 일을 맡는 사람들의 집에다 각종 무기, 식량 등을 보관할 곳간을 하루아침에 지을 수는 없는 노릇이다. 그러니 진을 옮기기 전부터 통제사께서는 이미 새 진영의 밑그림을 그려놓으셨음이 분명했다. 칠월 초순 무렵에 장수들을 시켜 벌써 한산도에서 새로 만든 배를 전라 좌수영으로 끌고 오지 않았던가.

그래서 통제사께서는 전라 좌수영에서 선발대를 뽑아 새 진영 터는 닦는 일꾼들을 지도, 감독할 장수들을 먼저 한산도에 보냈던 것이다. 한산 앞바다 싸움에서 우리 좌수사 영감님이 왜적을 크게 무찔렀다는 소식이 전해진 이후, 한산도를 비롯하여 인근 바닷가에 많은 피란민이 몰려들었다고 했다. 한산도에 터를 잡은 사람들이 새 진영을 짓는 일꾼으로 울력에 나선 것은 어찌 보면 당연한 일인지도 모른다. 왜적들이 휩쓸고 간 조선 땅 어디에도 안전한 곳은 없었다. 그나마 승전 소식이 있는 곳이라면 피란민들이 몰려들었다. 처음에는 전라 좌수영부터 시작하여 한산도와 진주성 등 목숨을 부지할 수 있는 곳이라면 그곳부터 찾았으니 말이다. 그러니 그들이 사는 곳에 통제영이 들어선다는 것은 더욱 안전한 곳이라는 사실을 이미 몸으로 먼저 겪었기 때문에 일손을 보태고 또 보탰을 터였다. 거기에다 가장 가까이 있는 경상 우수영의 도움도 받았을 것이다. 한산 진영이 꾸려지기 전까지 이곳은 경상 우수영 관할이었던 곳이었으므로…….

문제는 통제사께서 전라 좌수사를 겸하게 되셨기 때문에 새 진영에 좌수영 사람들을 모두 데리고 갈 수는 없는 노릇이었다. 당연히 좌수영은 지금까지 역할을 그대로 수행해야만 했다. 그러므로 새 진영에서 일할 일부 사람들만 한산도로 가야 하기에 좌수영 사람들의 입장은 조금씩 달랐다. 이미 좌수영에 오래 터를 잡고 있던 사람들로서는 새로운 곳으로 가는 것을 꺼릴 수밖에 없었다. 더구나 한산 진영은 섬이 아닌가 말이다. 좌수영 앞바다 돌산도에도 사람이 살지 않았다가 좌수사께서 피란민들이 들어가 농사를 지을 수 있도록 했으니, 그동안 줄곧 뭍에서만 살면서 일가를 꾸리고 있던 사람들 입장으로는 선뜻 한산도로 가는 것이 내키지 않을 수밖에 없었다. 게다가 한산 진영은 좌수영에 비해 적들과 바로 맞부딪혀야만 하는 최전선이 아닌가.

그러나 태귀련은 그런 면에서 비교적 자유로웠다. 그래서 오히려 한산 진영에 앞서서 가려는 뜻을 밝힐 수 있었다. 통제사의 칼을 만들기 위해서는 새로운 기회와 변화가 있는 곳이 더 좋을 듯싶었기 때문이다.

하지만 예상했던 대로 한산 진영은 삼도수군통제영이라 이름은 붙였지만, 임시로 급하게 꾸린 곳이라 생활하기에는 여러 면에서 좌수영보다 어려운 점이 한둘이 아니었다. 우선은 식량을 비롯하여 생활에 필요한 여러 물자를 좌수영에서 가지고 와야만 했다. 그러니 아직은 좌수영이 본영이나 다름없었던 셈이다.

다만 한산 진영만의 색다른 점은 각종 무기를 만드는 것에 더 무게를 두었다는 점이다. 그다음이 여러 군수물자 보급과 먹고사는 문제를 해결하기 위한 자급자족이었다. 적들과 가장 가까이 마주하고 있는 최전선이니만큼 당연히 무기를 우선으로 만드는 일에 힘을 쏟을 수밖에 없었다. 그렇게 만든 무기를 보관하는 군창軍倉은 포구 가까이 있어 각종 무기를 곧바로 전선에 옮겨 실을 수 있게 되어 있었고, 그 무기들을 만드는 대장간 역시 군창과 가까운 진터골 갯가에 설치되어 있었다. 그런데 태귀련이 놀란 것은 바로 각종 무기를 만드는 대장간의 모습이었다.

특별한 것은 대장간이 종류별 여러 칸으로 나누어져 있다는 점이었다. 쇠부리 가마터를 비롯하여 동철을 녹여 총통을 만드는 곳, 칼과 창을 만드는 곳, 화살촉을 만드는 곳뿐만 아니라 가마솥 같은 생활용품과 농사에 필요한 각종 농기구까지 만들 수 있는 대장간이

나란히 붙어 칸으로만 나누어져 있는 것이 색달랐다. 그리고 그 옆으로 옻칠을 다루는 곳을 비롯하여 종이와 각궁 및 화살통을 만드는 곳, 가죽과 대나무 등으로 여러 물건을 만드는 곳, 백동이나 은을 세공할 수 있는 곳을 한곳에 모아 놓았던 것이다. 심지어 부채 만드는 곳까지 있는 것이 태귀련의 눈에는 신기할 따름이었다. 그러니까 대장간을 비롯한 여러 공방들을 한곳에 있게 한 것이 아주 색다른 점이었다. 그렇게 함으로써 다루는 일이 다른 공방들끼리 바로 가까이서 서로 도움을 주고받을 수 있는 여건이 갖추어진 셈이었다. 칼을 만드는 장인으로서는 더할 나위 없는 좋은 조건이었다. 어쩌면 시쳇말로 없는 것 빼놓고 있을 건 다 있다는 모양새를 갖춘 것이나 다름없었다.

그러나 그 무엇보다도 태귀련에게 생긴 가장 큰 변화는 그가 바로 칼을 만드는 대장간 한 칸의 책임을 맡는 우두머리인 야장이 되었다는 점이었다. 지금까지 좌수영에서는 꿈도 꾸지 못한 일이었다. 그야말로 변화 중의 엄청난 변화라고 할 수 있었다. 그런 변화에 가장 신이 난 사람은 바로 이무생이었다.

— 형님, 이젠 우리더러 왜놈 앞잡이 노릇을 했다는 말 할 사람은 없겠지요? 통제사께서 태구련 형님을 야장까지 시킨 것이나 다름없으니까 말입니다.

이무생의 말처럼 지금껏 두 사람이 바라고 바라던 일이 아니었던가. 어쩌면 그것은 공태원의 입김이 작용했는지도 모를 일이었다. 아니면 왜적 염탐꾼을 확인하는 데 공을 세운 점이 한몫했을지도 모를 일이고……. 물론 좌수영에 있을 때부터 큰 칼을 만들고 싶다는 뜻을 공태원에게 밝힌 적이 있었다. 그래야만 도움을 받을 수 있으리라 생각했기 때문이었다. 그런데 이제는 좌수사께서 그 이름도 어마어마한 삼도수군통제사까지 되셨으니 더욱더 장검을 만들어야 한다는 명분이 생긴 셈인데다 동시에 그런 칼을 만들 수 있는 새로운 기회가 마련된 것이니 태귀련으로서는 한산 진영에 오게 된 것이 그 무엇보다 잘된 일이었다.

태귀련이 공태원에게 그런 고마운 마음을 전했더니 그는 예의 넌덕스러운 모습을 보이며 이게 다 우리 영감님 넓으신 아량 덕분 아니겠느냐며, 그러니 자네들이 원하던 칼을 한번 잘 만들어 보라고 했다. 그리고 앞으로는 통제사님을 통제 사또로 불러야 한다고 일러주기까지 했다.

대장간을 비롯한 여러 공방에는 전라 좌수영에서 뽑혀온 일부 사람들뿐만 아니라 난을 피해 온 많은 사람 중에서 손재주가 뛰어난 사람들이 뽑혀왔다. 그중에는 사노비와 절에 있던 종도 있었다.

이무생 또한 새로운 세상을 살아갈 기회를 얻을 수 있었다. 그러나 이무생이 태귀련과 함께 한산 진영에 오기까지는 마음고생을 많이 해야만 했다. 바로 안동 처자 문제 때문이었다.

이무생은 안동 처자를 데리고 같이 한산 진영으로 가지 못할까봐 또 몇 날 밤을 가슴 쓸어내렸다. 그러잖아도 그녀가 이무생에게 마음을 열기까지는 쉽지 않은 날들을 보내야만 했었다. 왜놈들에게 몸을 짓밟힌 사람이 어떻게 다른 마음을 먹겠느냐며 처음부터 아예 이무생의 뜻을 받아들일 수 없노라 벽을 쌓았던 것이다. 그런 처자의 처지를 이해하지 못할 바도 아니었다. 그러다 보니 처자의 마음을 바꾸도록 설득하려는 이무생 또한 마음고생이 이루 말할 수 없었다. 그러면서 이무생은 처자의 잘못이 절대로 아니라는 점을 힘주어 달랬다.

처자가 그런 일을 당하게 된 것은 이놈의 전란 탓이지 처자 잘못이 아니지 않느냐. 그런 짐승만도 못한 짓을 한 왜놈들은 당연히 죽일 놈들이지만, 백성들을 지켜주지 못하는 나라의 잘못 또한 크지 않은가. 어떤 식으로든지 몸을 버린 여자들이 스스로 책임을 져야 한다는 이상한 풍조도 양반님들이 만든 올가미 같은 틀이 아니던가. 왜 우리 같은 무지렁이 백성들까지 그런 틀에 갇혀 살아야만 하는가 말이다. 양반들이 만든 되지도 않은 풍조를 옳은 것이라 여기고, 스스로 그 틀에 갇히는 것은 오히려 그런 일을 당한 사람이 책임져야 한다는 것을 인정하는 꼴이 되는 것이 아닌가. 왜적의 발아래 짓밟혀 온 나라가 쑥대밭이 되어 버린 마당에 그까짓게 무슨 허울 좋은 짓거리인가. 오히려 그런 마음 떨쳐버리고 새로운 살림살이를 보란 듯이 하는 것이 놈들의 잘못을 되갚아 주는 일이 되는 것이 아니냐.

그 역시 왜구 놈들에게 끌려가 모진 목숨 이어온 사람으로 처자가 겪은 고통을 동병상련의 마음으로 받아 줄 준비가 다 되어 있다며 이무생으로서는 온 마음을 다했다. 그런 마음앓이 끝에 이무생의 얼굴은 반쪽이 다 될 지경이었다. 보다 못해 태귀련이 나서고 공태원과 그의 안사람까지 힘을 보탰지만, 처자는 쉽사리 마음을 열지 않았다. 그러나 끝내 이무생의 마음을 받아들이는 데는 대장간에서 풀무질을 배우는 남동생의 역할이 컸다. 목숨마저 끊으려 했다가 동생 때문에 마음을 고쳐먹었던 것처럼 동생의 앞날을 걱정한 처자로서는 자신만의 처지로, 자신의 의지대로 지내기는 어려운 현실임을 누구보다 잘 알고 있었기 때문이었다.

그렇게 처자의 마음을 얻는 데까지 성공했지만, 태귀련과 이무생이 한산도로 가게 된 입장에서 처자와 남동생까지 함께 데려간다는 것은 또 다른 문제였다. 그들까지 한산도로 옮겨가는 사람들 명부에 남매의 이름을 올리기까지는 역시 공태원의 재주를 빌릴 수밖에 없었다.

한산 진영은 생각보다 빠르게 제 모습을 찾아갔다. 한산도에서 가장 높은 산봉우리 상봉에는 봉수대가 세워져 대마도와 거제도 쪽에서 오는 왜선들을 감시할 수 있게 되었고, 진영으로 들어오는 한산만 입구 높은 산에도 견내량 쪽을 살필 수 있는 망대가 마련되었다. 그곳에서 왜적의 움직임이 간파되면 즉시 고동 소리로 신호를 보내게 되어 있었다.

한산도 남쪽 끝, 대마도와 한바다로 마주하는 나루터에는 왜선들의 움직임에 곧바로 대응할 수 있도록 전선을 배치하였다. 그리고 경상 우수영과 가장 가까운 섬에는 급한 연락을 주고받을 수 있는 역참까지 생겼으니 한산도 전체가 통제영의 면모를 갖춘 셈이 되었던 것이다.

진영의 중심부 넓은 마당에는 통제 사또께서 일을 보시는 운주당이 세워졌다. 그곳에서 바다 싸움에 나가기 전에 여러 장수와 수군들이 모여 의견을 서로 나누기도 했다. 공태원의 말에 따르면, 운주당은 궐패闕牌가 안치된 대청의 앞마당에서 대궐을 바라보며 북향하여 망궐례望闕禮를 올려야 하므로 남향으로 지은 것이라 했다. 정면 세 칸으로 대청에는 마루방이 딸려 있었다. 통제 사또께서는 운주당이 완공되던 날, 운주당 옆 터에 팽나무 한 그루를 심으셨다.

운주당과 가까운 곳, 망을 볼 수 있는 수루에는 누방이라 하여 딸린 방도 있었다. 통제 사또께서는 수루에서 때때로 여러 장수와 함께 활을 쏘기도 하고, 점심과 술자리를 베풀기도 하셨다. 또한 누방은 잠도 잘 수 있도록 꾸며졌다.

또 한 가지, 이곳이 삼도수군통제영이로구나. 하고 실감하게 된 것은 전라 우수영과 좌수영, 경상 우수영의 여러 장수뿐만 아니라 각 영에서 관할하는 지역의 현감, 첨사, 만호 나리들이 배를 타고 와서 통제 사또를 뵙는다는 점이었다. 심지어 가장 먼 곳에 있는 충청 수사까지 올 정도였으니, 역시 삼도 수군을 거느리는 통제사 자리가 다르긴 다르구나. 하는 것을 느낄 수 있었다. 그래서인지 한산 진영과 가장 가까이 있는 경상 우수영의 원균 우수사 영감님을 자주 뵐 수 있었다.

통제 사또께서는 밤낮을 가릴 수 없을 만큼 늘 바쁘셨다. 찾아뵙는 여러 장수들의 보고를 받고 일일이 지시까지 해야 하니 얼마나 애를 많이 쓰실까 싶었다. 그뿐이랴. 이곳 백성들의 먹고사는 문제까지 염려하시어 좌수영 돌산도에서처럼 한산도에도 둔전을 실시하여 백성들의 식량 문제와 수군들의 군량미 구하는 데까지 신경을 쓰셨다.

그러는 사이에도 통제 사또께서는 적의 움직임을 살피는 일에도 빈틈을 보이지 않으셨다. 탐망선을 띄우는 한편, 놈들에게 붙잡혀 갔다가 도망쳐 돌아온 사람이 전하는 말에 대한 사실 여부를 확인하기 위해 각 포 군관 여러 명을 정탐하도록 보냈다. 그 결과 좌수영에서부터 소문으로 들었던 것이 사실임이 드러났던 것이다. 웅천과 거제 각각 세 곳에 이미 성을 쌓았고, 왜적들이 더 늘어났으며, 근거지도 이전보다 배가 된 것으로 보아 놈들이 바다를 건너 자기들 나라로 돌아갈 생각이 없다는 것이었다.

이런 상황이니 태귀련은 하루빨리 통제 사또의 칼을 만들어야겠다는 생각이 더 앞섰다. 좌수영에 있을 때부터 좋은 쇠를 빨리 구하지 못해 애를 태울 때, 우선 칼집과 칼자루로 쓸 나무와 그것을 감쌀 상어 가죽, 그리고 칼의 방패격인 코등이와 덧쇠에 쓸 쇠붙이, 또한 보검 장식에 필요한 부속품들부터 하나하나 구하는 등 미리 준비해 왔었다.

특히 칼집으로 사용할 나무는 소목장의 도움을 얻어야만 했다. 아무리 좋은 모과나무나 단풍나무 등 매우 단단한 나무들이라 할지라도 오래 묵혀 잘 말린 것이 아니면 나중에 뒤틀어질 수도 있기 때문이었다. 대체로 소목장들은 자신의 목숨처럼 질 좋은 나무들을 오랫동안 보관해 오는 경우가 많았으므로 나무에 관한 한 소목장의 도움이 절대적일 수밖에 없었다. 그래서 소목장에게 사정사정하여 장검의 칼집과 칼자루용으로 쓸 수 있는, 정말 좋은 나무를 구할 수 있었다.

이렇게 좌수영에서부터 준비해 두었던 재료들로 먼저 시간이 오래 걸리는 작업인 칼집과 칼자루의 기본 형태부터 만들어 두기로 했다. 왜냐하면 칼집과 칼자루는 나무 재질이기 때문에 썩지 않도록 여러 차례 옻칠 처리를 해두어야 하기 때문이었다.

옻칠에 대해서는 또 다른 공방의 칠방장에게 도움을 구해야 한다. 전란 중이라 질 좋은 옻을 구하기가 쉽지 않았다. 더구나 옻칠 역시 아무나 할 수 있는 일이 아니다. 오랜 경험을 가진 기술자가 칠해야 한다.

칼집 크기는 칼날이 넉 자 반이기 때문에 칼날이 들어가면 여유가 있을 정도의 두께와 넉 자 여덟 치 정도의 길이로 만들어야 한다. 그 길이만큼 두 개의 나뭇조각에 각각 칼날 모양을 파고, 두 조각을 한지와 삼베에 찹쌀 풀을 발라 붙이는 것이 보통이다. 그러나 만들고자 하는 장검의 칼날이 일직선이 아니라 약간 휘는 모양을 갖추어야 하므로 칼집 또한 같은 모양이어야 한다. 그러므로 곧게 뻗은 두 개의 나뭇조각 역시 불기운을 입혀 휘게 해야 한다. 그다음 두 조각을 찹쌀 풀로 붙여야 하는데, 지금은 먹을 식량도 부족한 사정인지라 찹쌀 풀을 만들기 위한 한 톨 찹쌀은 더 귀할 수밖에 없다. 그래서 이곳 바닷가에서는 민어 부레를 끓여 만든 풀인 어교魚膠를 쓸 수밖에 없다. 부레풀은 접착력이 뛰어나 각궁을 만들 때도 쓰므로 한산 진영에서는 오히려 구하기가 더 쉬운 편이다.

그렇게 모양을 갖춘 칼집 나무 위에 어피魚皮를 감싼다. 어피는 미리 준비해 둔 상어 가죽을 쓴다. 그다음 암주합칠暗朱合漆, 즉 진한 주합 옻칠을 한다. 그러면 반쯤 투명하고 붉은빛이 감도는 은은한 밤색이 나온다. 초벌칠이 굳어지면 다시 몇 차례 옻칠을 계속해야 한다. 이처럼 여러 차례 진하게 덧칠한 암주합칠이 완전히 굳어지면 붉은빛이 진해져 검은빛에 가까운 짙은 밤색이 된다. 이렇게 옻칠하고 굳어진 뒤, 다시 여러 차례 옻칠해야 하므로 충분한 시간이 필요한 것이다. 그러므로 미리 칼자루와 칼집의 기본 틀을 만들어 두어야 칼을 만드는 전체 시간을 더 줄일 수 있는 것이다.

이렇게 칼집과 칼자루는 미리 만들어 둔다 해도 문제는 칼의 핵심인 질 좋은 쇠를 구하는 일이었다. 그런데 한산 진영에서는 생각보다 빨리 좋은 쇠를 구할 수 있는 여건이 마련될 기회가 왔으니……. 태귀련과 이무생은 그러한 기회가 정말 반가울 수밖에 없었다.

통제영이 삼도 수군을 모두 관할하는 중심에 있다 보니 다른 진영보다 우선권이 있었다. 그런 면에서도 역시 통제영은 다르구나, 하는 것을 다시 한번 더 느낄 수 있었다. 물론 모든 물자가 부족하고 귀하기는 여느 곳과 마찬가지였지만, 당장 사용해야만 하는 무기 만드는 것에 무게를 두고 있었기 때문에 통제영 대장간은 좋은 쇠를 구할 수 있는 여건이 주어졌던 것이다.

특히 통제 사또께서는 더 많은 총통을 만들기 위해서는 동철이 가장 많이 필요하다고 여기시어 승려들을 모아 특별히 화주라 부르게 하고, 권선문을 지어 동철을 시주받을 수 있도록 여러 마을 곳곳을 다니게 했다. 심지어 절에서 쓰는 범종이 깨어져 쓰지 못하는 것까지 녹여서 총통을 만드는 것에 활용하려고까지 했으니까……. 또한 쇠를 관청에 바치면 병역이나 노역을 면하게 해주는 것을 허가해 줄 것을 조정에 요청하는 글을 올리기까지 하실 만큼 여러 종류의 쇠붙이를 구하는 데 힘을 쏟으셨던 것이다. 그렇게까지 해서 구한 쇠붙이들이었다. 어쩌면 백성들이 나라를 구해야 한다는 십시일반의 마음으로 무쇠 한 근, 두 근이라도 보탠 정성이 담겨 있는 쇠붙이들이 아니겠는가. 어렵사리 구한 쇠붙이니만큼 함부로 쓰기도 어려운 마음이었다.

때마침 통제 사또께서는 정사준 나리에게 정철총통을 만들라는 명을 내리셨다. 왜적의 조총을 이미 연구하여 그 좋은 점을 살리고 우리의 승자총통과 소승자총통의 약점을 보완하는 새로운 총을 만들 것을 명하시다니 통제 사또님은 역시 대단한 분이시구나. 다시 한번 놀라지 않을 수 없었다.

그리하여 정사준 나리는 낙안의 대장장이 이필종을 데려와 정철총통을 만드는 준비를 하게 되었다. 이에 지금까지 어렵사리 구해온 온갖 쇠붙이들을 쇠부리 가마에 넣고 녹여 정철을 만드는 과정에 태귀련과 이무생도 기술을 보태게 되었다.

정철은 그야말로 복잡한 과정을 거쳐 만들어진다. 먼저 구해온 쇳돌들을 쇠부리 가마에 넣고 서서히 불길을 올린다. 가장 높은 불길로도 쇠붙이들이 쇳물로 다 변하지 못하기도 한다. 왜냐하면 가마 속의 상태가 풀무질 바람이나 숯의 타기 정도, 불길의 세기, 또는 쇠붙이가 지닌 잡성분의 많고 적음의 정도에 따라 녹는 쇳물의 성질은 다르게 되기 때문이다. 그러므로 쇳돌이 녹는 정도를 봐 가면서 풀무질과 숯의 양, 그리고 불길을 잘 조절해야 한다.

쇠붙이가 다 녹아 쇳물이 되면 가마 아래 초롱구멍으로 쇳물을 받아내는데, 그렇게 굳은 잡쇠가 바로 생쇠(생철)가 되는 것이다. 이 생쇠를 메와 망치로 두들기는, 이른바 단조작업과 불에 달구기를 되풀이하여 잡성분을 빼낸 것이 시우쇠(숙철)이다. 이 시우쇠 가운데 가장 질이 좋은 것이 바로 참쇠(정철)인 것이다.

태귀련은 이렇게 얻어진 참쇠 중 장검 두 자루를 만들 만큼의 양을 구할 수 있었고, 나머지 대부분의 참쇠는 정사준 나리가 정철총통을 만드는데 가져가 썼다. 정사준 나리가 데리고 온 낙안 대장장이 이필종은 그 아랫사람인 안성, 동지, 언복 등과 함께 정철을 두드려 새로운 총을 만들었는데, 왜적의 조총보다 더 뛰어난 성능을 보였다.

그것을 본 태귀련과 이무생은 더욱 마음이 급해졌다. 새로 만든 정철총통을 보시고 매우 흡족해하시는 통제 사또의 모습을 보니 그들 역시 하루빨리 장검을 만들어 바치고 싶은 마음이 간절했다. 그러나 간절한 마음만 가진다고 해서 장검을 하루아침에 만들 수는 없는 노릇이었다. 더구나 똑같이 생긴 두 자루 장검을 말이다.

태귀련은 먼저 욕심이 앞서는 마음부터 비워야 한다고 생각했다. 급할수록 돌아가야 한다. 온 정성과 간절함을 담은 초심이 필요했다. 명검은 누구나 쉽게 만들 수 있는 것이 아니다. 태귀련과 이무생 또한 지금까지 길어도 석 자 정도의 일본도를 만들어 본 적은 있었지만, 여섯 자 반이나 넘는 장검을 만들어 본 적은 없었다. 그 길이만큼이나 만들기 어려운 칼은 하늘의 뜻을 받들어야만 내려주시는 것이리라.

전설처럼 입에서 입으로 전해 내려오는 간장검과 막야검, 그리고 용천검과 태아검이 어떻게 만들어졌던가. 중국 춘추 시대, 오왕의 명을 받아 간장과 막야 부부가 한 쌍의 보검을 만들기 위해 쇠부리 가마에 쇠를 녹이려 했으나 이상하게도 녹지 않자 가마 속에 사람이 몸을 던져 쇠를 녹였다는 스승의 이야기를 떠올리고, 아내인 막야가 자기 손톱과 머리카락을 넣고 동자 삼백 명에게 풀무질을 시켰더니 그때야 쇳물이 만들어져 비로소 칼을 만들게 되었다는 전설 같은 얘기 말이다. 또 다른 식으로 전해오는, 간장과 막야가 만들었다는 용천검과 태아검 또한 어떠했던가. 땅속에 묻혀 있었음에도 북두칠성 사이에 보랏빛 기운이 감돌 만큼 보검의 빛줄기가 하늘에까지 닿았다고 하니 말이다.

그런 보검을 만들기 위해 태귀련과 이무생은 먼저 길일을 잡았다. 마침내 장검을 만들기 시작한 날, 두 사람은 목욕재계부터 하고 대장간에서 간절한 마음을 담은 제를 올렸다. 천하 명검 용천검과 태아검처럼 우리가 만들고자 하는 한 쌍의 칼이 만물의 뿌리가 되는 태극과 음양, 하늘과 땅을 뜻하는 길하고도 상서로운 기운을 품게 해주십사 하는 큰절과 함께 두 손 모아 빌고 또 빌었다.

그날 이후부터도 두 사람은 매일 목욕재계하고 큰절부터 한 뒤에야 비로소 망치를 들었다. 그만큼 깨끗한 마음과 온 정성을 다 기울였다. 천만번을 두드리고 백 번을 담금질하며 혼을 담아야 명검이 만들어진다는 말을 되새기며, 두 사람은 번갈아 가면서 메질과 망치질을 했다.

통제 사또께서는 왜적의 조총을 연구하여 그 좋은 점을 받아들이고 우리 것의 약점을 보완하여 성능이 더 뛰어난 새로운 총을 만들도록 하시지 않았던가. 칼 또한 마찬가지리라. 그러므로 일본도의 강점과 조선 환도의 강점을 두루 갖춘 새로운 조선의 칼을 만들면 그야말로 누구도 넘보지 못할 통제 사또님의 보검이 만들어지는 것이 아니겠는가. 일본의 칼도 역시 처음에는 백제의 환두대도를 본받아 만들기 시작했다고 하지 않았던가. 모든 분야가 그러하듯 칼을 만드는 기술 또한 가까운 나라들끼리 서로 영향을 주고받아 각 나라의 조건에 맞게 쇠를 다루는 방식뿐만 아니라 모양과 길이가 조금씩 달라지는 것이리라.

태귀련과 이무생도 일본도 만들면서 배운 기술을 활용하되 조선 환도의 비결을 앞세우기로 했다. 우선 사용하는 쇠부터 다르지 않은가. 일본도는 주로 사철沙鐵을 원료로 사용하는 반면에 조선 환도는 정철로 만드니까 말이다. 이제부터는 칼의 강도를 높이기 위해 먼저 달구어진 정철을 두들겨 늘어뜨린 다음 꺾어서 한 번 접어야 한다. 그렇게 접은 쇠를 다시 쇠부리 가마에 넣어 달구고 다시 두드려 펴고, 또 한 번 꺾어 접고 다시 달구고 하는 작업을 되풀이한다. 그런 과정을 모두 열다섯 번을 하게 되면 칼의 단면에 총 삼만 이천 겹의 층이 생기는 것이다. 그렇게 해야만 칼날의 강도가 높아지므로……. 통제 사또님의 장검은 그 크기만큼이나 강도 또한 강하면서 휘지도 부러지지도 않아야 한다.

그런 모양새와 성질을 갖추기 위해 중요한 것 중의 하나는 쇠를 달구는 불길의 세기를 조절하는 일이다. 불길을 아주 높이 올려야만 쇠가 잘 달구어질 뿐만 아니라 그렇게 달구어진 쇠를 계속 두들기는, 단조작업을 해야만 강쇠가 되기 때문이다. 그런데 불길의 세기를 가늠하기 위해서는 불꽃의 색깔을 보고 판단한다. 따라서 낮보다는 밤에 불꽃의 색깔을 더 잘 볼 수 있으므로 칼의 모양새가 어느 정도 갖추어질 때까지는 밤에서 밤으로 이어지는 작업을 할 수밖에 없었다. 어둠 속에서 불꽃은 더욱더 빛나는 법이니까…….

장검 한 자루의 전체 길이를 여섯 자 반으로 정했으니까 칼자루가 두 자, 칼날이 넉 자 반이 되어야 한다. 그러니까 칼자루에 꽂히는 슴베 부분과 담금질할 때 칼날이 미세하게 휘는 것까지 염두에 두면 칼날 길이는 넉 자 반 이상이 되어야 하니, 그만큼의 길이가 되도록 두드림을 되풀이하여 쇠를 늘어뜨려야 하는 것이다.

이와 같은 작업을 또 한 자루 칼도 마찬가지로 해야 하므로 보통 길이의 칼을 만들 때보다 훨씬 품이 더 많이 들어갈 수밖에 없었다. 왜구에게 붙잡혀 가기 전부터 시작하고 일본에서 보낸 10년 세월

동안 메질과 망치질로 단련된 몸이었지만, 장검을 만들기 위해 모루 위에 달구어진 쇠를 올리고 두드리는 망치질은 결코 쉬운 일이 아니었다. 망치 소리는 대장장이들만이 느낄 수 있는 묘한 울림이 있었다. 그 울림은 손을 통하여 근육으로 이어지고, 핏줄을 타고 흐르며 온몸으로 느끼는 일정한 질서와 조화였다.

거문고 줄을 짚는 마디마다 다른 높낮이 소리를 내듯 망치질의 강약에 따라 모루와 쇠 위로 오가는 경쾌한 박자가 줄타기를 한다. 그렇게 귓가에 어우러지는 울림 수에 따라 망치 소리의 어울림이 일어난다. 그 소리는 만들어진 칼날에 스치는 바람 소리이며, 무 잘리듯 잘리는 대나무 소리이자, 칼의 울음을 예견하는 아름다운 울림이다. 그것은 바로 혼이 밴 울림이다. 대장장이들은 그것을 이미 몸으로 안다. 좋은 쇠를 두드릴 때, 망치질 소리부터 다르다는 것을…….

그러므로 보검을 위한 망치질은 조금의 흐트러짐도 있어서는 안 된다. 몸과 마음을 오로지 한 곳으로만 집중하여 온 정성을 다해도 모자란다. 어쩌면 달구어진 쇠와 한 몸이 되어야 하는지도 모른다. 검신 일체, 태귀련과 이무생은 땀방울이 달구어진 쇠 위에 떨어져 피식거리는 소리와 함께 금세 사라지는 대장간의 뜨거운 열기를 온몸으로 받아들였다. 아직도 새벽은 찬 공기가 스며들었지만, 두 사람의 얼굴과 팔뚝에는 굵은 땀방울이 번들거렸다.

그렇게 서서히 칼의 모양이 잡혀가고 있을 무렵, 왜적들의 출몰은 조금 잠잠한 편이었으나, 한산 진영은 물론이고 모든 진영에서 두 가지 큰 어려움으로 홍역을 치르고 있었다. 그것은 바로 식량난과 역병이었다.

조선 땅에서 왜적의 침략을 당하지 않은 곳은 그나마 전라도뿐이었다. 통제 사또께서 전라 좌수사를 맡고 있을 때부터 왜적들이 전라도로 가는 바닷길을 잘 막아온 덕분이었다. 그래서 지금까지 군량미 대부분은 전라도에서 마련된 것이었다. 심지어 임금이 피신해 간 의주 행재소까지 군량미를 보내기도 하지 않았던가. 왜적들이 휩쓸고 지나간 다른 지역은 농사를 지을 수 없을 지경까지 이르러 온 나라가 기근에 허덕이게 되었으니, 나라 곳곳에 굶어 죽는 사람이 넘쳐날 수밖에 없었다.

더 큰 문제는 전란이 일어난 지 2년이 지나면서 전라도 또한 겉으로는 멀쩡한 것 같았지만, 이미 각종 물자와 식량이 바닥이 나 빈껍데기가 되어가고 있다는 사실이었다. 그나마 조금 남아 있는 것마저 명나라 군사들을 뒷바라지하느라 빼앗기고 남는 게 없었으니, 전라도마저도 식량이 부족하기는 난을 겪은 곳이나 다를 바가 없게 되었다. 명나라 군대는 왜적들처럼 무자비하게 백성들의 재물을 강제로 빼앗고 들판의 곡식을 망치기까지 하면서도 왜적을 무찌를 생각조차 하지 않고 식량만 축내고 있다고 하니 더욱 환장할 노릇이었다. 이런 실정이었으니 오죽했으면 명나라 군사는 얼레빗질을 하고, 왜적은 참빗질을 한다는 말까지 나왔을까.

이럴 지경이 되다 보니 삼도 수군들이 먹을 식량은 더더욱 모자를 수밖에 없었다. 평상시라면 한 끼에 칠 홉 정도의 양을 먹는 것이 보통이었지만, 지금은 많으면 하루에 세 홉, 적으면 두 홉 정도밖에 줄 수 없는 형편이었다. 그것만 먹고서는 활을 쏠 수도, 노를 저을 기력도 없을 정도인데, 불에 기름을 붓듯 수군들의 사기를 꺾는 소문이 들려왔다. 명나라 군사들에게는 군량미를 하루에 석 되씩이나 준다고 하니 한 끼에 한 되, 즉 열 홉이나 되는 셈이 아닌가. 세상에 이런 법이 어디 있단 말인가? 그것이 우리 수군들의 분통을 더 터지게 했다.

왜적과 싸우는 우리 수군들에게 이 정도밖에 먹일 수 없는 형편이었으니 일반 백성들의 죽살이는 말해 무엇 할까. 초근목피란 말이 그래서 나온 말일 게다. 한산도와 같은 바닷가 마을 사람들은 물고기를 잡고 해산물을 채취하여 어렵사리 목숨을 이어갔다. 그렇게라도 살아갈 수만 있다면 천만다행이었다. 나라 곳곳에서 사람까지 잡아먹는다는 흉흉한 소문이 떠돌았다. 통제 사또께서 여러 장수들에게 "백성이 굶주려 서로 죽여 잡아먹는 참담한 상황에서 앞으로 어떻게 보살펴 살 수 있게 할 것인가?"를 물으셨다고 하니 사람을 잡아먹는다는 말이 뜬소문이 아니라 사실이었던 것이다.

갑오년(1594년)에는 군량미 형편이 조금 나아져 아직은 적은 양이었지만, 그래도 아침과 저녁에 각각 다섯 홉씩, 그러니까 하루에 한 되씩 주게 되었다. 하지만 그것마저도 하루 백여 석이니, 수군들이 먹을 군량은 겨우 두 달 남짓 먹으면 바닥이 날 실정이었다.

거기에다가 또 다른 문제는 바로 역병이었다. 엎친 데 덮친 꼴이라 했던가. 식량난뿐만 아니라 각 진영마다 역병이 퍼져 죽어 나가는 수군들이 한둘이 아니었다. 물론 역병은 좌수영에 있을 때부터 이미 퍼지기 시작하여 계사년에만 해도 오백여 명이나 죽었는데, 해가 바뀌어도 여전히 가라앉을 낌새를 보이지 않았다. 한산 진영뿐만 아니라 전라 우수영과 경상 우수영, 심지어 충청 수군에 이르기까지 전 진영으로 퍼져 왜적과 맞섰던 바다 싸움에서보다 더 많은 수군이 죽어 나가고 있었으니 난리도 이런 난리가 어디 있을까? 역병이야말로 전란보다 더 무서웠다. 먹을 것이 없어 굶어 죽을 판국이니 역병을 이겨낼 힘조차 없었던 것이다.

이 무서운 역병은 사람을 가리지도 않았다. 통제 사또께서도 안색이 좋지 않으신 것으로 보아 역병에 걸린 것이 아닌가 하는 걱정이 앞섰다. 통제 사또 시중을 드는 사내종 얘기로는 열이 올랐다 내리기를 반복하면서 금방 나아지는 듯하셨다가 다시 힘들어하셨다고 했다.

태귀련과 이무생은 통제 사또의 장검을 만들면서 한 가지 기원을 더 보탰다. 통제 사또님의 병세가 하루빨리 나아지시기를 검신劍神께 빌고 또 빌 뿐만 아니라 역병에 걸인 수군들까지 낫게 해달라고 빌었다. 그러면서 장검에 통제 사또님의 염원을 담은 친필 검명을 새겨 넣고 싶었다. 정운 나리는 자신의 칼에 스스로 '정충보국'이라는 글자를 새겨 넣었다고 하지 않았던가. 공태원으로부터 그 말을 들었을 때부터 장검에 검명을 새겨 넣어야겠다고 생각하고 있었던 터였다. 그랬기에 두 사람의 뜻을 공태원에게 말하고 통제 사또께

검명을 써주실 것을 청하도록 부탁했다.

드디어 날씬하면서도 약간 휘어져 날렵하게 뻗은 칼날이 제 모습을 드러냈다. 칼등에 선 두 개, 칼등과 이어진 칼배 쪽에 선 두 개, 칼날 쪽에 선 두 개 모양으로 이루어진 육각도다. 육각도는 칼등이 두 개의 선으로 각이 잡혀 가운데가 얕게 솟아 있기 때문에 칼을 내리칠 때 칼 뒤쪽으로부터 강한 힘을 받을 수 있다는 장점이 있다. 칼배에 홈을 파 혈조를 만들고, 버선코형 칼끝인 절선을 넣는다. 그다음 마지막 담금질에 들어간다. 예리한 칼날 부분을 제외하고 나머지 칼날 표면 전체에 찰흙과 돌가루, 숯을 섞어 만든 진흙을 바른 뒤 쇠부리 가마에 달군 후, 곧바로 차가운 물에 마무리 담금질을 한다. 이 방식은 조선 환도의 비법 중 하나이다. 그렇게 해야만 칼날과 칼날 표면의 강도가 달라 부러지지 않는 칼이 만들어지기 때문이다.

그다음은 연마작업이 이어진다. 처음에는 거친 속새를 가지고 메질과 망치질 흔적이 조금씩 남아 고르지 못한 칼날 표면을 속새질한다. 그렇게 속새질로 표면이 매끄러워지면, 다음은 부드러운 속새로 더 매끄럽게 갈아낸다. 마지막으로 마광작업으로 칼날 전체가 빛이 나게 해야만 한다. 칼 빛이 빛날수록 깊숙이 찔리는 법. 그 눈부신 빛으로 왜적을 물리치고 온 세상이 밝아지기를…….

통제 사또께서는 몸이 불편한 가운데서도 한산 진영에 오는 여러 장수들을 일일이 맞이했고, 왜적들에 대한 감시도 한 치의 소홀함이 없게 하셨다. 심지어 수군이 적도赤島와 견내량 근처까지 가서 파래나 김 같은 각종 해초를 뜯어오는 일까지 손수 확인하시었다. 또한 사월에 한산 통제영에서 치르게 될 무과 시험 준비에도 여념이 없으셨다. 우리 같으면 벌써 몸져누워 일어나지도 못할 터인데 다른 사람들에게는 아픈 기색을 보이지도 않으시니 무섭고도 대단하시다는 생각밖에 들지 않았다.

그렇게 빌고 빈 덕분이었을까. 통제 사또께서 마침내 병을 떨치시고 일어나시었다. 그러나 통제 사또님의 급창 역할을 하는 금산이라는 종은 안사람과 아이까지 모두 역병으로 죽었다. 그러자 통제 사또께서는 참담함을 감추지 못하셨다. 몸뿐만 아니라 마음마저 다치신 통제 사또님은 예전에 비해 수척해진 모습이었지만, 눈빛만은 예전 그대로셨다. 그리고 역병으로 죽은 사람들을 위해 여제厲祭를 지내도록 명하셨다.

사월 초하룻날, 정운 나리의 자리를 이은 녹도 만호 송여종 나리가 통제 사또께 여제를 지낼 일을 보고하고, 사월 초사흗날 여제를 올렸다. 여제는 왜적과 싸우다 죽거나 역병으로 죽은 수군들의 넋을 위로해주고, 역병 귀신들이 살아 있는 사람들에게 더 이상 해를 끼치지 않도록 달래는 제사였다. 여제를 다 마치고 난 뒤, 통제 사또께서는 술 천여 동이를 내려주셨다고 했다.

그러나 여제를 올렸음에도 불구하고 안타깝게도 사월 초아흐렛날, 어영담 나리께서 끝내 역병을 이기지 못하고 쓰러지고 말았다. 태귀련과 이무생은 다시 한번 억장이 무너졌다. 하늘은 왜 우리와 인연이 깊은 분들을 먼저 데리고 가시는가. 정운 나리께서 적탄에 맞아 돌아가셨을 때도 원통하고 안타까워 얼마나 가슴을 쳤던가 말이다. 그런데 이번에는 이무생과 인연을 맺게 된 안동 처자를 구한 어영담 나리마저 저세상으로 가시다니 한동안 말문이 막힐 지경이었다.

천지신명이시여! 서릿발 칼날에 얼마나 많은 사람의 푸른 피를 물들여야만 명검을 내려주시겠나이까? 이무생은 장검의 칼날을 숫돌에 갈며 꺼이꺼이 울음을 삼켰다. 칼날을 벼리고 다시 벼리면서 두 사람은 다시 한번 빌고 또 빌었다. 굶주림과 역병으로 우리 수군들의 푸른 피를 물들인 서릿발 칼날이 앞으로는 왜적들뿐만 아니라 굶주림과 역병까지 모두 물리치고, 백성들을 살리는 활인검이 되게 하소서!

마침 공태원이 통제 사또님으로부터 친필 검명을 받아왔다.

三尺誓天 山河動色
一揮掃蕩 血染山河
석 자 장검 높이 들어 푸른 하늘에 맹세하니,
산과 바다가 함께 기뻐하네.
단칼에 더러운 무리 깨끗이 쓸어버리니,
산과 바다가 핏빛으로 물드는구나.

— 우리 통제 사또님의 맹세와 염원을 담은 검명을 보니 내 간담마저 서늘해진다네. 솔직한 말로 아부가 아니라 통제 사또께서 평소에 품고 계신 마음이 그대로 담긴 것 같아 나도 모르게 숙연해지

기까지 하니 말일세.

평소와는 사뭇 다른 공태원의 진지한 태도를 보고, 검명에 담긴 뜻을 들으며 태귀련과 이무생은 벅차오르는 마음으로 친필 검명 앞에 큰절부터 올렸다. 왜적들이 이 검명 하나만 보더라도 벌벌 떨 것 같았다. 이 검명을 장검에 새겨넣는다면 그야말로 통제 사또님의 위엄과 기세가 온 세상에 떨치는 그런 명검이 되고도 남음이 있을 것 같다는 느낌이 들었다.

태귀련은 곧장 은방장을 찾아갔다. 칼날 표면에 검명을 새겨 넣기 위해서는 은을 다루는 섬세한 기술이 필요했다. 이 작업 역시 아무나 할 수 있는 일이 아니니까 말이다.

정과 끌로 칼날 표면에 친필 검명 모양 그대로 한 글자, 한 글자 미세하고 곱게 쪼아낸 후, 그 파인 홈에 은실을 박아 넣는 작업은 그야말로 한 치의 오차도 있어서는 안 되는 일이다. 한 글자를 새길 때마다 집중하고, 또 집중해야만 한다. 단 한 번의 실수조차 용납하지 않는다. 그렇게 되면 칼 전체를 망치게 되는 것이다. 이 검명이야말로 장검의 혼이 담긴 것이니 정말 한 글자, 한 글자 온 마음을 다하여 새겨 넣어야만 한다.

그렇게 앞 여덟 글자는 첫 번째 장검에 새겨 넣고, 다음 여덟 글자는 두 번째 장검에 새겨 넣는다. 하루 만에 마무리할 수 있는 작업이 아니다. 은방장의 손길이 떨리는 듯 섬세하다. 그것을 지켜보는 태귀련과 이무생의 마음 또한 떨리고 또 떨린다.

검명 새기는 작업이 끝난 후, 새겨진 검명 옆으로 글자를 감싸듯

물결 무늬 모양을 새기고 칼날 표면이 매끄럽게 빛이 나도록 다시 한번 마광작업을 끝낸다.

다음으로 칼자루에 꽂혀 보이지 않게 될 슴베에 '甲午年四月日造太貴連李茂生作(갑오년 4월 태귀련과 이무생이 만들다)'라는 글자를 새겨 넣는다. 이 글자는 칼날과 칼자루를 해체하지 않는 한 영원히 숨겨지게 될 것이다. 그렇게 해서라도 두 사람은 그들의 이름을 통제 사또님의 명검에 새겨넣고 싶었다, 어쩌면 영원히 통제 사또님과 함께하고 싶은 간절한 마음을 담고 싶었는지도 모른다. 또한 장검의 혼과 함께…….

그다음부터는 칼날에 장착되는 부속들인 환도막이와 코등이, 그리고 덧쇠를 끼우고 칼자루에 뾰족한 슴베를 꽂으면 한 자루의 장검이 드디어 그 모양을 드러내게 될 것이다.

맨 먼저 칼날 슴베 위에 날을 휩싸서 칼이 칼자루에 꽂힐 때 칼날을 보호하는 호인護刃, 즉 환도막이를 입히고, 그다음 칼집이 바로 코등이에 부딪히는 것을 막기 위한 덧쇠를 붙인 코등이를 장착한다. 코등이는 칼자루의 목 쪽에 감은 둥근 테두리로 칼과 칼이 부딪칠 때 손을 보호하는 역할을 하는데, 장검에는 열아홉 개의 국화 꽃잎 모양의 코등이를 끼운다. 그다음 칼자루에 슴베를 박아 드디어 여러 차례 옻칠을 해두었던 칼자루와 칼날이 한 몸이 되게 한다. 박힌 슴베가 칼자루에서 빠지지 않게 하려고 칼자루 목정 구멍에 바늘처럼 가늘고 뾰족하게 만든 나무 바늘을 박는다. 그리고 슴베를 고정하는 나무 바늘 역시 빠지는 것을 막기 위해 칼자루 양옆에 돋

을새김한 동판을 붙인다. 그 위에 처자의 댕기 머리를 매는 것처럼 교차 매기로 가죽끈을 매어 칼자루를 쥐는 손이 미끄러지지 않도록 한다.

칼자루와 코등이가 만나는 칼자루 아랫마개는 칼자루를 보강하고 슴베가 칼자루에 단단히 고정될 수 있는 역할을 하는데, 여기에는 여러 가지 선 모양을 새겨 넣는다. 칼자루 끝부분인 칼자루 윗마개는 마개 바닥 쪽으로 조금씩 넓어지는 원통형으로 만든다. 바닥에는 빗금무늬를 은실로 새겨 넣고, 둥근 통 위에는 모란꽃 무늬를 새겨 넣는다. 또한 둥근 통에는 가운데 구멍을 하나 만들어 두는데, 술이 달린 매듭과 같은 유소 장식을 할 수 있는 유소혈인 것이다.

마지막으로 옻칠 때문에 미리 만들어 두었던 칼집에 몇 가지 장식을 한다. 칼집 끝 아랫마개 부분에는 쇠로 감싼 후, 칼자루 윗마개 둥근 통에 새겨 넣은 것과 같은 은실로 모란꽃 무늬를 새겨 넣는다. 그리고 칼집을 단단히 하기 위해 칼집 윗마개 쪽 가까이에서부터 몇 마디 간격으로 두 개의 가락지를 끼운다. 그 가락지 위에 칼집패용고리를 달고 칼집끈목인 녹대를 묶는다. 이 칼집끈은 일곱 근이나 나가는 장검을 거뜬히 매달 수 있도록 미리 만들어 두었던 것이다. 일부러 칼로 자르지 않는 이상 웬만해선 끊어지지 않도록 소가죽 위에 삼베를 대고 다시 사슴 가죽을 씌운 끈이다.

이렇게 마무리한 후 드디어 태귀련과 이무생은 각각 한 자루씩 장검을 칼집에 꽂았다. 동시에 철커덕! 하는 무겁고도 맑은 소리가 심장을 뛰게 했다. 마침내 장검이 완성되는 순간이었다. 두 사람은 대장간 쇠부리 가마 앞에 상을 차리고 두 자루의 장검을 올렸다. 그 앞에서 태귀련과 이무생은 큰절을 올렸다. 그리고 무릎을 꿇고 두 손을 모았다.

서릿발 칼날에 푸른 피 물든 칼이여! 이제부터는 통제 사또님의 칼이오니 칼날에 새겨진 친필 검명의 준엄하신 뜻으로 왜적의 붉은 피 혈조에 흐르게 하시어 만백성을 살리게 하소서!

이렇게 한 쌍의 장검이 완성되던 날, 험난했던 사월도 끝자락을 보이고 있었다. 역병 또한 주춤하더니 조금씩 가라앉기 시작했다.

제11장
바람꽃에 은결들다

전공 분야가 아닌 영역을 새롭게 공부할 때가 가장 어려운 법이다. 칼과 관련된 지식이 전혀 없는 나로서는 충무공 장검에 관한 공부가 그래서 어려웠다. 먼저 전문용어 자체가 낯설어서 그것을 알기 쉽게 설명하고 표현하기가 어려웠고, 다음으로 칼에 대한 정보가 집약된 연구 서적을 찾기가 쉽지 않았다. 그나마 인터넷 동영상이나 개인 블로그 등을 검색하여 여러 내용을 확인해 보았으나 단편적인 내용들이 대부분이었다. 그것만으로는 내가 알고 싶은 부분까지 충족시켜 주지 못했다. 영화감독들이 자신만의 미장센을 그려내듯이 나만의 설계도 윤곽을 잡는 데까지는 역부족이었다. 그래서 도검 연구 전문가를 만나 도움을 청할 수밖에 없었다. 케빈 베이컨의 6단계 법칙처럼 여러 지인을 통해 몇 다리를 걸친 끝에 전문가

한 분을 만나 뵐 수 있었다.

내가 먼저 자료 수집 과정에서 이처럼 어려웠던 점을 이야기했더니 홍 선생님 역시 나와 같은 생각이라면서 그 이유로 두 가지를 들었다.

— 우선 대학교에 관련 학과가 없기 때문입니다. 그러니 논문 수준의 깊이 있는 전문 연구자료가 나오기 어렵지요. 그나마 많지는 않지만, 박물관 소속 연구원들의 논문이 전문 연구자료로 참고할 정도랄까요. 그러다 보니 다른 분야 전공자들이 연관 분야로 공부한 경우가 많고, 아니면 저처럼 직업과 취미에서 시작된 아마추어가 전문가 행세를 하게 되는 경우이거나…….

— 아니 선생님, 직업과 취미에서 비롯된 아마추어라니요? 그건 무슨 말씀이신지……?

— 사실 저는 철강과 관련된 사업을 하면서 건강과 취미생활을 위해 검도를 하게 되었습니다. 검도를 배우다 보니 처음에는 검법, 검술에 관심을 가지게 되었고, 유단자가 되고부터는 제 직업과도 관련되고 검술에 사용되는 도검을 공부하게 되었으니까요. 관심이 생기면 관찰을 하게 되고, 관찰하다 보니 호기심이 발동하면서 점점 칼에 관한 공부를 더 하게 되었지요. 검도에 사용하는 칼뿐만 아니라 조선 환도와 사인검, 오늘날 대통령이 군 장성들에게 하사하는 삼정검 등 다양한 종류의 칼이 지닌 매력에 빠지고 말았죠. 그러다 보니 전통 도검을 제작하시는 분까지 직접 찾아가 공부하기도 하고, 직업상 철의 종류와 성분, 그리고 강도에 관한 연구도 겸사겸

사하게 되었답니다. 나중에는 도검에 새겨 넣는 입사기법入絲技法과 같은 금속공예 분야까지 아울러 관심을 가질 수밖에 없게 되었죠. 이런 과정에 자연스럽게 이순신 장군의 장검에 대해서도 알게 되었던 것이죠. 그러나 아직은 아마추어 수준이라 더 많이 공부해야 한다고 생각합니다. 그 바람에 지금도 아내로부터 사업은 등한시하고 취미에 더 무게를 둔다고 핀잔받기 일쑤지요.

— 선생님도 참, 무슨 겸손의 말씀을……. 제 지인의 말로는 진짜 전문가시라던데요.

— 허허, 그럼, 강 작가님 앞에서는 전문가 행세하도록 하겠습니다.

— 그럼 자료를 구하기 어려운 두 번째 이유는 뭔가요?

— 무武보다 문文을 숭상해온 우리의 뿌리 깊은 역사 때문이 아닐까 싶습니다. 국보로 지정된 문화재 중에서 조선시대는 말할 것도 없고 심지어 삼국시대 유물 중에서도 무기류, 특히 칼에 관련된 것은 하나도 없으니까요. 다만, 철기시대 유물인 <대구 비산동 청동기 일괄-검 및 칼집 부속과 투겁창 및 꺾창> 두 개를 묶어 하나의 국보로 지정하고 있을 뿐, 이순신 장군의 장검은 지금까지도 보물로 지정되어 있습니다. 통영 충렬사에 보관된 명조 팔사품明朝八賜品도 마찬가지고 말이죠.

— 선생님, 그렇다면 혹시 국보로 지정될 조건이나 자격이 맞지 않은 것은 아닐까요?

— 글쎄요. 국보 지정 조건은, 보물급 문화재 중에서 제작연대가 오래된 것, 한 시대를 대표하는 것, 제작의 의장이나 기술이 뛰어난

것, 형태·품질·용도가 특이한 것, 역사적 인물과 관계가 깊거나 그가 만든 것 등의 다섯 가지입니다만, 어느 조건에 부합되지 않는 것인지 저로서는 잘 판단이 서지 않습니다. 다만 장검이 의장용으로 제작되고 사용된 것임에도 불구하고 아마도 칼 자체가 살상용 무기라는 관점에서 국보로 지정하지 않은 것 같기도 합니다만……. 명조 팔사품에도 귀도와 참도가 포함되어 있으니까요. 그런데 이순신 장군의 <난중일기, 서간첩 그리고 임진장초>와 같은 서책은 하나로 묶어 국보로 지정된 것처럼 서적류, 도자기, 석탑, 건축물 등이 국보로 많이 지정되어 있다는 점과 송시열 초상화까지 국보인 점을 고려하면 아직은 무武보다 문文을 숭상해온 역사의 뿌리가 남아 있는 것은 아닐까 싶습니다. 다만, 오래전부터 충무공 후손들과 관련 단체에서 국회와 문화재청에 국보 지정 청원을 넣어 왔으니까 언젠가는 장검 또한 국보로 지정되는 날이 오지 않을까 기대하고 있습니다.

홍 선생님은 장검이 아직도 국보로 지정되지 않은 이유를 잘 모르겠다면서 아쉬운 표정을 짓는다.

— 그렇군요. 저도 하루빨리 국보로 지정되는 날이 오기를 기원해 보겠습니다. 그렇다면 선생님께서는 도검 전문가로서 충무공 장검을 어느 수준으로 보시는지요?

— 글쎄요. 제가 감히 장검에 관해 주제넘게 판단할 입장은 아닌 것 같습니다. 다만 지금까지 장검에 관한 연구로는 강 작가님이 말씀하신 대로 현충사에서 발간한 책자에 수록된 경인미술관 관장님

의 분석이 가장 잘 되어 있는 것 같습니다. 그래서 그분의 분석과 제 의견을 종합하여 취합하자면, 장검은 조선시대 제철 기술과 금속공예, 그리고 목공예가 집약된 종합예술의 결과물로서 매우 우수하다고 봅니다.

—구체적으로 어떤 점에서 우수하다고 평가하시는지요?

— 저는 두 가지 측면에서 그렇게 보는데요. 우선 칼을 제작할 때 쓴 쇠의 품질입니다. 강 작가님도 잘 아시겠지만, 전쟁 중에 질 좋은 쇠를 구하기가 쉬운 일이 아니잖습니까? 그런데 현재 장검의 보존 상태를 보면, 오늘날처럼 방습, 항온, 방충 장치가 없는 상태에서도 지금까지 심한 부식이나 금이 간 곳도 없이 양호하게 유지되었다는 것 자체가 믿을 수 없을 정도이니, 그만큼 쇠의 품질이 우수했다는 증거지요. 제가 철강 관련 사업을 하는 사람으로서 오늘날 우리 철강 제조 기술과 비교해도 손색이 없다고 할 수 있습니다. 지금의 제철소에는 현대식 고로와 전로가 있어 철광석에 코크스를 넣고 선철로 환원시킨 다음 탄소량을 조절하여 강철을 쉽게 만들어 내지요. 그래서 탄소강이나 특수강 등 용도에 따른 다양한 철강 제품을 생산해 낼 수 있게 되었죠. 그런데 이런 설비가 미비했고 정확한 고온 측정도 어려웠던 시대에 오늘날 철강 제품 못지않은 품질의 쇠를 만들어 냈다는 것은 정말 대단한 일이 아니겠습니까?

나는 홍 선생님의 말씀을 들으면서 에밀레종 종고리에 대한 일화가 떠올랐다. 유홍준 선생의 「나의 문화유산 답사기」에서 보았던 내용이다. 에밀레종을 지금의 경주국립박물관으로 옮기기 위해 새로 만든 종고리를 시험하는 과정에서 휘어지는 바람에 에밀레종 종고리 제작위원회까지 조직하여 최상의 품질을 만들어 보려 했으나 실패하고 본래 사용했던 쇠막대기를 쓸 수밖에 없었다는 것이다. 오늘날 기술로도 19톤 에밀레종의 무게를 지탱하는 지름 8.5cm 쇠막대기 하나를 만들 수 없다고 하니 옛날 우리 선조들이 쇠를 다루었던 기술이 더 뛰어났음을 보여주는 방증이 아닐까?

전문가들의 분석처럼 시우쇠를 두들겨 얇은 철판으로 만들고 이를 불에 달구고 다시 두들겨 얇게 만드는 단조 과정을 여러 차례 거쳐 지름 8.5cm의 막대기를 만들었기에 강하면서 부드러워 휘지도 부러지지도 않는 종고리가 되었을 것이다. 충무공 장검 또한 이와 같은 과정을 거쳤으니 대단한 칼이라고 평가하는 것이 아닌가 싶다.

— 다음으로는 장검에 활용된 목공예와 금속공예의 뛰어난 점입니다. 먼저 칼집을 만들 때 쓴 목재가 지금까지도 뒤틀림과 같은 변형 현상이 없어 칼을 칼집에 꽂았을 때 결합에 아무 문제가 없다는 것이죠. 이것은 질 좋은 나무와 그것을 감싼 어피, 그리고 그 위에 옻칠 기법 등이 집약된 목공예의 우수성을 보여주는 증거가 아닐까요? 오늘날 경복궁과 숭례문 복원에 사용된 목재들이 갈라짐과 뒤틀림 현상이 일어나는 것을 보면 장검에 사용된 목공예 기술이 얼마나 뛰어났는지를 알고도 남음이 있지요. 또한 칼자루와 칼날에 사용된 '쪼음 입사기법'은 조선 중기 금속공예를 대표한다고 감히 말할 수 있습니다.

— '쪼음 입사기법'이 조선 중기 금속공예를 대표한다고 하셨는데, 그렇다면 혹시 사인검에 사용된 것과도 관련이 있는 것인지요?

— 물론입니다. 잘 알려져 있다시피 사인검四寅劍은 글자 그대로 인년寅年 인월寅月 인일寅日 인시寅時, 즉 양의 기운인 인寅이 네 번 겹치는 때의 충만한 양기를 불어넣어 만든 검으로 귀신을 물리치는 주술적 의미를 담은 의장용 칼이라 할 수 있지요. 사인검 한 면에 북두칠성과 28수 천문도를 새기고, 다른 한 면에는 사악한 기운을 제압하는 주문의 일종인 검결劍訣 27자를 전서체로 새겼는데, 금으로 입사한 것이 특징이지요. 이와 같은 사인검류는 주로 조선 후기에 만들어졌으니까 당연히 장검에 쓰인 입사기법에 영향을 받을 수밖에 없었다고 봐야죠.

— 그럼, 혹시 오늘날 대통령이 군 장성들에게 하사하는 삼정검도 사인검에서 연유한 것인지요?

— 아닙니다. 삼정검三精劍은 양의 기운인 인寅이 세 가지 겹칠 때 제작한다는 삼인검三寅劍에서 유래한 것입니다. 삼인검은 왕이 장수에게 내리는 검이기 때문입니다. 삼정검에는 이순신 장군의 명언인 "필사즉생 필생즉사必死卽生 必生卽死" 라는 글귀가 새겨져 있습니다.

— 그렇군요. 선생님, 그럼, 장검과 사인검에 쓰인 입사기법은 조선시대부터 생긴 것인지요?

— 그 또한 아닙니다. 우리나라는 이미 삼국시대부터 입사기법이 사용되었습니다. 고구려의 <청동 은입사 포류수금문 정병>과 고려시대 <표충사 청동 은입사 향완>, <흥왕사명 청동 은입사 향완>이

국보로 지정되어 있을 정도로 예부터 뛰어난 입사기법을 보였죠. 이처럼 조선 이전까지는 주로 청동에 입사기법이 사용되었는데, 조선시대에는 철제 입사기법이 발달하여 중국과 일본보다 더 우수한 기술을 보였답니다. 사인검처럼 금을 새겨넣는 것도 있으나 대부분 은을 많이 사용했습니다. 철이 주는 거친 질감과 어두운색이 은의 매끄러운 질감 및 밝은색과 대비되어 고급스럽고 우아하게 느껴지기 때문에 은입사 기법을 더 많이 썼던 것 같습니다.

— 그럼 은입사 기법이 사용된 조선시대 다른 공예품은 어떤 것이 있는지요?

— 예. 장검처럼 의장용 무기라 그런지 역시 보물로 지정된 <은입사 철퇴>가 있습니다. 고려시대까지는 청동 기물에 홈을 파고 은을 채워 넣는 '끼움 은입사기법'이 주로 사용되었는데, 조선시대에는 철제에 조각 정과 끌로 촘촘하게 쪼아 표면에 홈을 만든 다음 은을 넣는 '쪼음 은입사기법'이 주류가 되었지요. 그 밖에 양반들의 문방구 보관함과 같은 장식품에 십장생, 귀면문, 칠보문, 수壽·복福 등의 문자문 등 장수를 빌거나 길상을 뜻하는 문양들을 은입사한 공예품들이 많이 있답니다. <은입사 철퇴> 역시 조선 후기에 제작된 것이니까 장검은 더 이른 시기에 '쪼음 은입사기법'이 사용된 셈이지요. 그래서 조선 중기 금속공예를 대표한다고 말씀드렸던 겁니다.

— 홍 선생님 말씀을 듣고 보니 충무공 장검이 보통 칼이 아니구나. 하는 느낌이 확 와닿습니다. 특히 장검에 활용된 '쪼음 은입사기법'이라는 용어를 이해하기가 좀 힘들었는데, 선생님 설명을 통해

용어에 대한 이해뿐만 아니라 시대별 금속공예 기법 전반에 걸친 공부를 많이 한 것 같습니다.

— 강 작가님께 조금이나마 도움이 되었다니 다행입니다.

— 그런데 선생님, 제가 조사를 해보니까 두 자루 장검의 길이가 오늘날 미터법으로 하나는 196.8cm, 다른 하나는 197.2cm로 0.4cm 차이가 납니다. 칼자루 길이가 두 자루 똑같이 59.4cm이니까 칼날 길이에서 차이가 난 것인데, 당시 척관법을 고려해 볼 때 0.4cm는 오차라고 볼 수도 없을 정도겠지요. 선생님께서는 이 점을 어떻게 생각하시는지요?

— 예. 그렇다고 볼 수 있지요. 당시 척관법의 길이 단위를 오늘날 미터법으로 환산했을 때, 한 자(일척)가 30.3cm이니까 장검 전체 길이 여섯 자 반을 곱하면 196.95cm가 됩니다. 그러므로 당시의 척관법으로는 오차가 거의 없었다고 봐야겠지요. 무게 역시 마찬가집니다. 첫 번째 장검이 4,32kg이고, 두 번째 장검이 4.20kg이니까요. 당시 무게 단위 근으로 따지면 일곱 근 정도지요. 오늘날 단위 개념으로 파악해서는 안 된다고 봅니다. 다만 칼날의 길이에서 차이가 난 것은 제작과정에서 담금질할 때, 칼날이 휘는 정도가 달라질 수 있기 때문입니다. 실제로 두 자루 장검의 휨 정도가 다르거든요.

— 그렇군요. 저는 두 자루 장검의 휨 정도가 다르다는 사실을 몰랐습니다. 어쨌든 두 자루 장검이 쌍둥이처럼 잘 만들어진 것은 분명하군요. 그런데 당시 척관법으로 장검의 길이가 여섯 자 반인데, 장검에 새겨진 친필 검명에는 석 자로 표현된 점은 어떻게 보시는

지요?

— 제 개인적인 추측입니다만, 석 자 길이면 1m 가까이 되니까 당시 조선 환도와 비교해 보면 매우 긴 칼이었죠. 아마도 이순신 장군은 대장장이가 만들어 바치는 칼이 실전용으로 그 정도 길이의 장검을 생각하고 있었던 것이 아니었을까 싶습니다. 그런데 실제로 2m에 가까운 의장용 칼을 보고 처음에는 장군 역시 놀라지 않았을까 하는 생각입니다. 또 다른 추측은 이순신 장군이 송나라 명장 '악비' 이야기를 담은 「정충록」이란 책의 영향을 받은 것이 아닌가 하는 것입니다. 특히 조선에서 간행된 「정충록」에는 류성룡이 서문을 썼는데, 그 서문에 "尺劍誓天 山河動色 한 자 칼로 하늘에 맹세하니, 산과 바다가 함께 기뻐하네."라는 구절이 나옵니다. 바로 장검의 검명 중 한 구절인 "三尺誓天 山河動色 석 자 장검 높이 들어 푸른 하늘에 맹세하니, 산과 바다가 함께 기뻐하네."와 거의 일치하잖습니까?

— 선생님 말씀을 듣고 보니 그럴 수 있겠다는 생각이 드는군요. 그러면 충무공 장검이 일본도가 아니냐는 논란에 대해서는 어떻게 생각하시는지요?

— 허허, 강 작가님은 질문거리를 참 많이도 준비해 오셨네요.

— 홍 선생님께서 이해하기 쉽게 설명을 잘해주시니까 묻고 싶은 것이 자꾸만 나오는 것 같습니다.

— 좋습니다. 일본도가 아니냐는 논란에 대해서는 여러 학자의 견해가 있어 조심스럽습니다만, 제 개인적인 생각으로는 칼날의 기

본적인 형태나 혈조, 그리고 요코테 흔적 등 외형적인 측면에서 일본도의 영향을 받은 것은 분명해 보입니다. 그래서일까요? 일제 강점기 때 일본 측에서 그런 이유로 일본도라 여겨 자기네 나라로 가지고 가려 했다고 할 정도였으니까요. 그러다가 보수와 수리 과정에서 슴베에 칼을 만든 사람과 제작 시기가 새겨져 있는 것을 확인한 후에야 우리 칼이라는 사실이 명확하게 밝혀졌고, 또한 여러 전문가의 견해에 따르면 제작과정에서도 일본도의 영향을 받았으면서도 조선 환도의 특장이 잘 적용된 것으로 보았죠. 또한 아까 말씀드렸던 친필 검명을 칼날에 새겨 넣는 쪼음 은입사기법과 같은 금속공예 그리고 칼자루와 칼집에 적용된 목공예 기술 등은 모두 조선식이니까요.

— 그러면 왜 일본도와 조선 환도를 결합한 형태의 칼을 만들 수밖에 없었을까요?

— 전쟁에서 이기는 방법의 하나는 적의 무기가 성능이 좋으면 같은 수준으로 무장해야 하는데, 그럴 시간적 여유가 없을 때는 적의 무기를 그대로 사용하거나 유사하게 만들 수밖에 없겠지요. 당시 일본도는 조선 환도보다 길이가 더 길었으므로 육상 전투에서는 유리했다고 봐야죠. 그래서 조선군은 전투에서 빼앗은 일본도를 그대로 사용하거나, 일본도의 칼날만 빼내서 조선 환도의 외장과 결합하거나, 아니면 일본도 규격을 빌려 조선 환도를 만들어 사용하는 방법 등을 택했다고 볼 수 있습니다. 이순신 장군도 일본군 조총을 연구하여 정철총통이라는 새로운 총을 만들기까지 하지 않았습

니까? 또한 당시 곽재우 장군과 같은 의병장들은 일본도의 칼날과 외장을 거의 그대로 활용하고 칼자루와 머리 장식만 조선식으로 바꾸어 사용했다고 합니다. 조선 환도 역시 전쟁 중에는 일본도 길이만큼 길어졌다가 평화 시대에는 다시 예전의 크기로 되돌아갔으니까요. 「난중일기」에도 조선 환도와 왜도를 동시에 만들었다는 기록이 있는 것으로 보면, 전쟁 중에는 상대방의 무기에 영향을 받을 수밖에 없었다고 봐야죠. 물론 연구자마다 견해가 다를 수 있겠습니다만, 넓은 의미로는 문화의 수용과 변용이라는 측면에서 바라보아야 하지 않을까요? 그것은 예나 지금이나 마찬가진 것 같습니다만…….

나는 홍 선생님의 상세한 설명 마지막에 '문화수용과 변용'이라는 말을 들으면서 국어 교과서에 나왔던 윤오영 선생의 수필 「마고자」의 내용을 떠올리지 않을 수 없었다. 나 역시 이 작품을 현직 교사 시절, 수업 시간에 학생들에게 가르치면서 문화수용과 변용이라는 말을 썼다. "귤이 회수를 건너면 탱자가 된다."라는 말이 있지만, 마괘자에서 마고자가 나오고 송나라 자기에서 고려청자의 비취색이, 고전 금석문에서 추사체가 나온 것처럼 우리 민족은 다른 나라 문화를 수용하여 우리 것으로 잘 변용시키는 뛰어난 안목과 지혜를 가졌기에 탱자가 아니라 진주로 만들었다는 내용 말이다.

어쩌면 오늘날 통영의 대표 음식 중의 하나인 '통영 다찌'도 마찬가지가 아닌가 싶다. 일본의 선술집 '다찌노미'가 들어와 '다찌' 문화가 만들어졌다는 설이 유력한 만큼 일본어를 차용한 것만은 분명하다. 일찍부터 통영은 일본 문화가 많이 유입되었던 곳인 데다, 음식문화 또한 풍부한 해산물 식재료와 더불어 통제영에서 전파된 궁중음식 문화와 결합하여 '다찌'라는 통영 특유의 토착 식문화로 변용된 것으로 볼 수 있으니까…….

— 강 작가님, 저는 개인적으로 당시에 그렇게 큰 칼을 만든 기술적인 측면도 대단하다고 평가하지만, 그보다 제작된 시기가 갖는 의미에 더 주목할 필요가 있다고 봅니다. 물론 역사학자도 아닌 제 입장으로는 주제넘은 판단일 수도 있습니다만…….

홍 선생님은 말을 잠시 머뭇거린다.

— 무슨 그런 말씀을……. 그런데 장검이 완성된 시기는 1594년 4월로 알려져 있잖습니까? 그 시기가 갖는 의미라면?

— 강 작가님도 조사 과정에서 확인을 해보셨겠지만, '계갑 대기근'이 있었던 시기와 맞물리지 않습니까?

— 그렇군요. 1593년 계사년과 1594년 갑오년 사이에 발생했던 대기근을 말하지요. 임진왜란과 흉년으로 70만 명이 굶어 죽었다고도 하는…….

— 예. 심지어 사람까지 잡아먹었다는 내용이 기록에 남아 있을 정도였으니까요. 또한 여역이라고 불렀던 전염병이 크게 번져 많은 사람이 죽었지요. 전쟁 중에 제대로 씻지도 못해 위생 상태가 불결하다 보니 전염병이 창궐할 수밖에요. 또한 기근으로 잘 먹지도 못하니 면역력이 더 떨어져 많은 사람이 목숨을 잃게 되었던 것이죠. 「난중일기」를 보면 이순신 장군도 1594년 3월 6일부터 25일까지

13일 동안 병으로 고생했다는 사실이 나오잖습니까.

— 맞습니다. 이순신 장군의 몸 상태가 좋지 않았던 모습은 「난중일기」 1594년 3월 8일부터 26일까지 간지가 잘못 기록되고, 수정한 모습에서도 엿볼 수 있다고 하니까요. 그뿐만 아니라 조정에 보낸 이순신 장군의 장계에 나타난 기록을 통해 보면, 우리 수군만 하더라도 1594년 1월부터 4월까지 전라 좌수영은 사망자 606명, 환자 1373명 발생, 전라 우수영은 사망자 603명, 환자 1878명, 경상 우수영은 사망자 344명, 환자 222명, 충청 수군은 사망자 351명, 환자 286명으로 총사망자는 1904명, 환자는 3759명으로 전체 수군의 약 10%가 사망했고, 약 20%가 병에 걸린 것으로 나오더군요. 심지어 「선조실록」 1594년 6월 18일에는 수군에 여역이 번져 "이순신도 손을 쓸 수 없다." 10월 3일 기록에는 "한산도에는 백골이 쌓여 보기에 참혹하다."라는 내용이 나올 정도였으니까요. 이것을 보면서 저는 지금 우리가 겪고 있는 코로나19 사태를 떠올리지 않을 수 없었고, 조선판 팬데믹이 아니었을까 싶었습니다.

뿐만 아니었다. 기근으로 발생한 상황은 상상을 초월할 정도였다. 「선조실록」 1594년 3월 20일에는 "굶은 백성이 사람 시체의 살을 베어 먹은 뒤에 남은 흰 뼈가 성 높이처럼 쌓였다. 살아 있는 사람까지 서로 잡아먹었다. 심하게는 아버지와 아들, 형제들이 서로를 잡아먹고 있다."라는 기록을 보고 기겁을 할 정도였다.

또한 이 시기를 연구한 학자들이 찾아낸 기록에 따르면, 류성룡의 「징비록」에는 "늙은이와 어린아이들이 길에서 엎더져 죽고, 장정들은 도둑이 되고 그 위에 병까지 겹쳐 거의 다 죽게 되었다. 그래서 부자와 부부까지도 서로 뜯어 먹어 뼈다귀만 길가에 내버리는 것이었다."

조경남이 쓴 「난중잡록」에는 "갑오년 오월, 사람들이 서로 잡아먹는 것도 이때가 가장 극심해졌다. 남원성 중에서 어떤 명나라 군사가 너무 배불리 먹고 취하여 길에서 먹은 음식을 토하자, 수많은 주린 백성들이 한꺼번에 달려들어 머리를 들이박고 다투어 빨아먹는데, 이것도 약한 자는 대어 들지 못하고 뒤에서 울고만 서 있었다."라고 하니 오늘날 우리 입장으로서는 도저히 이해하기 힘든 끔찍한 일이 아닐 수 없었다.

더 나아가 오희문이라는 선비가 임진왜란과 정유재란 기간 동안 피란길에 올라 보낸 9년 3개월간의 일상을 일기로 남긴 기록인 「쇄미록」 1594년 4월 3일에는 "영남과 경기에서는 사람들이 서로 잡아먹는 일이 많아 6촌의 친척까지도 죽이고 씹어 먹는다. 최근에는 혼자 길을 가는 사람을 쫓아가 죽이고 먹는다."라는 이야기까지 나온다고 하니 전염병과 더불어 믿기조차 어려운 최악의 상황들이 바로 이 시기에 일어났던 것이다.

이처럼 기근과 전염병으로 많은 사람이 죽었기 때문에 학계에서 연구한 임진왜란 전후 인구 통계자료에 따르면, 16세기 후반 조선의 실제 인구는 900만 또는 1,000만 명 정도였으나, 임진왜란을 계기로 급감해 17세기 중후반에는 700만까지 내려갔다고 한다. 그러니까 임진왜란과 병자호란을 거치면서 인구의 30~40% 정도 감소한 것으로 추정하고 있을 정도이다. 임진왜란 당시의 인명 피해만 보더라도 조선군 26만여 명, 일본군 17만여 명, 명나라군 3만여 명 정도였고, 조선 사람 전체 인명 피해는 전사자, 전염병 사망자, 아사자, 일본군 포로가 되어 일본으로 끌려간 사람까지 합치면 최소 100만 명에서 200만 명 이상까지도 추정할 정도라고 한다. 그리하여 임진왜란 전의 인구수와 같은 규모가 되기까지는 약 125년이 걸렸다고 한다.

나는 여기에다 6.25 전쟁으로 인해 발생한 인명 피해를 비교해 보았다. 전쟁 직전 남북한 총인구수는 2,500만 명 정도였다고 한다. 그런데 전쟁으로 국군 전사자 14만 1,000여 명, 유엔군 전사자 3만 7,000여 명, 북한군 전사자 29만 5,000여 명, 중공군 전사자 18만 4,000여 명, 민간인 사망자 24만 5,000여 명, 국군 전상자 71만 7,000여 명, 민간인 부상자 23만여 명, 행방불명자 36만 3,000여 명, 전쟁고아 6만여 명 정도가 발생했다고 한다.

— 그렇습니다. 강 작가님이 수집한 자료에서도 나타났듯이 제가 장검이 만들어진 시기에 주목할 필요가 있다는 말의 의미를 이해하시겠지요?

나는 홍 선생님이 더 이상 설명을 하지 않더라도 어떤 뜻으로 그런 말을 하는지 충분히 알 것 같았다. 그래서인지 충무공 장검이 지닌 역사적 무게가 더 무겁게 느껴졌다. 아울러 장검에 새겨진 충무공 친필 검명에 담긴 의미 또한 더 큰 울림으로 다가왔다.

장군의 바다는 얼마나 아프고 깊었을까? 전란과 굶주림, 전염병으로 흘린 피눈물을 받아 바다는 퍼렇게 멍이 들고 파도의 흰 뼈로 갈아엎으니 어두운 시대를 노 저어간 장군의 애끊는 마음이야 어찌 다 헤아릴 수 있을 것인가? 너울로 주름진 푸른 늑골은 언제나 물기에 젖어 축축하고, 세상은 늘 쓸쓸한 먼 길뿐이었으니……. 어쩌면 장군의 그런 심정이 이런 절실한 시로 표현된 것이 아니었을까.

"한산섬 달 밝은 밤에/ 수루에 홀로 앉아/ 큰 칼 옆에 차고/ 깊은 시름 하는 차에/ 어디서 일성호가는/ 남의 애를 끊나니."

뿐이었을까? 호시탐탐 기회를 엿보는 왜적의 눈빛에 또 얼마나 노심초사했을 것인가. 노 젓는 뱃전에 부서지는, 야광충 닮은 시거리처럼 곳곳에서 번쩍거렸으니까. 장군의 일기에도 "적의 모략을 예측하기 어렵다."라고 토로하였으니 말이다. 이처럼 왜적의 모략에 늘 고심했던 장군에 관한 이야기는 「송남잡지」라는 책에도 다음과 같이 기록되어 있을 정도니…….

달 밝은 밤에 이순신 장군이 배 위에 앉아 있다가 앞산에서 나무를 잘라내는 소리를 듣고는 장수와 군사들에게 한편으로는 칼로 뱃머리를 치면서 노래하게 했고, 다른 한편으로는 자루가 긴 낫, 장병겸으로 배 아래를 휘젓게 했다. 아침에 배 주위를 살펴보니 잘린 손들이 있었다. 왜적들은 한편으로는 산에서 나무를 자르는 소리를 내면서 다른 한편으로는 몰래 헤엄쳐 와 조선 수군의 배에 기어오르거나, 배 밑창을 뚫는 것을 감추려고 했던 것이다. 이를 이순신 장군이 간파하고 긴 낫으로 물속을 휘젓게 해 왜적의 손을 자른 것이었다.

나는 충무공의 바다에 역사의 분노와 교훈을 실은 조각배 하나를 띄워본다. 이처럼 우리는 지금까지 국난을 극복하는 의지를 담은 역사의 흔적을 배우고 가르쳐 왔다. 그때마다 빠지지 않고 예를 드는 것 중 하나가 바로 팔만대장경이다. 그리고 자랑한다. 부처의 힘으로 몽고군을 물리치기를 바라는 국난 극복의 염원을 담아 16년에 걸쳐 팔만대장경을 만들었다고. 경판으로 쓸 나무를 바닷물 속에 1~2년간 담가 뒀다가 경판 크기로 자른 뒤, 소금물에 삶고 건조하는 과정을 거친 후에야 경판에 불경을 새겼다. 한 글자를 새길 때마다 세 번씩 절을 했다. 8만 장이 넘는 경판의 서체가 모두 일정하고 오탈자가 없다. 경판끼리 서로 부딪치는 것을 막고 보관 시 바람이 잘 통하도록 두꺼운 각목을 붙인 후 네 귀퉁이에 구리판으로 장식하고, 그 후 옻칠을 했다. 목각판에 옻칠한 것은 세계적으로 팔만대장경이 유일하다. 그래서 목판 인쇄술의 극치다. 세계적 불가사의다. 등의 수식어를 붙인다. 또한 대장경을 보관하고 있는 장경판전은 어떤가. 대장경이 습기에 뒤틀리거나 썩기 쉬운 목재로 만들어졌는데도 천년 가까운 시간 동안 고스란히 보존되어 온 것은 자연환기 등의 놀라운 건축 기술이 적용되었기 때문이라고.

나 역시 학생들에게 그렇게 우리 문화유산과 그 속에 담긴 정신을 자랑스럽게 들려주곤 했다. 그러면서 이육사 시인의 「절정」이란 시의 한 구절을 인용하면서 "한 발 재겨디딜 곳조차 없는" 극한상황에서 지극히 간절한 염원을 담은 마음은 신의 경지에 다다른 것과 같은 불가사의한 일들을 이루어내는 거라고. 팔만대장경처럼…….

그러나 일제 강점기 일본의 역사학자들은 우리 역사를 왜곡하기 위해 팔만대장경을 몽고군의 침략으로 나라가 풍전등화인 상황에서 국방 능력이 없었던 고려 군신들의 종교상 미신의 결과물이라고 비웃기까지 했다. 그들은 국난 앞에서 종교에만 의지하던 고려 조정의 나약함과 무능한 모습에만 주목했던 것이다. 그런데 이런 그들의 논리가 먹혀들기도 하지 않았던가. 그래서 어느 역사학자는 이를 두고 '근대의 역설'이라고 비판했다. 일본 제국주의자들은, 그들만큼은 서구의 이성적이며 합리적인 사고를 가지고 있다고 맹신했기 때문이다. 탈아입구脫亜入欧, 즉 아시아를 벗어나 유럽으로 들어간다는 탈아론을 앞세워 받아들인 서양의 근대적 합리주의, 이성중심주의가 제2차 세계대전을 일으킨 야욕에서 보여주듯 이미 도구적 이성으로 전락하고 있다는 사실을 몰랐으므로……. 그렇다면 그들은 충무공 장검을 어떻게 평가할까? 자못 궁금해진다.

이러한 사정이 비단 과거 역사에만 국한된 것뿐이겠는가? 과거는 어제의 오늘이므로 지금 우리가 처한 상황 또한 어제의 모습이 재현되지 않으리라는 법은 없다. 그러면 학생들은 되묻는다. 그런 점을 잘 알면서도 우리 앞 세대들은 왜 미리 대비하고, 대처하지 않았느냐고…….

전쟁과 전염병, 그리고 지진, 홍수, 산불 등의 자연재해와 같은 무서운 재앙은 늘 그 조짐을 암시하는 전조 현상이 있다고 한다. 동물들은 그 낌새를 미리 알아차리지만, 인간은 느끼지 못한다. 그런데도 미리 알고 막을 수 있다고 언제나 입으로만 큰소리치는 사람들도 많다. 그러나 현실은 학생들의 반문처럼 소 잃고 외양간 고치는 식이 반복된다. 그래서 마음마저 다치는, 은결드는 것이다.

큰 바람이 일어나려고 할 때 먼 산에 구름같이 끼는 뽀얀 기운을 순우리말로 '바람꽃'이라고 한다. 그 바람꽃에 은결들기가 쉽다. 바람꽃 냄새를 미리 맡기 어려우므로…….

오늘도 어디선가 또 다른 바람꽃이 일어나고 있다.

제12장

한산 수국水國, 그 충만했던 나날들

태귀련과 이무생이 장검을 만드느라 몰두하고 있을 때 역병은 여전히 기승을 부리고 있었고, 그 역병에 어영담 나리까지 돌아가시는 일이 있었지만, 예정한 대로 사월 초순에 무과 시험이 열렸다. 그래서 한산 진영은 그야말로 작은 한양이었다. 운주당 앞마당, 그리고 활터에는 과거 시험을 보기 위해 모인 젊은 장정들로 그득했고, 시험 감독관으로 여러 지역의 부사, 현령, 현감 나리들도 오셨다고 했다. 포구에는 과거 시험을 보기 위해 각 진영에서 온 수군들과 일반 장정들, 그리고 나리들을 태우고 온 여러 배들로 들어찼고, 활터에서는 종일 활시위를 떠난 화살이 과녁을 향했다. 무과 시험 열기에 역병조차 잠시 주춤거리는 것 같았다.

태귀련과 이무생을 비롯한 이곳 사람들 눈에는 생전 처음 보는 광경이라 그저 신기할 따름이었다. 지금까지 한양에서만 치러졌던 무과 시험이 전란 중이라 어쩔 수 없이 한양에서도 한참이나 멀고도 먼 남쪽 바다 진영에서 치러진다는 사실 자체가 놀라운 일이었으니까 말이다. 그러므로 이곳에서는 보기 어려운 구경거리일 뿐만 아니라 시험의 긴장감과 함께 장정들의 열기로 북적거리는 바람에 잠시 역병조차 잊고 있어서 그렇게 느꼈을는지도 모른다.

그렇게 한바탕 뜨거운 열기와 긴장감이 감도는 무과 시험이 끝나고 태귀련과 이무생이 그토록 염원했던 뜻을 이룬 탓이었을까? 두 사람은 잠시 허탈한 기운에 빠졌다. 마침내 장검을 완성했다는 기쁨과 함께 그동안 모든 기운을 쏟아부은 탓으로 맥이 풀린 듯싶었다. 그래도 꿈만 같았다. 두 자루 장검을 받아 든 통제 사또께서 매우 흡족해하시며, “장하다. 대단한 솜씨로구나!”라고 칭찬해 주신 말씀에 목숨 줄을 구해주신 그 은혜를 만분의 일이라도 갚은 것 같아 감격의 눈물까지 흘리고야 말았다. 우러러보는 분으로부터 자신의 재주를 인정받는다는 것은 뿌듯한 마음으로 살아갈 또 다른 의미가 생기게 되는 것이 아니겠는가.

그리고 드디어 두 자루 장검이 나란히 운주당에 걸리던 날, 통제 사또께서는 휘하 장수들과 여러 수군 앞에서 장검을 뽑아 들고 서슬 퍼런 칼날과도 같은 말씀을 내리셨다.

— 오늘부터 이 칼은 하늘과 땅의 뜻을 받들어 이곳 한산 진영뿐만 아니라 나라를 지키는 수문장이며 수호신이 될 것이다. 왜적 한 놈이라도 이 칼 앞에는 얼씬도 하지 못할 것이며, 만약 이곳을 넘볼

시에는 산과 바다가 그들의 피로 붉게 물들 것이니라. 또한 앞으로는 군량미 걱정도 하지 않아도 될 것이며, 역병 또한 우리를 괴롭히지 못할 것이니라. 나 또한 이 칼에 맹세하노니 왜적들을 모조리 물리칠 때까지 그대들과 함께 할 것이니라.

통제 사또님의 말씀에 우레와 같은 함성이 한산 진영에 메아리쳤다. 함성을 지르는 사람들의 표정에는 결연한 의지와 함께 6척도 더 넘는 장검의 크기에 눈이 휘둥그레지며 놀라움과 감탄을 감추지 못했다, 생전 처음 보는 크기의 칼이었으니 놀랄 수밖에 없었을 터이다. 장검에 은실로 새겨 넣은 친필 검명이 햇빛에 반사되어 서릿발 칼날과 함께 빛을 뿜었다. 시리도록 눈이 부셨다. 오! 저 빛이야말로 만백성을 살리는 활인검의 빛이 아니겠는가. 순간 태귀련은 가슴이 벅차올랐다. 통제 사또께 목숨조차 바칠 수 있다는 충심이 저절로 생기는 것이었다. 정운 나리가 바로 그런 분이 아니셨던가. 그랬기에 바다 싸움에서는 언제나 앞장서 용감하게 싸우셨고, 그러시다가 적탄에 맞아 돌아가셨으니 그와 같은 충심은 본받아야 한다는 생각이 들었다.

오늘의 감격은 그뿐만 아니었다. 통제 사또께서는 태귀련과 이무생을 친히 불러 칭찬과 함께 실전용 조선 환도 몇 자루를 만들 것을 직접 주문까지 하셨다. 믿고 맡겨주시는 그 말씀에 태귀련과 이무생은 다시 한번 감읍할 따름이었다. 그러면서 태귀련은 자신이 이무생과 함께 두 자루 장검을 만들었다는 사실조차 믿어지지 않을 정도였다. 무슨 꿈을 꾸고 있는 게 아닌가 싶었다.

그렇게 장검이 수호신으로 운주당을 지키고 있는 사이 역병은 조금씩 가라앉을 조짐을 보이기 시작했고, 한산 진영은 군량미를 구하는 일부터 바쁘게 돌아갔다. 통제 사또께서는 보리를 거두는 일로 수군 수십 명을 전라 좌수영으로 보내기도 하고, 낙안에서 묵은 나락 이백 섬을 받아 오도록 명하기도 하셨다. 광양에서 가져온 벼 백 섬은 다시 되질하여 직접 수량까지 확인하셨다. 운반하는 사람이 몰래 훔쳐 가거나 벼가 오래되어 줄어든 일도 있었기 때문이었다. 그만큼 군량미를 구하는 일이 무엇보다 급한 일이었으니까…….

그랬기에 유월 초순부터는 한 달 동안이나 비가 내리지 않아 가물어서 논밭이 다 타들어 갈 지경까지 이르자 통제 사또님뿐만 아니라 모든 사람이 올해 농사를 망치는 것이 아닐까 하는 마음으로 태산 같은 걱정을 했다.

그렇게 마음 졸인 끝에 드디어 한산도에서도 첫 가을걷이를 할 수 있었다. 타작을 해보니 백 삼십 섬 이상이 나왔다. 가을걷이가 모두 끝나면 걱정했던 것보다 좀 더 많은 곡식이 나올 조짐이었다.

가을걷이가 끝나자 왜적을 치러 가기 위해 진영은 다시 분주해지기 시작했다. 타고 나갈 전선을 점검하고, 수군들이 싸울 때 입는 전복戰服인 더그레를 진영별로 나누기도 했다. 더그레는 수군들의 겉옷 위에 덧입는 소매 없는 모양의 옷인데, 각 진영 소속의 수군들을 구분하기 위해 색깔이 달랐다. 전라 좌수영은 노란색, 전라 우수영은 붉은색, 경상 우수영은 검은색으로 구분했다.

그리고 시월 초하룻날, 우리 수군은 거제 장문포 앞바다로 향했다. 장문포구가 있는 거제 북쪽을 막아 부산포와 연결된 왜적들을 고립시켜 무찌를 목적이라고 했다. 더구나 이번에는 곽재우, 김덕령 같은 이름만 들어도 유명한 의병장들도 함께 나서는, 이른바 수군과 육군의 합동작전이 될 것이라는 거였다. 그런데 우리 수군은 오십여 척이 나섰지만, 왜선은 백여 척이 넘었다고 했다. 그런데도 왜적들은 배를 포구에 대어놓은 채 뭍으로 올라가 나올 생각을 하지 않았다고 했다. 지금까지 바다 싸움에서는 늘 우리 수군에게 당했기 때문이었으리라. 그래서 육지 군사들이 장문포 뭍으로 올라가 싸움을 걸었으나 왜적은 명나라와 화친을 논의 중이니 싸울 수 없다는 이상한 팻말을 꽂아 두고는 도망치고 말았다는 것이다. 그렇게 엿새 동안의 싸움은 왜선 두 척을 가라앉히는 정도로 큰 성과 없이 끝나고 말았다.

이에 대해 공태원은 뭐가 마음에 들지 않는지 입을 삐죽거렸다. 그래서 태귀련이 왜 그리 입이 나오느냐며 물었다.

— 그래도 우리 수군은 피해가 하나도 없고, 놈들은 싸울 생각도 없이 달아났으니 당분간은 잠잠할 게 아니오. 예전에 비할 바는 아니지만 그나마도 다행이구먼요.

— 장문포 바다 싸움은 사실 우리 통제 사또께서 직접 계획한 것이 아니니까 그렇지. 분명 경상 우수사 영감이 이번에 자신이 큰 공을 세워보려고 윤두수 도체찰사 겸 좌의정 영감에게 건의를 올려 내려온 지시에 의한 것이 아니겠느냐는 소문이 있거든. 나 역시 그런 의심이 드니까 말일세.

— 그건 또 무슨 소리요?

— 만약 처음 계획한 대로 크게 이기려면, 장문포에 쌓은 놈들의 성을 무너뜨릴 만큼의 많은 육지 군사와 이를 뒷받침할 충분한 수군이 있어야만 하거든. 그러나 얼마 전까지만 해도 기근에 역병으로 격군들조차 도망가는 일들이 생기는 마당에 수군들을 충당하기 어려운 실정이지 않았는가 말일세. 실제로 의병장들이 거느리고 온 육지 군사들도 생각보다 많지 않았다고 하더구먼. 그런데도 왜적을 무찌르겠다고 나갔으니 계획했던 성과를 이루기 어려울 수밖에…….

— 그러니까 우리 통제 사또님 생각이시라면 이런 일이 생기지 않는다는 그 말씀이지요?

— 암만, 류성룡 영의정 영감님이 이 같은 사실을 아시고 즉시 중단하라고 명을 내리셨지만, 전령이 도착하기도 전에 이미 우리 수군이 장문포로 싸우러 나간 뒤였으니까 어쩔 수 없었던 것이여. 그러니까 우리 통제 사또님의 뜻이 아닌 것이 분명하단 말일세.

공태원의 말대로 경상 우수사와 통제 사또님 사이에 무슨 일이 있었는지는 잘 모르겠지만, 어쨌든 이번 장문포 바다 싸움으로 당분간은 왜적들이 잠잠해질 것이 분명하므로 다행이라는 생각도 들었다. 그러면서 이번 경우만 보더라도 공태원은 진영의 다른 사람들이 알기 어려운 소문을 어디서 물고 오는지 알 수 없었지만, 확실한 것은 보통 재주꾼이 아니라는 점은 분명했다. 그동안에도 도망쳐 오거나 항복해 온 왜인들을 심문할 때 일본말로 확인하는 일에도 관여하지만, 수시로 통제 사또의 부름을 받고 왜적의 정세에 대해 말씀드린다고까지 했으니까 말이다.

어쨌든 태귀련의 생각대로 왜적들의 움직임은 잠잠했고, 그렇게 다소 여유로운 틈이 생기자 태귀련에게는 또 한 가지 신기한 것이 눈에 띄었다. 통제 사또께서 특별히 관심을 가지고 계신 것이 있었는데, 바로 부채였다. 그래서 부채 만드는 장인들에게 여러 종류의 부채를 만들게 하셨던 것이로구나. 그제야 대장간 옆에 왜 부채까지 만드는 공방이 있었는지를 알 것 같았다.

역시 공태원의 말에 따르면, 임금님께 드리는 진상품으로 부채를 만들기도 하지만, 통제 사또께서 조정에 있는 높으신 양반님들께 선물로 보내신다는 거였다. 그래서인지 이번에는 백선, 별선, 유선, 칠선뿐만 아니라 갈모에 이르기까지 여러 종류의 부채를 준비시키고 있었는데, 이것들은 모두 명나라군의 높으신 장수에게 선물로 보낼 것이라고 했다.

그 바람에 테귀련은 부채 만드는 장인들의 솜씨를 엿볼 수 있었다. 백선은 흰색의 접는 부채로 부챗살의 수에 따라 50살 백선, 40살 백선, 30살 백선이 있고, 별선은 보통 부채보다 특별히 잘 만든 부채란다. 유선은 기름먹인 부채, 칠선은 옻칠한 부채이고, 갈모는 비가 올 때 갓 위에 쓰던 작은 우산 모양의 비 가리개로 비가 흘러들지 않도록 기름먹인 종이로 만든다나. 접으면 쥘부채처럼 된다고 하니 양반님들 취향도 정말 각양각색이구나 하는 생각이 들었다.

을미년(1595)과 병신년(1596)은 지난 갑오년에 비해 왜적들의 움직임이 더더욱 잠잠했다. 소문에는 명나라와 무슨 협상을 벌이고 있기 때문이라고도 했다. 그 사이 차츰 역병도 물러갔다. 그때부터 한산 진영은 어느 때보다 바쁜 나날들이 이어졌다. 대장간은 더더욱 분주해졌다. 통제 사또께서는 언제든지 바다 싸움에서 쓸 수 있도록 특히 여러 무기를 미리 갖추어 모아 두도록 명을 내리셨다. 그리하여 여러 종류의 총통과 그 총통에 쓸 화약을 만들고, 각궁과 각종 화살을 만드는 데 여념이 없었다. 화살을 만드는데 필요한 대나무를 남해에서 실어 오기까지 했다.

무기뿐만이 아니었다. 군량미 마련은 예전보다 훨씬 나아져 수군들에게 정상적인 배급이 이루어졌지만, 이제는 군량미 마련뿐만 아니라 여분의 군량미를 모아 두는 것에까지 더 신경을 썼다. 기근으로 수군들을 굶주리게 했던 고통을 두 번 다시 겪지 않도록 군량미만큼은 통제 사또께서 직접 수량을 확인까지 하시면서 정말 꼼꼼하게 챙기시는 것이었다. 둔전에서 징수한 벼와 콩 등의 곡식과 각 지역에서 들어온 군량미를 다시 평미레질하여 줄어든 수량이 어느 정도인지 보시고 군량미 출납 장부에 기록까지 하셨다.

또한 땅을 개간하고 씨 뿌려 가꾸고 가을걷이를 할 때까지 모자랄 수 있는 군량미를 조달하기 위해 군사들에게 칡을 캐고 고기잡이를 하게 하셨다. 칡은 곡식 대용이고 물고기는 부식이 되었으니, 남는 고기는 내다 팔아 곡식으로 바꾸도록 하셨다. 주로 많이 잡히는 청어는 말려서 팔거나 기름을 짜기도 했다.

더 나아가 소금을 구워 진영에도 쓰고, 나머지는 팔아서 곡식으로 바꾸는 방안까지 내놓으셨다. 소금 굽는 가마솥 한 개로 하루에 소금 다섯 섬을 얻을 수 있다고 했다. 바다에서 먼 육지에는 소금이 금처럼 귀하다고 하니 그런 곳에 팔면 곡식을 사 올 수 있었다. 그래서 대장간은 무기 만드는 일뿐만 아니라 쇳물을 부어 소금 가마솥을 만들어 내는 일로 더욱 바빠졌다.

심지어 메주를 쑤고, 온돌을 놓는 일까지도 손수 하시고, 미역 따는 일이며 우물을 파는 일, 대나무 통으로 연결하여 물을 부엌까지 끌어오도록 하는 일들을 지시하고 감독하며 생활에 필요한 세세한 일들까지 신경을 쓰셨다.

여기에 더하여 진영의 살림살이를 더욱 튼실하게 하고 군수물자를 보다 더 원활하게 보급할 뿐만 아니라, 한산도 사람들까지 먹고 살 수 있도록 한산 진영을 중심으로 하고 한산도를 빙 둘러 마을 곳곳에 여러 터전을 마련토록 하셨다. 진영에서 가까운 갯가 마을에는 소금을 굽고, 나무가 울창한 곳에는 숯을 만들며, 흙이 좋은 곳에는 질그릇을 만들도록 하셨다. 또한 햇볕이 잘 들고 바위가 많은 마을에 수군들의 옷을 빨고 말려 수선할 수 있도록 하셨고, 군량미를 보관하는 곳간과 각 진영에서 오는 여러 물품을 보관하고 그것을 다시 다른 진영으로 보내기 편리한 곳에 군수물자 보관소도 짓게 하셨다. 또한 전선이 머물 수 있는 나루터 가까운 곳에는 대장간을 마련하여 각종 무기를 곧바로 수리할 수 있도록 하셨다. 바다 싸움에 나갈 때는 무엇보다도 무기가 중요하므로 특히 대장간에 대해서는 많은 공을 들였다. 심지어 판옥선 안에까지 대장간을 만들어 둘

정도였으니…….

그리고 진영 생활에서 중요한 것 중의 하나는 바로 마시고 쓸 수 있는 물이었다. 섬이기 때문에 물을 구하기가 육지보다는 어려웠다. 그래서 어떤 우물은 더 깊게 고쳐 파는 경우까지 있었다. 그러나 진영에 있는 우물만으로는 모든 사람이 쓰기에는 부족할 수밖에 없었다. 그래서 많은 물을 한곳에 모아 두는 커다란 못이 필요했다. 필요할 때 언제든지 사용할 수 있는 못까지 마련하도록 하셨다. 이에 한산도 사람들은 자신들의 마을에서 맡은 일들을 마다하지 않았다. 통제 사또님을 따르고 생각하는 마음은 진영 사람들과 다를 바 없었던 것이다.

그때부터 한산도는 그야말로 모든 것을 하나씩 갖추어 가는 통제영다운 면모를 보여주기 시작했다. 태귀련으로서는 바쁜 시간이었지만, 지금까지 생활 중에서 가장 안정적이고 평온했던 나날들이기도 했다. 그러는 사이 태귀련은 옆 대장간에서 소금 가마솥을 만드는 일을 도와주면서 틈틈이 통제 사또께서 주문하신 환도 만드는 일에도 소홀함이 없도록 했다.

그런데 공태원의 말에 따르면, 통제 사또께서 늘 걱정하시는 일이 한 가지 있다고 했다. 바로 전라 좌수영에 계시는 어머님의 안부라고 것이었다. 그래서 좌수영으로 오가는 탐선을 통하여 꼭 어머님의 안부를 확인하신다고 했다. 유월에는 어머님께서 이질에 걸리셨다며 애를 태우시다가 나중에 좋아지셨다는 소식을 듣고 매우 기뻐하셨다는 얘기까지 들을 수 있었다.

통제 사또께서 어머님에 대한 효성이 그토록 지극하시다니 그 또한 대단하시구나. 하고 감탄하고 있었는데, 칠월 초순이었던가. 공태원이 태귀련을 불렀다. 이번에 통제 사또님의 명으로 같이 전라 좌수영에 가게 되었노라고 했다. 태귀련으로서는 깜짝 놀랄 수밖에 없었다. 공태원에게 중요한 일을 맡긴 것도 있겠지만, 통제 사또 어머님에 대한 안부를 확인하는 것이 주된 일이라고 했다. 단순한 심부름이라고는 했지만, 태귀련에게도 이런 일이 생길 줄이야. 통제 사또께서 태귀련을 기억하고 계신다는 뜻이 아닌가 말이다. 그것은 그만큼 태귀련 자신이 이곳에서 필요한 사람 중의 한 사람이며, 통제 사또께 도움을 드릴 수 있는 사람이라는 사실을 확인시켜 주는 일이 아니겠는가. 이런 마음에 태귀련이 어쩔 줄 몰라 하자 공태원이 넌지시 농까지 건넸다.

— 허허, 이 사람. 통제 사또께서는 태구련이란 사람을 잘 기억하시고말고. 좌수영에 있을 때는 염탐꾼을 확인하는 데 공을 세웠고, 이번에는 큰 칼까지 만들어 드리지 않았는가? 아이쿠, 대장간 태구련 야장 나리, 앞으로 잘 부탁합니다잉.

이번 좌수영으로 가는 길에는 이상록이라는 수군이 호위무사처럼 같이 가게 되어 태귀련으로서는 정말 특별한 날이 아닐 수 없었다. 마치 상으로 휴가를 받아 고향으로 가는 수군처럼 태귀련도 들뜬 마음으로 심부름 길에 올랐다. 통제 사또께서 주문하셨던 칼도 거의 다 만들어 두었겠다. 그동안 늘 긴장 상태로 있던 마음도 풀고 자신도 고향으로 가는 마음으로 좌수영 바닷길도 즐겁게 노 저어갔다 돌아올 수 있었다. 그렇게 심부름을 마치고 칠월 열 나흗날 한산 진영으로 돌아와 통제 사또께 어머님의 안부를 전하니 더할 나위 없이 기뻐하셨다.

그리고 다음 날이었던가? 진영에서는 통제 사또께서 내려주신 백미 두 섬으로 죽은 군사들의 제사를 지냈다. 통제 사또께서 직접 지으신 제문을 지난해 역병 귀신에게 지내는 제사인 여제를 주관하셨던 녹도 만호 나리께서 읊으셨다.

윗사람을 따르고 상관을 섬겨
너희들은 직책을 다하였건만,
부하를 위로하고 사랑하는 일
나는 그런 덕이 모자랐도다.
그대 혼들을 한 자리에 부르노니
여기에 바친 제물 받으오시라.

칠월 스무 하룻날쯤이었다. 통제 사또께서 앞서 만들 것을 주문하셨던 환도 세 자루를 갖다 드렸다. 이번에 만든 칼은 정운 나리께 바치는 칼이라 생각하고 만들었다. 이번 환도는 통제 사또님의 장검에 비하면 특별히 문제 될 게 없었다. 다만 이무생에게는 대장간 일을 조금 쉬엄쉬엄하도록 배려해 주었다. 안사람이 된 안동 처자가 아기를 가졌기 때문이었다. 그야말로 이무생에게는 경사가 났던 것이다. 이무생뿐만 아니었다. 누구보다 기뻐한 사람은 바로 태귀련이었다. 마치 자기 일처럼 기뻐서 이무생의 등을 몇 번이나 두드리며 그 기쁨을 같이했는지 몰랐다. 이제 그에게도 조카가 생기는 게 아닌가 말이다. 그래서 이번에는 정철총통을 만들 때, 낙안 대장장이 밑에서 일했던 언복에게 칼을 만드는 일을 거들도록 했던 것이다. 언복은 거제에 있는 절의 종으로 난을 피해 이곳에 왔는데, 여러 재주를 지닌 사람이었다.

공태원에게 들으니 태귀련이 만든 세 자루 환도는 통제 사또께서 선거이 충청 수사 영감님과 박종남, 신호 두 조방장 나리께 선물로 주었다고 했다. 태귀련은 빌었다. 정운 나리의 칼이라 생각하시고 왜적을 무찌르는 칼이 되기를…….

태귀련은 이번에 만들어 드린 칼로 인하여 한 가지 새로운 사실을 공태원으로부터 알게 되었다. 바로 선거이 충청 수사 영감님에 대한 것이었다. 통제 사또님과 동갑내기 친구로 지금까지 오랜 우정을 쌓아 오신 분이시라고 했다. 통제 사또께서 예전에 여진족과 싸울 때 모함에 빠져 감옥에 가게 되었을 때, 친구를 구하고자 무고함을 주장하는 편지를 병조판서께 보내기도 했다는 것이다. 통제 사또께서 정읍 현감으로 계실 때는 먼저 전라 우수사가 되셨는데, 임진년 왜란이 터지자 우수사 자리를 지금의 이억기 우수사께 내어주시고, 진도 군수 자격으로 좌수사였던 우리 통제 사또님과 같이 한산 앞바다 싸움에도 참전하셨다고 했다. 그 뒤 전라 병마절도사로 부임하여 독산성 싸움에서 이겼으나, 왜적의 철환에 다치셨다고 했다. 그 점은 우리 통제 사또님과 닮았다고나 할까. 그 유명한 행주산성 싸움에도 참전하셨다는데, 계사년 진주성 싸움에 병력을 보내지 않았다는 이유로 명령 불복종 죄로 갑오년 겨울에 지금의 충청 수사로 좌천되신 거라고 했다. 그래서 지금은 통제사인 우리 사또님 휘하에 있게 된 것이라니 두 분의 인연은 정말 묘하다는 생각이 들었다. 그러므로 이번에 태귀련이 만든 칼을 선물로 주신 것은 두 분의 깊은 우정의 표시가 아닐까 싶기도 했다.

한산도가 과거 시험 때처럼 다시 한번 크게 들썩거리게 된 것은 이원익 도체찰사 겸 우의정 영감께서 직접 한산도를 시찰하러 오신다는 소식 때문이었다. 통제 사또께서 진주까지 가셔서 도체찰사 영감님을 만나고 소비포에서 배를 타고 한산 진영까지 모시고 오셨던 것이다.

다음 날, 두 분은 말을 타고 한산도에서 가장 높은 상봉에 올라가 대마도 쪽과 견내량 쪽을 향하여 왜적들이 다니는 바닷길을 보셨다고 했다. 그리고 임진년에 왜적을 크게 무찔렀던 한산 앞바다 바로 그곳에서 도체찰사께서 직접 보실 수 있도록 그날의 학익진을 펼치는, 수군의 훈련인 수조 행사가 치러졌다. 오천여 명이 넘는 수군들이 탄 배들로 한산 앞바다는 그야말로 장관을 이루었다. 구경하는 사람마다 감탄을 쏟아냈다. 전선마다 드높이 올린 오색 기치는 푸른 바다 위에 수를 놓은 듯 펄럭거렸고, 귀선을 비롯하여 판옥선과 각종 병선이 지휘선의 북소리에 따라 일사불란하게 대형을 좁혔다 펼치며 어느덧 학이 날개를 펼친 모양의 진형을 만들어 내었다. 한

양의 모든 높으신 양반님들께 보란 듯이 통제 사또께서 지휘하는 삼도 수군의 전투력을 과시했다. 나아가 왜적들을 모조리 쓸어버리겠다는 수군들의 위풍당당한 기세가 푸른 물결처럼 넘실거리는 듯했다.

수조에 나서기 전에 오천여 명이 넘는 수군들에게 고봉밥을 먹였으니 오늘따라 수군들은 더 힘을 내는 것 같았다. 수군들은 도체찰사 영감이 베풀어준 잔치 밥이라 고맙게 여겨 그 고봉밥을 '정승봉'이라고 불렀다. 나중에 공태원에게 들으니 사실은 통제 사또께서 미리 준비하신 방안이라고 했다. 도체찰사 영감님의 체면을 세워드리기 위해 정승께서 잔치를 베풀어주신 것처럼 했다는 것이다. 이처럼 통제 사또님의 빈틈없는 준비 덕분에 시찰을 오신 도체찰사 영감님께 한산 진영의 위용을 한껏 보여드리게 된 것만으로 정말 뿌듯한 일이었다. 그것은 그동안 여러 차례 수조 훈련을 비롯하여 활쏘기 훈련, 심지어 뭍에서 싸우는 훈련까지 시행해 온 결과였다.

그러므로 이제 한산 진영은 각종 무기뿐만 아니라 군량미까지 갖추고, 훈련된 군사들의 사기마저 높으니 왜적들이 감히 쳐들어올 생각을 할 수 없을 만큼의 철옹성 같은 최전선 요새로 거듭나게 되었던 것이다. 그렇다고 최전선이기에 늘 긴장 상태로 있는 것만은 아니었다. 오히려 전란 중임을 잊을 만큼 다른 곳에서는 찾아보기 힘들 정도의 평온함도 있었다.

통제 사또께서는 진영을 찾아오거나 진영에 머무르고 있는 여러 장수와 틈틈이 활쏘기 시합을 하기도 하셨는데, 상으로 황소 뿔로 만든 향각궁을 걸기도 하셨다. 때로는 검술 시합도 있었고, 수군들에게는 씨름 시합을 시켜 뛰어난 사람에게는 상으로 쌀말을 주셨다. 사월 초파일에는 등불 놀이까지 할 정도였다. 그때만큼은 진영 사람 모두 전란 중임을 잠시 잊고 떠들썩하게 즐기며, 구경에 빠져 시간 가는 줄도 몰랐다. 나중에는 수군들에게 고향에서 가을걷이를 도와줄 수 있도록 휴가도 내어주셨다.

물론 이처럼 즐겁고 여유로운 날들만 있는 것은 아니었다. 녹도 하인이 실수로 불을 내는 바람에 운주당과 수루 전체가 불타는 사고는 모두의 가슴을 쓸어내리게 했다. 그나마 천만다행이었던 것은 군량미와 화약, 그리고 각종 무기를 모아 둔 곳간까지는 불길이 미치지 않았다. 다만 수루에 딸린 누방 아래 있던 장전과 편전 이백 여 부가 불에 타서 통제 사또께서는 매우 안타까워하셨다. 그리하여 여러 사람이 다시 운주당과 수루를 지을 수밖에 없었다. 하루빨리 새 모습을 갖추기 위해 항복해 온 왜인들까지 불러 모아 일손을 보태게 했다. 그렇게 불탄 흔적을 재빨리 지우고 운주당과 수루는 새로운 모습으로, 더 당당한 모습을 드러냈다. 새로 올린 초가지붕은 햇빛에 노란 물결을 쓸어내렸다.

통제 사또께서 무엇보다 뿌듯해하셨던 것은 그동안 많이 만들어 놓은 전선들을 둘러보시는 것이었다. 진영 앞바다에 판옥선을 비롯한 여러 전선이 가득 차 있는 것을 보시고, 여러 장수들에게 "이제는 왜적들이 쳐들어와도 모두 섬멸할 만하지 않으냐."라고 하시며 흡족해하셨다고 했다.

그리고 병신년 오월, 이무생이 아들을 보게 되었다. 정말 기쁜 날이었다. 태귀련은 조카가 태어난 것을 축하하고 기념하기 위해 패도 한 자루를 선물로 주었다. 패도는 칼집이 있는 장도粧刀로 허리띠에 차는 호신용 칼이다. 대장장이로서 꼭 주고 싶은 선물이었다. 물론 통제 사또께서 선물용으로 여러 개의 패도를 만들 것을 주문하셨기 때문에 미리 만들어 놓았던 것이기도 했다. 무엇보다도 전란 중에 태어난 아들이라 기쁨 반, 걱정 반이었지만, 이무생의 아들 세대만큼은 전란도, 배고픔도, 역병도 없는 세상에서 무럭무럭 자라주었으면 하는 마음 가득했다. 호신용 패도를 선물로 준 것도 그런 태귀련의 마음을 담아주고 싶어서였다.

칠월, 진영에서는 다시 부산한 모습을 띠기 시작했다. 명나라 사신을 수행할 우리나라 통신사와 신하들이 탈 배 세 척을 정비하고, 격군들을 뽑으며, 수행원들이 먹을 양식을 다시 방아를 찧는 일 등으로 바쁘게 돌아가고 있었다. 심지어 통신사가 요청했다는 표범 가죽을 가지고 오도록 전라 좌수영에 사람까지 보냈다고 했다. 그렇게 해서 가져온 표범 가죽과 화문석을 통신사에게 보냈다는 것이다.

그리고 한산 진영에서 치르는 두 번째 무과 시험으로 다시 한바탕 떠들썩한 잔치 분위기로 들썩거렸다. 그렇게 다시 전란도 잠시 잊은 채 활 쏘고, 말 달리는 무과 시험 구경에 온통 눈을 빼앗겼다.

통제 사또께서도 틈틈이 짬을 내어서 사슴과 노루를 사냥해 오시기도 하셨고, 종정도 놀이를 비롯하여 바둑과 장기도 두셨다. 심지어 여러 장수와 함께 가야금 뜯는 것을 듣기까지 하셨다.

그러는 사이 군량미 곳간은 넉넉하게 채워지고, 무기 곳간마다 총통과 화약 등 각종 무기가 보관되는 가운데 진영 앞바다에는 전선들이 빼곡히 들어찼다. 그야말로 한껏 차서 가득한 나날들이었다. 그러므로 앞으로는 끼니를 거르지 않고, 역병에도 걸리지 않을 것이니, 보름 달빛 같은 눈빛들이 살아있는 한산 진영의 하루하루는 나날살이의 눈부신 기적이었다. 그런 기적처럼 전란 중에 태어난 이무생의 아들도 걱정과는 달리 하루가 다르게 무럭무럭 크고 있었으니, 어린아이의 해맑은 눈빛에 함께 자지러지는 웃음꽃이 만발했다.

태귀련은 이 모두가 운주당에 수호신처럼 걸려 있는 두 자루 장검 덕분이라 여기며, 이제 한산 진영이야말로 새로운 고향이라는 생각마저 들었다. 그러면서 통제 사또께서 수군들에게 늘 하셨다는 말씀을 떠올렸다.

— 우리는 같은 배에 올라 함께 물살을 타는 것이다. 그러니 죽으면 다 같이 죽고, 살면 다 같이 사는 것이니라.

태귀련 역시 한산 진영에서 통제 사또님과 함께 물살을 타고 있다는 느낌이 들었다. 그러므로 그에게는 이렇게 지내는 나날들이 더없이 소중했고, 그런 시간이 그가 살아가는 가장 깊은 이유이기도 했다. 이런 날들이 언제까지고 이어져 나가기를 운주당에 걸려 있는 두 자루 수호신에게 빌고 또 빌었다.

정유년 이월, 청천벽력 같은 소식이 들려오기 전까지는…….

제13장
동백꽃 피고 지고

이번 통영행은 두 가지 목적을 담고 있었다. 먼저 지난번에 유 화백이 소개해 주겠노라고 했던 고향 후배를 만나는 일과 다음으로 충무공을 모신 사당인 충렬사 참배와 함께 그곳 사무국장님을 만나는 일정으로 미리 약속을 잡아 두었다.

고향 후배는 근대 통영지역 나전칠기 산업에 대해 박사 학위 논문까지 썼다고 하니, 그런 전문가의 도움을 받아 그동안 궁금했던 통영 나전칠기 산업의 성장과 쇠퇴 과정을 탐구할 수 있으리라는 기대가 내심 있었다. 아울러 통영 12공방의 유전인자를 물려받은 통영 공예품의 현주소를 통해 전통이란 무엇인가? 라는 해묵은 물음에 대해 의견을 나누고 싶은 마음도 있었다.

통영 자랑 중의 하나인 12공방에 관해 이야기하면서 옛날에는 통영갓이 엄청나게 유명했다는 식으로 아무리 떠들어 봐도 오늘날 통영갓에 관심을 가지는 사람은 드물 수밖에 없다. 어쩌면 반도체에 국가 운명이 달려있다고 해도 과언이 아닌 지금 시대에 산업적인 측면에서 전통 공예 운운하는 것은 사리에 맞지 않음이 분명하다. 그러나 한편으로는 이른바 세계적으로 'K-문화'라는 용어가 통용되는 오늘날 또 다른 문화 트렌드로서 전통을 새롭게 재조명해 보고자 하는 여러 시도가 있기에 고향 후배와 함께 전통에 대한 다양한 의견들을 나누어 볼 수 있지 않을까 싶었다. 폭넓은 의미에서 예술 사조나 문화 트렌드는 유행처럼 돌고 돌아 과거와 현재가 마치 뫼비우스의 띠처럼 연결된 게 아닐까 하는 생각을 떨쳐버리지 못하니까…….

그래서 나는 통영 공예품 중에서 특히 나전칠기야말로 재조명해 볼 가치가 있다고 생각했다. 나전칠기는 12공방 때부터 이어져 온 전통 공예품으로서 가치뿐만 아니라 친구 유 화백이 작품 활동의 영역을 넓히고 있는 옻칠 회화에까지 이르는, 깊이 있는 예술 영역의 확장이 가능하기 때문이다. 이미 그런 여러 가지 시도가 이루어지고 있으며, 심지어 외국 작가들까지도 많은 관심과 참여도 하고 있으니까 말이다.

그런 마음으로 고향 후배를 만났다. 그리고 내가 가장 먼저 물었던 말이 근대 통영지역 나전칠기 산업에 관해 연구하게 된 계기가 뭐냐는 것이었다.

— 제 아버지께서 나전칠기 기술자이자 사업가로서 통영 자개의

전성기와 쇠퇴기를 모두 겪은 장본인이기 때문에 자연스럽게 이 분야를 접할 수밖에 없었습니다. 집 안 구석구석 옻칠 냄새를 맡으며 자랐으니까요.

역시 통영 사람들은 어떤 식으로든지 나전칠기와 직·간접적으로 인연을 맺고 있는 경우가 많은 것 같다. 이렇게 시작된 고향 후배와 나눈 이야기는 통제영 12공방 시대부터 오늘에 이르기까지 통영 나전칠기 역사에 관해 묻고 답하는 좋은 시간으로 이어졌다. 나로서는 욕심만큼 많은 공부를 하게 되어 만족스러웠고, 간간이 고향에서 경험했던 공통분모에 대해 맞장구를 치기도 했다. 후배는 먼저 통제영 시절의 나전칠기가 어떻게 발전했는지부터 들려주었다.

— 통제영 공방 초기 나전 제품들은 칠방에서 생산되었으나, 차츰 그 수요가 증가하면서 나중에는 패부방이 독립되면서 옻칠과 나전이 분리되어 각각 전문화된 장인들이 생겨났지요.

— 요즘 식으로 말하면 분업화가 되었다는 얘기네. 그렇다면 나전칠기가 통영에서 크게 발전할 수 있었던 이유는 뭘까? 물론 12공방의 다른 제품들도 유명했지만…….

— 저는 세 가지 정도를 꼽고 있는데요. 첫째는 통영의 자연환경을 들 수 있습니다. 특히 온난다습한 해양성 기후입니다. 옻칠은 재료의 특성상 건조과정에서 습도가 제일 중요한데, 통영은 옻칠이 건조되는 자연적인 요건이 최적화된 곳이거든요. 두 번째는 양질의 옻과 자개 재료인 패류를 구하기가 쉬웠다는 점입니다. 통영과 비교적 가까운 거리에 있는 지리산 지역 함안과 함양에서 좋은 옻이

생산되어 통제영으로 올 수 있었고, 통영바다에서 생산되는 질 좋은 패류가 풍부했기 때문이지요. 그리고 세 번째로는 통제영이란 관이 주관하는 칠방과 패부방을 통해 나전칠기 장인 수급이 지속적으로 이루어진 점을 들 수 있습니다. 아울러 그들이 나중에 민간으로 흡수, 이른바 개인 수공업자가 되면서 수요층이 사대부 중심에서 평민 부유층으로 점차 확산, 대중화되었지요. 그러다 보니 통영 나전칠기는 시장의 확대와 더불어 기술 또한 성장하는 토대가 되었다고 볼 수 있습니다.

— 수요층이 바뀌고 대중화되었다는 것은 어떤 측면을 두고 하는 말인지?

— 양반 사대부가 수요의 중심이었던 시기에는 나전 제품에도 유교적 이념을 반영하는 문양들이 주류를 이루었죠. 화조문, 사군자, 봉황문, 포도문, 쌍학문 등과 같은 문양들이었습니다. 그러다가 나중에는 수壽, 복福, 강康, 녕寧 등의 글자 문양과 길하고 상서로운 기운을 나타내는 문양들이 나타났거든요. 이처럼 다양한 문양은 수요층의 변화와 대중화 과정에서 보이는 현상이라고 할 수 있지요.

— 한 박사 얘기를 듣고 보니 통제영 공방 시절의 통영 자개 제품이 왜 진상품에다 뇌물용으로까지 쓰이게 된 명품이었는지 짐작이 가네. 그러면 통제영이 폐영되면서 12공방 체제 역시 해체되었을 것 아닌가. 게다가 일제 강점기가 되면서 통영 나전칠기 역시 위축될 수밖에 없었겠네?

— 위기와 전화위복이 교차하였다고 볼 수 있습니다. 앞서 말씀

드린 대로 폐영되기 이전부터 공인들은 자연스럽게 민간으로 흡수되면서 개인 수공업자가 되었다고 했잖습니까. 그러다 보니 폐영된 이후에도 통영을 중심으로 소규모 생활 기술자로서 나전칠기의 명맥을 유지할 수 있었다고 봐야죠. 물론 생산과 수요는 예전만 못했지만요. 그러다가 일제 강점기에는 역설적으로 나전칠기 사업성이 일본인들에게 주목받으면서 위축과 쇠퇴보다는 오히려 호황을 누리는 결과를 낳았다고나 할까요. 통영 자개는 일본인들에게도 인기 있는 품목이었으니까요. 일본은 예부터 칠기는 발달했지만, 나전의 전통은 우리보다 약했기 때문에 통영의 나전 기술을 배우고 그것을 바탕으로 그들의 사업을 키우기 위해 1918년에는 통영칠공주식회사라는 기업형 일본인 공장까지 설립했지요.

— 그런 일본의 정책에 우리는 대응하기 힘들었겠네?

— 힘들 수밖에 없었죠. 그나마 수공업형 공장을 운영할 정도였지만, 통영 칠공예조합을 결성하는 등 나름대로 자구책 마련에 안간힘을 썼지요. 덕분에 맥이 끊어지지 않고 전승되면서 가다듬어진 나전 기술은 6, 70년대 통영 자개의 전성기를 가져다주는 바탕이 되었다고 볼 수 있습니다. 물론 여기에는 통영지역이 수산물 수출과 더불어 인적, 물적 교류가 활발해지면서 자본주의가 다른 지역보다 일찍 발전했기 때문이기도 하지요.

— 내 기억으로도 학교 가는 길에 서너 집 건너 한 곳에 자개 공장이 있었던 것 같거든. 길거리마다 옻칠한 나무들을 말리는 풍경을 늘 봤었지. 그리고 이웃이나 친척 중에도 초등학교나 중학교만 졸

업하고 자개 기술 배운다는 사람들도 많을 정도였던 걸로 기억하니까. 내가 피부는 느끼는 것이 이 정도였는데, 그렇다면 통영 자개 전성기는 구체적으로 어느 정도였다고 볼 수 있을까?

— 선배님 기억이 맞습니다. 당시에는 통영지역 전체가 거대한 나전칠기 공장이라고 해도 과언이 아닐 정도였다고 하니까요. 실제로 60년대 통영 나전칠기 공장은 일반가정의 수공업장까지 합치면 350여 군데였다고 합니다. 선배님도 기억하실지 모르겠습니다만, 남망산 공원에 <충무시립공예학원>이 생긴 것도 이때거든요. 이와 같은 인력양성을 통해 통영지역 출신 나전칠기 기술자들이 전국에서 활동하여 전성기를 이끌었다고 할 수 있죠. 당시 전국의 나전칠기 기술자들이 약 800명 정도였는데, 그 가운데 통영에서 배출한 기술자들만 500명이었다고 하니까요.

— 구체적인 통계자료까지 들으니까 정말 대단했네. 나전칠기 하면 통영이라는 말이 그냥 나온 말이 아니었다는 사실이 통계자료가 잘 보여주는군.

— 그럼요. 전성기 때는 혼수 필수품으로 자개장롱, 문갑, 경대와 그릇장을 풀 세트로 갖추는 것이 유행이었으니까요. 심지어 자개장 구매 계모임까지 있었다고 합니다. 이처럼 6, 70년대를 거쳐 80년대 중반까지 나전칠기에 관한 관심이 정점에 도달했지요. 여기에 부응해 돈벌이가 된다는 소리에 다니던 직장마저 그만두고 너도나도 공장을 설립하는 일까지 벌어졌답니다.

— 그것이 오히려 쇠퇴기를 앞당기는 전조현상은 아니었을까?

— 그렇다고도 볼 수 있죠. 그때부터 여러 가지 문제가 발생하기 시작했으니까요. 먼저 나전칠기 중견 기술자 한 명을 양성하려면 보통 3년에서 5년 정도의 시간이 걸리는데, 이렇게 어렵게 양성된 인력들이 통영에 머물지 않고 서울과 부산 같은 대도시로 떠나가는 현상이 나타나게 되었답니다.

— 한마디로 돈 문제였겠네?

— 예. 맞습니다. 통영보다는 더 많은 보수와 숙식까지 제공한다니까 기술자들이 빠져나가면서 통영지역 업체는 인력난으로 도산 위기에 처하게 되었던 것이죠. 그러다 보니 기술자 양성의 본산이었던 공예학원이 공예연구소로 바뀌면서 실질적으로 인력양성마저 포기하게 된 결과를 낳고 말았습니다. 게다가 엎친 데 덮친 격으로 쇠퇴기를 맞게 된 결정적인 요인이 터졌지요.

— 결정적인 요인이라면?

— 바로 특소세 문제였습니다. 고가에도 불구하고 나전칠기 제품 수요가 기하급수적으로 증가하자 정부에서는 1978년부터 나전칠기 제품을 사치품으로 규정하면서 특별소비세라는 이름으로 세금을 부과하기 시작했지요. 당연히 영세 사업장은 경영에 어려움이 생길 수밖에 없었고, 공장 문을 닫거나 야반도주하는 일까지 벌어졌다고 했으니까요. 물론 돈을 쉽게 벌다 보니 현재에 안주하고 미래에 대한 대비책을 마련하지 못한 탓도 크다고 할 수 있습니다만…….

— 미래에 대한 대비책이란 구체적으로 어떤 것을 의미하는지?

— 이 부분에 대해 알아보기 위해서는 먼저 나전칠기 제작의 특성을 먼저 이해할 필요가 있습니다. 잘 알려진 대로 나전칠기 제작 공정은 매우 분업화되어 있습니다. 백골을 짜는 소목장부터 옻칠하는 칠장, 자개 재료인 조개껍데기를 가공하여 공급하는 섭패장, 가공된 자개를 오리거나 끊어서 시문하는 나전장, 마지막으로 두석장까지 참여해야 나전칠기 제품 하나가 만들어지는 것이죠. 그런 만큼 제작과정이 매우 까다롭고 복잡하거든요. 처음 기물에 사포질부터 시작으로 생칠 바르기, 자개 붙임, 다시 여덟 차례 옻칠과 칠죽 바르기 및 광내기 등에 이르기까지 모두 스물다섯 단계의 공정을 거쳐야만 하니까요.

— 우리 같은 문외한은 설명을 들어도 잘 모르겠더라고. 나전기법이라든가 사용되는 자개 종류 등등을 포함해서 말이지.

— 그럴 수밖에 없지요. 그만큼 복잡한 과정을 거치니까요. 자개 종류만 하더라도 청패, 야광패, 진주패, 공작패(멕시코산 전복) 등이 있고, 무늬 제작 기법에 따라 할패, 자개 염색 방법에 따라 염패, 옻칠 기법에 따라 색패 등의 명칭까지 있으니까요.

— 그래도 역시 어렵네. 자개 종류는 그렇다 치고 우리가 자주 접하는 나전기법인 주름질과 끊음질에 대해 조금 더 설명해 주면 좋겠는데…….

— 예. 주름질은 도안된 무늬에 자개를 여러 장을 겹쳐서 그 위에 문양을 그린 종이를 붙여 실톱으로 자개 무늬를 오려내는 기법이라고 보시면 됩니다. 1920년대 이후 등장한 비교적 새로운 기법으로

덕분에 나전 제품의 대량생산이 가능해졌지요. 이전 기술로는 장롱과 같은 대형제품을 대량으로 제작하는 것은 불가능했거든요.

— 그러고 보니 고려시대와 조선시대 나전 제품들을 보면 주로 소품 중심이었고, 장롱과 같은 대형제품은 없는 걸 보면 근현대에 와서야 가능했던 것이군. 바로 주름질이라는 기법 때문이었네.

— 맞습니다. 다음으로 끊음질은 나전칠기 역사에서 가장 오래된 전통적인 기법으로 자개를 가늘게 실같이 켜어내고 칼끝으로 눌러서 하나하나 끊어 붙여 나가는 기법을 말합니다. 요즘 말로 정말 한 땀 한 땀 이어가는 장인정신의 척도라 할 수 있습니다. 얇은 자개를 직선으로 재단하기 때문에 주로 기하학적인 연속무늬를 그려내는 데 이용하지요.

— 한 박사의 설명 잘 들었네. 나전 기법에 관한 이야기를 들으니까 좀 더 잘 이해가 잘 되는 것 같네. 그렇다면 아까 말했던 현실에 대한 안주와 미래에 대한 대비책이 부족했다는 것은 어떤 점을 두고 하는 얘긴지?

— 시대의 흐름과 소비자 기호의 변화에 따라 나전칠기 제품이 대량생산으로까지 이어지면서 생산 공정이 축소되고 변용되는 문제점이 발생했지요. 물론 소비자의 요구에 따라 제작되었다고 볼 수도 있지만, 생산비 등 원가가 절감된 것만은 사실이었죠. 그렇게 쉽게 돈을 벌고, 그런 현실에 안주하다 보니 그것이 오히려 제품의 질을 떨어뜨리는 요인으로 작용하여 나전칠기 산업의 쇠퇴를 가져온다는 사실을 몰랐던 거죠. 이른바 짝퉁 제품까지 등장하게 되었

으니까요. 게다가 디자인 측면에서도 고유의 전통미뿐만 아니라 변화하는 새로운 시대에 부응하는 현대적 감각의 디자인도 살리지 못했지요. 이런 것들은 등한시하면서 재료와 제작 방법 또한 전통적인 것에서 벗어나 변용되기 시작했던 것이죠.

— 구체적으로 어떤 것이 변용되었다는 것인가?

— 결정적인 것은 비싼 옻칠 대신 상대적으로 저렴한 카슈나 호마이카를 사용하게 된 것입니다.

— 호마이카는 누구나 많이 들어본 것이고……. 그런데 카슈는 처음 들어보는 낯선 말인 것 같은데?

— 카슈Cashew는 일본에서 옻칠 대용으로 먼저 개발한 것인데, 옻나무과 열대나무인 늘푸른작은키나무에서 열리는 카슈넛에서 유상액을 추출하여 화학약품과 섞어서 만든 것으로 옻의 주성분인 칠산과 비슷하답니다. 옻칠은 대체로 그 색상이 좀 어두운 편이죠. 그래서 밝고 선명한 색상을 내기 위해 캬슈를 사용했는데, 인체에 해로운 납 성분과 포르말린이 함유되어 있어 지금은 처음 개발한 일본에서조차 사용하고 있지 않습니다. 호마이카Formica는 선배님도 잘 알고 있다시피 나무, 섬유, 종이 등의 표면에 멜라민 수지를 덧입혀 내열성을 갖는 동시에 깨끗한 느낌을 주는 얇은 플라스틱판이죠. 한때 얼마나 인기가 많았습니까.

— 그랬었지. 물론 시대 변화에 따라 이태리 가구니, 원목 가구가 유행을 주도하고, 아파트 문화 전성시대에는 붙박이장이 대세를 이루었으니까 자개장이 설 자리를 잃은 것도 나전칠기 산업의 쇠퇴를

불러온 요인 중 하나였겠지만, 한 박사의 설명에 따르면 옻칠이 아닌 카슈칠을 하고 전통 방식의 제작과정을 따르지 않은 점 등이 더 큰 요인으로 작용했다고 볼 수도 있겠네.

— 그렇습니다. 요즘도 카슈칠이 아닌 진짜 옻칠과 전통 제작 방식으로 만들어진 나전칠기 제품을 찾는 사람들이 있는 걸로 알고 있습니다. 전문가들은 제품의 제작 시기를 보면 어떤 식으로 만들어진 것인지 당장 알 수 있거든요. 제가 논문을 쓰기 위해 통영지역 예전 기술자들을 만나 뵈었습니다만, 지금도 어떤 분의 말씀이 아직도 귀에 쟁쟁하게 남아 있습니다. "우리 전통 뿌리 문화가 옻칠이 아닌 카슈라는 칠 때문에 다 죽어요. 옻칠은 비싸지만, 카슈는 싸거든요. 예부터 통영은 나전칠기로 유명했지만, 진짜 옻칠을 쓰는 데는 한 군데도 없어요."

나는 고향 후배의 마지막 말을 들으면서 다시 한번 '전통이란 무엇인가?'라는 해묵은 질문을 되새김질할 수밖에 없었다. 오늘날 우리 삶에 전통이란 무슨 의미를 담고 있는 것일까? 과거의 것을 그대로 복원하여 그 가치를 되살리는 것만이 과연 옳은 것인가. 충무공 장검을 공부하면서 과거의 유산이 오늘의 우리에게 어떤 의미를 주는 것인가를 고민했던 부분도 이와 같은 문제와 결이 닿아 있었다.

— 한 박사, 통영 나전칠기가 다시 한번 꽃을 피울 수 있을까?

— 예전 전성기와 같은 시대는 오기 힘들겠지만, 문제점이 무엇인지를 알고 있기에 어느 정도는 가능하지 않을까 생각합니다. 문제는 전통을 살리되 어떻게 재창조해 낼 것인가에 달려있겠지요.

하늘 아래 새로운 것은 없다고들 한다. 그래서 앨빈 토플러는 “21세기의 문맹자는 읽고 쓸 수 없는 사람이 아니라 배우고 배운 걸 다시 창조적으로 파괴하여 다시 배우는 능력을 상실한 사람이다.”라고 했다. 그렇다면 전통이라는 켜켜이 쌓인 나이테를 찬찬히 배우고, 그것을 창조적으로 파괴한 다음 다시 배워 새롭게 창조해 내기 위해서는 자신에게 거꾸로 된 질문부터 던져야 하지 않을까? 물음표(?)를 뒤집으면 새로운 것을 건져 올릴 수 있는 낚싯바늘이 되므로…….

오늘 두 번째 목적지인 충렬사에 가기 전에 나는 먼저 <이순신 공원>에 들렀다. 그곳에 있는 이순신 장군 동상을 보기 위해서였다. 망일봉 자락이 흘러내린 바닷가 위쪽에 자리한 <이순신 공원>은 중학교 시절, 겨울방학을 앞두고 전교생이 동원되어 토끼몰이하던 숲이었다. 그 아래쪽 바닷가에는 멸치 어장막이 있어 여름철이면 어장막 구경을 갔다가 해수욕을 즐기던 곳이기도 했다.

그곳에 가려면 정량동 멘데 마을을 거쳐야 한다. 멘데 마을이란 지명은 정량동 동쪽 지역 옛 두룡포가 있던 곳으로 토박이 이름이 ‘멘데’라는 설과 통제영이 한산도에서 두룡포로 옮기면서 수군의 전선을 계류하기 위해 해안을 매축한 곳이라 하여 ‘멘데’로 불렀다는 설이 있다. 지금은 예전보다 매립을 더 하여 현대식 항구로 탈바꿈한 동호항이 자리하고 있다.

공원 바닷길 위 망일로 언덕 위에 서 있는 충무공 동상은 17.3m

높이로 탄신 460주년을 맞은 2005년에 한산대첩, 그날의 현장을 내려다보듯이 한산도를 향해 세워졌다. 내가 굳이 이곳에 있는 동상을 보려고 했던 까닭은 왼손으로 잡은 큰 칼이 바로 충무공 장검의 실물 크기로 제작했기 때문이다.

이순신 장군 동상 안내 표지판에는 동상 앞쪽에 새겨진 "必死卽生 必生卽死" 친필 휘호에 대한 설명이 있고, 그 옆에 충무공 장검에 대한 설명과 더불어 친필 검명에 대한 해설까지 사진과 함께 상세하게 소개되어 있었다. 그것을 보면서 나는 장검에 대해 너무 늦게 공부한 게 아닌가 하는 자괴감까지 들었다. 그런 마음으로 동상 앞에서 기념사진을 찍으면서 학창 시절에 늘 남망산 공원에 있는 이순신 장군 동상 앞에서 사진을 찍었던 기억이 떠올랐다. 그 기억 덕분에 여러 곳에 세워진 충무공 동상을 조사해 볼 수 있는 기회를 얻게 된 셈이라고나 할까.

초등학교 교정에 세워진 교육용과 일반적인 동상을 제외하고 각 지자체에서 공식적으로 세운 주요 동상을 살펴보면. 1952년 진해 북원로터리에 세워진 동상이 가장 먼저이고, 그다음이 1953년 통영 남망산 공원 동상이다. 그런데 남망산 공원 동상 좌대 뒷면에 단기 4285년 임진 6주갑(1952년)에 건립한 것으로 되어 있으나 실제로는 건립이 늦어져 이듬해인 1953년에 세웠다는 사실이 「통영시지」에 밝히고 있다. 부산 용두산 공원에 세운 동상 역시 1955년으로 알려져 있으나 실제로는 1956에 세웠으며, 1967년에는 여수 자산공원에 동상을 세웠다. 가장 잘 알려진 것은 역시 서울, 광화문 광장 동상으로 1968년에 세웠는데, 다른 지역 동상과는 달리 오른손으로 칼을 잡고 있어 논란이 되기도 했다. 1973년 경남 삼천포 노산 공원, 1974년 목포 유달산 공원, 1976년 경남 사천 용현면, 1978년 경남 삼천포 대방진굴항, 1997년 경남 삼천포 모충 공원, 1999년 충남 아산 신정호수 공원에도 충무공 동상을 세웠다. 그리고 2005년에 오늘 내가 찾은 통영 이순신 공원에 실물 크기의 장검을 잡은 동상을 세웠고, 2008년에는 전남 진도 울돌목 충무공 승전 공원과 전라 우수영이 있던 해남 문내면에도 동상을 세웠다. 2012년 여수 진남관 앞 이순신 광장에, 2015년 진해 해군사관학교와 국회의사당 앞에도 세웠다. 가장 최근에 세워진 동상으로는 2017년 경남 남해와 2019년 경남 사천 곤양면에 있는 동상이다. 광화문 광장과 아산에 있는 동상을 제외하면 전부 이순신 장군이 격전을 치렀던 유적지에 동상을 세운 것으로 볼 수 있다. 지금까지 세워진 여러 동상 중 2015년 충무공 탄신 470주년과 해군창설 70주년 기념으로 해군사관학교에 세운 동상이 다른 동상들보다 역사성을 가장 잘 나타낸 것으로 학계에서는 평가하고 있다고 한다.

다음은 이순신 공원 안에 있는 <통영 해상순직장병 위령탑>에 들렀다. 1974년 통영 앞바다에서 YTL정 침몰 사고로 순직했던 해군 159기, 159명의 장병을 위한 위령탑이다. 그 앞에 참배한 후, 오늘의 최종 목적지인 충렬사를 향했다.

내게 가장 낯익은 곳, 내가 살았던 명정골, 이곳이 그렇게 이름을 알리게 된 것은 당연히 충렬사가 있기 때문이지만, 내가 문학을 전공하고 나서야 백석과 정지용 시인도 이곳을 다녀갔다는 사실을 알게 되었으니……. 정지용 시인의 기행문과 백석 시인의 시에 명정골과 충렬사 동백꽃이 나올 줄이야.

> "통영읍안 뒷산 밑 명정리라는 한적한 동리에서도 뒤로 물러나 예로부터 유명한 일정월정日井月井 두 개의 우물물이 한곳에서 솟는다. 이를 합하여 명정明井이라 이른다. 명정 우물물이 맑고 달기 비와 가물음에 다르지 않고 수량이 풍족하기 읍면을 마시우고도 고금이 일여하다. 우리는 먼저 손을 씻고 이를 가시고 시인 청마, 두춘 두 벗의 안내로 명정에서 다시 올라 동백꽃 고목이 좌우로 어우러진 길과 석계단을 밟는다. 역대 통제사들의 기념비석이 임립한 충렬사忠烈祠 정문에 든다."
>
> \- 정지용, 「남해오월점철 -통영3」 중에서

> "난이라는 이는 명정골에 산다던데
> 명정골은 산을 넘어 동백나무 푸르른 감로 같은 물이 솟는 명정샘이 있는 마을인데
> 샘터엔 오구작작 물을 긷는 처녀며 새악시들 가운데 내가 좋아하는 그이가 있을 것만 같고
> 내가 좋아하는 그이는 푸른 가지 붉게 붉게 동백꽃 피는 철엔 타관 시집을 갈 것만 같은데"
>
> \- 백석, 「통영-남행시초」 중에서

이처럼 두 시인의 작품에도 나오는 명정을 우리는 늘 정당샘, 아니 우리 지역말로 정당새미라고 불렀다. 처음에는 어른들이 그렇게 부르니까 그냥 따라서 불렀다. 그리고 동네 우물이자 빨래터 정도로 알고 있었다. 그런데 상여가 지나갈 때는 이상하게도 우물 위쪽, 그러니까 충렬사 앞쪽에서 공동묘지로 가는 큰 찻길을 놔두고 꼭 우리 집 앞 좁은 마을 길로만 다니는 것이었다. 그래서 내가 물었었다. 왜 넓은 큰길을 놔두고 왜 우리 집 앞 좁은 길로만 지나가느냐고? 어른들은 상여가 우물 위쪽을 지나가면 물이 흐려지는 변고가 생기기 때문이라고 했다. 그만큼 신성한 우물이라나…….

나중에야 알게 된 사실이지만, 정문旌門이 세워진 충렬사 향사享祀에 사용하는 신성한 우물이기 때문에 정당旌堂샘이라 부르게 된 것이라는……. 일정日井은 충무공 향사에 쓰고, 월정月井은 민가에서 썼는데, 이 두 우물을 합쳐서 명정明井이라 부르게 되었다고 했다.

이런 전설 같은 유래를 품고 있어 자랑스러운 동네이건만 세월 따라 내가 살던 집은 흔적도 없어지고, 명정골 역시 많이도 변했다. 그러니 박경리 선생이 쓴 소설 「김약국의 딸들」의 배경이 된 곳은 더더욱 찾기 어렵다. 그러나 충렬사만은 시간이 역류하듯 여전히 그 자리를 지키고 있다.

그런데 예전에는 충렬사 정문에서 강한루에 이르는 양옆으로 동백나무가 줄지어 서 있었건만, 이제 옛 동백나무는 한 그루만 살아 있고, 한 그루는 고사목이 되어 그대로 서 있었다. 예전에 동백나무가 있었던 자리에는 작은 동백나무를 새로 심어 줄어 맞추어 놓았다. 400년 세월을 지키고 있는 유일한 동백나무 앞에 기념물 74호라 적힌 표지석이 홀로 외로워 보였다. 내가 고등학교에 다녔던 70년대 초만 하더라고 일곱 그루가 살아 있었다. 나무 둘레가 1m가 넘고, 높이는 7m, 사방으로 넓게 퍼진 가지 지름 또한 7m가 넘을 정도로 용틀임한 모양을 하고 있었다. 그래서였을까. 오래된 가지는 말라 죽고, 밑둥치는 벌레가 먹어 구멍이 나서 나무마다 성한 데가 없었는데, 그래도 보란 듯이 푸르른 동백 꽃잎을 드리우고 있었다. 그 세월처럼 깊은 겨울을 가슴에 안고 꽃을 피우며, 찬란하고도 짧은 황홀을 남기지 않았던가. 그때 그 추억이 아직도 내겐 붉은 그리움이 담긴 웅숭깊은 항아리로 남아 있다. 명정골을 떠나고 싶었던 한 소년의 꿈을 충렬사 동백꽃에 담았으니까…….

내게도 미래의 열매가 잘 보이지 않는 어두운 겨울이 있었다. 불확실한 과도기였다고나 할까. 그래도 삶의 모든 시기는 그때마다 가치가 있으며, 이루어지지 않아도 희망은 꿈처럼 달콤한 법이다. 나는 그 희망을 봉싯거리며 피어나던 충렬사 동백꽃 항아리에 담았었다. 어쩌면 희망은 시간적 역설인지도 모른다. 이상하게도 시간은 우리가 나이를 먹어가는 방향인 미래로 흐르는 것이 아니라 오히려 과거를 더 기억하게 하는 것일까. 그리하여 오늘의 시간이 붉은 그리움으로 되살아나 충렬사 동백꽃을 보며 그때의 기억을 떠올리고 있으니…….

동백나무를 보며 이런 상념에 잠긴 것도 잠시, 먼저 충무공 영정 앞에 참배했다. 그리고 유물전시관을 둘러본 후, 사무국장님으로부터 충렬사의 역사부터 설명을 들었다.

— 통영 충렬사는 1606년(선조 39년) 제7대 이운룡 통제사가 왕명을 받아 정당을 세웠습니다. 그러나 충렬사라는 편액을 내린 것은 1663년 현종 때였습니다. 이때, 1632년(인조 10년)에 지은 남해 사당에도 충렬사라는 같은 이름의 편액을 내렸지요.

— 사당을 먼저 짓고도 그 이름은 한참 뒤에야 받게 된 것이군요. 그래도 충렬사를 이순신 장군 사당의 시초로 볼 수 있는가요?

— 그것은 아닙니다. 이순신 장군의 영정을 모신 사당이 여러 군데 있습니다만, 건립의 주체가 누구냐에 따라 다릅니다. 시기적으로 가장 먼저 세워진 사당은 지금 우리 충렬사에서 관리하는 '착량묘'입니다. 장군이 순직한 일 년 뒤인 1599년 지역 주민들과 군사들이 세운 최초의 사당이지요. 장군의 조카 이분이 쓴 「이충무공행록」에 "영남 해변 백성들은 착량에 사사로이 이순신을 모시는 초가 사당을 지었다."라는 기록이 나옵니다. 그리고 왕명으로 세운 최초의 사당은 여수 충민사입니다. 선조는 순국한 장군에게 의정부 우의정으로 추증하고, 장군을 기념하라는 명령을 내렸었지요. 그래서 순국 3년 뒤인 1601년에 전라 좌수영이 있던 여수에 충민사를 세우게 되었으니까 충렬사 건립보다 앞서지요.

— 그럼 충무공이란 시호도 훨씬 나중에 내린 건가요?

— 그런 셈이죠. 1604년에 의정부 좌의정 겸 영경영사 덕풍부원군으로 추증되었고, 1643년 인조 때 충무공이라는 시호를 받게 되었답니다. 그러니까 순국 45년 만에 받게 된 것이죠. 이때부터 사람

들이 이충무공이라고 부르기 시작한 것이니까요. 우의정, 좌의정에 이어 영의정에까지 최고의 품격으로 예우한 것은 1793년(정조 17년)입니다. 그리고 1795년, 정조는 「이충무공전서」를 간행하도록 명하고, 충무공의 치제문致祭文을 친히 지은 뒤 이득제 통제사에게 명하여 통영 충렬사에 제사를 올리게까지 하였답니다.

— 그렇군요. 그럼, 충무공 장검이 보관된 아산 현충사는 언제 세운 것인지요?

— 예. 아산 현충사는 1706년에 세웠고, 1707년에 숙종이 현판을 내리면서 오늘에 이르게 된 것이죠. 그러니까 임금이 편액을 내린 사당은 여수 충민사, 통영 충렬사와 남해 충렬사, 그리고 아산 현충사 순서로 보면 됩니다.

— 그렇군요. 그런데 국장님, 충무공과 관련된 칼이 아산 현충사에 있는 두 자루 장검과 이곳 유물전시관 비치된 명조 팔사품 중에서 참도와 귀도 각각 두 자루로 총 여섯 자루가 있잖습니까? 그런데 세간에서는 이순신 장군이 실전에 사용했다는 쌍룡검 두 자루가 더 있다고들 하거든요. 혹시 국장님께서는 쌍룡검에 대해서 아시는 게 있으신지요?

— 저도 강 작가님이 알고 계시는, 세간에 알려진 정도밖에 아는 게 없습니다. 박종경의 「돈암집」 '원융검기'에 "쌍룡검은 궁내부 박물관에 소장되어 있었다."라는 기록과 "鑄得雙龍劍 千秋氣尙雄 盟山誓海意 忠憤古今同 주득쌍룡검 천추기상웅 맹산서해의 충분고금동(쌍룡검을 만드니 천추에 기상이 웅장하도다. 산과 바다에 맹

세한 뜻이 있으니 충성스런 의분은 옛날이나 지금이나 같도다.)"라는 쌍룡검에 새겨진 글귀 때문에 이순신 장군이 지니고 다녔다고 알려진 칼이라는 정도지요.

— 그럼 국장님은 어느 정도 신빙성이 있다고 보시는지요?

— 1912년 이후로는 행방이 묘연하다고 알려져 있고, 문화재청에서는 유실 문화재로 분류해놓고 있다는 정도지만, 저로서는 강 작가님이 공부하신 현충사 장검과는 달리 충무공이 사용했다는 칼인지에 대해서는 확증이 없습니다. 제가 알고 있기로는 2019년에 이순신 연구자인 박종평 평론가가 쌍룡검은 충무공이 사용했던 칼이 아니라 제99대 이복연 통제사의 칼이라고 주장하는 내용을 내놓았으니까요. 그분이 밝혀냈다고 하는 내용에 따르면 1819년에 충무공 후손 이호빈이 쓴 「신정아주지新定牙州誌」라는 글에 현충사 장검과 쌍룡검을 각기 따로 설명하고 있는데, 쌍룡검은 이순신 장군의 칼이 아니라 이복연 통제사가 만든 것으로 나온다고 합니다. "이복연은 통제사로서 한 쌍의 장검을 만들었다. 검명은 '산과 바다에 맹세한 그 뜻, 충분은 예나 지금이나 같도다. 盟山誓海意 忠憤古今同'라고 했다. 모두 이충무공을 우러르는 뜻이다."라는 기록을 근거로 들었지요. 또한 「통제사 이공 묘갈명統制使李公墓碣銘」에, 쌍룡검에 새겨져 있다는 글귀와 거의 비슷한 내용의 한시가 이복연 통제사의 시라는 기록을 들었지요. "공이 한 쌍의 장검을 만들고 '산에 맹세하고 바다에 맹세한 그 뜻, 충성을 다하려는 분노는 옛날이나 지금이나 같구나.'라는 글귀를 새겼다. 公鑄得一雙長劍 刻以盟山誓海

意 忠憤古今同之句. 대개 공은 평생 이충무공을 우러르며 그리워했기에 그 마음을 이처럼 시로 표현한 것이다."라는 내용을 제시했으니까요.

그분이 제시한 근거가 맞는다면 쌍룡검은 이복연 통제사의 칼인 만큼 충무공의 쌍룡검은 실제 존재하지 않았다는 것이 된다. 또 다른 새로운 근거가 나타나기 전까지는…….

근거로 제시한 내용을 보면 이복연 통제사는 평생 충무공을 우러르며 그리워했다고 했으니 아마도 충무공 장검에 대해 알고 있었을 것이고, 그래서 자신도 그 장검을 본받아 쌍룡검을 만들어 장검에 새겨진 검명처럼 충무공을 존경하는 글귀를 새겨 넣은 것이 아니었을까? 하는 생각이 들었다. 그렇다면 현존하는 충무공 장검이 지니는 역사적 의미는 더 크다고 볼 수 있지 않을까.

— 국장님, 충무공 영정을 모신 곳에 팔사품 병풍이 있잖습니까? 그 병풍에 관해 설명 좀 해주시지요?

— 팔사품 병풍은 1861년 제187대 신관호 통제사가 직접 그렸다고 합니다. 지금 보아도 통제사의 그림 솜씨가 보통이 아니었던 것 같습니다. 군점 행사 때 진품 팔사품을 밖에 비치하다 보니 훼손되거나 도난당할 위험도 있다고 판단하여 팔사품 병풍으로 대신하려는 의도로 그렸다고 알려져 있습니다. 강 작가님도 잘 아시겠습니다만, 한산대첩 기념제전 때 하이라이트라고 할 수 있는 것이 바로 군점 행사잖습니까?

— 예. 그랬지요. 학창 시절에 군점 행사에 참여하기도 하고 구경

도 많이 했었지요. 통영 시내가 떠들썩했잖습니까. 수많은 깃발과 군악대, 그리고 행렬을 따라가는 것만으로도 가슴 벅찼던 기억이 나니까요. 승전무 공연도 있었고 말입니다. 그때는 어떤 분이 올해 이순신 장군 역할을 맡을 것인가가 또 다른 관심사이기도 했던 것 같습니다. 그런데 우리는 한산대첩을 기념하기 위해 실시하는 행사인 줄 알았는데, 그럼, 통제영 시절에도 계속 시행해 왔다는 것이네요?

— 그럼요. 군점은 군사를 점검하는 군사 점고이고, 수조는 해상 전투 훈련을 말하지요. 즉 통제영 삼도 수군의 사열식으로 수군의 위용을 과시하는 대규모 해상 퍼레이드 같은 것이라 할 수 있지요. 이 군점은 초대 통제사였던 이순신 장군 때부터 시작되어 제6대 이경준 통제사가 세병관을 건립했을 때 격식화되었고, 그 후 1895년 제208대 홍남주 통제사 때까지 매년 음력 3월과 9월 두 차례에 걸쳐 거행되었답니다.

— 그러고 보니 유물전시관에 비치되어 있던 <수조도 병풍>을 보니까 정말 대단했더군요. 그 아래 설명에는 전선 548척(거북선 43척 포함), 장졸 36,009명, 군량미 89,298석에 달했다고 되어 있더군요.

— 그렇지요. <수조도 병풍>에 그려진 진법은 '첨자진尖字陣'으로 말 그대로 첨자 형태를 이룬 것이죠. 그러니까 이동할 때는 첨자진으로 전진하다 전투 시에는 학의 날개 모양으로 펼치는 것이 바로 학익진인 거죠. 그런데 봄에 실시하는 수조는 통제사 관할의 각 진영이 모두 참여하는 합조였고, 가을에 실시하는 수조는 각도 수사

가 주관하는 도 수조로 행해졌다고 합니다. <수조도 병풍>의 수조는 봄에 실시하는 합조로 삼도 수군과 수백 척의 전선이 통영 앞바다에 총집결하여 통제사가 직접 군사를 점검하고, 강구 앞바다에 거북선과 전선들이 오색찬란한 깃발을 나부끼며 첨자진과 학익진을 펼치는 통제영 최대 규모의 의식 행사였지요. 그러나 합조는 군역 부담, 농번기 등 여러 사정으로 4년에 한 번 열리는 등 변화가 많았던 것으로 보입니다.

— 어쨌든 통제영의 위상을 잘 보여주는 행사임에는 분명했군요. 오늘날까지도 한산대첩 축제 기간에 군점 행사를 이어오고 있으니 말입니다. 더구나 명조 팔사품이 지금처럼 충렬사에 잘 보존되어 있다는 사실 또한 자랑스럽습니다.

— 예. 그렇습니다. 팔사품이 세병관으로 갔다가 1896년 통제영이 폐영되고 그 이후에 다시 충렬사로 오게 되는 등 여러 우여곡절이 많았으니까요.

— 그렇다면 일제 강점기에 일본 측에서는 충무공의 흔적을 지우려고 못된 짓을 많이 한 것으로 알고 있는데, 어떻게 팔사품에는 손을 대지 않았을까요?

— 당연히 훔쳐 가려고 했었지요. 그들은 군점과 수조 때 사용했던 수많은 깃발까지 다 없앨 정도였으니 말입니다. 실제로 어느 일본인이 팔사품을 훔쳐서 도망가느라 밤새 걸었는데, 아침에 보니 계속 충렬사 경내를 빙빙 돌고 있더랍니다. 그래서 혼비백산하여 팔사품을 그대로 두고 갔다는 일화가 있습니다. 그때부터 일본인

들은 충렬사에 충무공의 기가 서려 있다고 여겨 접근조차 하지 않았고, 심지어 충렬사 일대 명정골에는 살림집을 차리지도 않았답니다.

— 정말 대단한 얘기네요. 그러고 보니 제가 살았던 명정골에는 적산 가옥이 한 채도 없었던 것 같습니다. 항남동에는 많았었는데 말입니다. 그런데 국장님, 강한루 앞 느티나무 세 그루는 400년이 넘는 세월 동안 변함없이 버티고 서 있는데, 열 그루씩이나 되던 동백나무는 한 그루밖에 남지 않아 정말 아쉽습니다.

— 저 역시 같은 마음입니다. 아마도 꽃을 피우는 나무는 오랜 세월을 견디기 어려운 모양입니다. 그런 세월이 말해주듯이 많은 것들 또한 사라졌으니까요. 예전에는 명정골 아낙네들이 충무공 탄신일 때 붉은 동백꽃을 실에다 엮어 충무공의 충절을 기리는 풍습을 지켜오기도 했다고 합니다만…….

동백꽃을 엮어 충절을 기리는 풍습이라면, 꽃이 핀 채 통째로 툭, 떨어지는 동백꽃이 충무공 순국의 의미를 담고 있었기 때문이었을까? 마지막 한 그루 남아 있는, 400년 동백나무가 품은 세월이 피워 올린 붉은 숨결은 아직도 남아 있는 듯한데, 그렇게 동백꽃은 피고 또 지고…….

제14장
칼의 빛

그야말로 마른하늘에 날벼락이었다. 무엇 때문에 통제 사또께서 파직당하시고 한성으로 붙잡혀 가신단 말인가? 진영의 모든 사람은 도무지 일이 돌아가는 형편이나 그 까닭을 알 수 없으니 답답하고 우두망찰할 뿐이었다. 기가 막히고 망연자실 그 자체였다. 온갖 소식에 능통한 공태원조차도 울부짖으며 목을 놓았다.

— 이건 모, 모함이다. 모함이야. 칼 든 왜적들보다 더 무서운, 보이지 않는 칼이로구나!!

공태원의 통곡은 온 진영을 메아리치고도 남을 정도였지만, 통제 사또님을 가장 가까이서 모시는 높으신 장수들조차도 어찌해볼 도리가 없는 모양이었다. 하늘도 무심하시지. 이 땅에 또 무슨 겪어보지 못한 참혹한 고통을 주시려고 이런 형벌을 내리시는 것인지. 하늘만 원망스러울 뿐이었다. 통제 사또께서 어떤 잘못을 하셨다면 그 잘못의 보푸라기 하나라도 알려주지도 아니하고 어명이라는 말 한마디로 옭아매다니……. 도무지 헤아릴 수 없는, 아니 이상하리만치 해괴망측한 일을 지켜볼 수밖에 없는 처지만 답답할 따름이었다.

설사 조그만 잘못이 있다손 치더라도 지금까지 여러 바다 싸움에서 모두 이겨 이만큼이나마 이 땅을 지켜내신 분이 그 누구시란 말인가? 군량미를 좌수영에서 임금님이 피신하셨다는 의주 행재소까지 보낸 것이 그 누구였던가? 계사년과 갑오년에 기근과 역병으로 어영담 나리를 포함하여 수많은 수군이 죽어 나갈 때, 나라에서 어느 누가 군량미를 보낸 적이 있으며, 의원을 보냈던가?

태귀련은 서릿발 칼날에 우리 수군들의 푸른 피 물들이며 장검을 만들던 그날이 오늘같이 생생하게 살아나는 듯하여 가슴이 먹먹했다. 풀떼기를 먹고, 역병을 견디며 한산 진영 모든 사람은 오직 우리 통제 사또님의 뜻을 받들어 둔전뿐만 아니라 자드락밭까지 일구고, 소금을 굽고, 물고기를 잡으며, 해초까지 뜯어가며 살아남았다.

그런 죽살이 속에서도 여러 총통이며, 화약, 각궁과 편전, 장전에 창과 칼, 판옥선까지 왜적을 무찌를 수 있는 만만의 대비책으로 지금의 한산 진영을 보란 듯이 갖추어 놓지 않았는가. 그렇다면 왜적을 모두 무찌른 다음 잘잘못을 가려 상을 주거나 벌을 내리면 될 것이 아닌가 말이다. 무지렁이 백성조차 알만한 헤아림을 나라님은 무슨 까닭으로 살피지도 못한단 말인가. 그것도 전란의 최전선에 있는 통제 사또를 하루아침에 붙잡아 가다니 도대체 말이 되는가. 태귀련 또한 여느 사람들과 마찬가지로 비통함으로 피를 토하고 싶은 심정이었다.

정유년 이월 스무엿샛날이었다. 통제 사또께서 떠나시는 날, 길가에 나온 온 백성들이 목 놓아 울부짖었다. "통제 사또! 어디를 가십니까? 이제 우리는 다 죽었습니다."

태귀련은 "이제 우리는 다 죽었습니다."라는 사람들의 말이 그냥 들리지 않았다. 앞날을 미리 내다본 징조의 말처럼 들렸다. 아니나 다를까. 그 말이 씨앗이 될 것 같은 조짐들이 나타나고 말았으니…….

그것은 새로 온 통제사가 바로 원균 영감이라는 사실에서부터 시작되었다. 더더욱 기가 막힌 사실이었다. 한산 진영은 그야말로 기절초풍할 것 같은 술렁거림이 파도를 탔다. 경상 우수사로 우리 통제 사또 가까이 있을 때부터 사사건건 좋지 못한 일로 시비를 걸거나 언구럭을 부리던 양반이 아니었던가. 태귀련에게도 자주 술에 취한 모습만 떠오르는 양반이었다. 그래서였을까? 공태원을 통해 원균 영감이 충청 병마절도사로 갔다는 소식을 들은 뒤부터 한산 진영은 그 양반의 모습을 보지 않아서 속이 시원하다고들 했는데, 이제는 통제사가 되어 다시 오다니 모두 어처구니가 없다는 표정들이었다.

처음부터 기대도 하지 않았지만, 그래도 보다 높은 자리에 오르면 조금은 달라질 줄 알았다. 그러나 그게 아니었다. 포달을 부리는 음충한 모습은 여전히 달라진 것이 없었다. 바뀌게 된 것은 오히려 한산 진영의 운영 방식이었다. 통제사라는 자리의 힘으로 전임 통제 사또의 그림자부터 모두 지우기 시작했다. 높으신 분들은 왜 앞에 계셨던 분이 남긴 좋은 방책조차 물려받으려 하지 않으실까?

원균 새 통제사는 자기 능력이 더 뛰어나다는 것을 보여주기라도 하려는 듯 제일 먼저 우리 통제 사또께서 정해 놓으셨던 여러 규칙을 바꾸기 시작했다. 그중 가장 대표적인 것이, 지금까지 장수들과 여러 수군이 통제 사또님과 논의하기 위해 자주 드나들었던 운주당에 아무도 들어올 수 없도록 한 것이었다. 더욱 꼴불견인 것은 자기 애첩과 함께 운주당에 지내면서 이중 울타리를 쳐서 안과 밖을 모두 막아버린 것이었으니……. 그러고는 날마다 술을 마시고 주정을 부리며 걸핏하면 버럭 화를 내고는 마음에 들지 않으면 아랫사람들에게 마구잡이로 벌을 가했다. 그러니 장수들조차 새 통제사 얼굴을 제대로 보기 어려워했다.

그나마 한 가지 다행이었던 것은 운주당에 걸려 있던 두 자루 장검을 우리 통제 사또님의 사내종이 챙겨서 가지고 갔기 때문에 새 통제사가 애첩과 지내는 꼴불견을 보지 않을 수 있었다는 점이었다.

공태원은 두 손 두 발 다 들었다는 듯이 고개를 절레절레 흔들었고, 여러 장수도 그들끼리 쑥덕거리며 새 통제사를 욕하고 비웃는다고 했다. 그러면서도 통제사 앞에 나서는 것이 두려워서 군사에 관한 일에 대해서는 제대로 아뢰지 않으려 한다는 것이었다. 그러니 통제사의 지시가 제대로 먹혀들지 않는 것은 당연한 일일 수밖에 없었다. 수군들 역시 만약에 지금 왜적을 만나 싸워야 할 순간이라면 이런 상황에서는 도망칠 것이라는 말을 자기들끼리 수군거리는 것이었다.

태귀련의 눈에도 이런 어뜩비뜩한 모습들은 또 다른 불안감으로 다가왔다. 우리 통제 사또께서 엄격한 군율로 다스릴 때도 도망가려는 수군들이 있지 않았던가. 그런데 새 통제사의 지금과 같이 흐트러진 모습이라면 누군들 딴마음을 먹지 않을 것인가.

태귀련이 느낀 그런 불안한 마음은 머지않아 현실로 나타나기 시작했다. 조금씩 물이 새는 구멍을 미리 막지 않으면 나중에는 그 구멍이 커져 건잡을 수 없게 되고 배는 가라앉게 마련이다. 모든 일들이 아귀가 딱 맞듯이 돌아가지 않고 자꾸만 을밋을밋 밀려나는 모양새였다.

이와 같은 불안감에 태귀련은 자신보다는 이무생이 더 걱정이었다. 이제 이무생에게는 자신의 소망대로 식구들이 생겼으니 어깨가 더 무거울 수밖에 없었다. 어린아이까지 있으니 무슨 일이 일어나면 어떻게 될 것인가 하는 걱정부터 앞섰다. 태귀련 역시 다른 사람들과 마찬가지로 딴마음을 먹어야겠다는 생각까지 들었다. 그것은 여차하면 이무생과 그의 식구들을 딴 곳으로 피신시켜야 한다는 속셈이었다.

평소에도 태귀련은 이무생만이라도 이곳을 떠나 고향 가까이에서 새로운 삶을 꾸려나가기를 바랐다. 이무생이 안동 처자와 살아온 기적이 살아갈 기적의 인연이 되어 살림을 꾸리고 아들까지 낳아 얼굴에 웃음꽃이 피는 것을 보면서 태귀련은 자기 일처럼 기뻤다. 그런데 지금의 상황은 통제 사또께서 붙잡혀 가시는 어처구니

없는 일까지 생기고, 한산 진영이 불안의 그림자로 드리우자 마음 편하게 있을 수가 없었다. 그래서 태귀련은 틈나는 대로 공태원에게 왜적의 움직임과 함께 진영의 돌아가는 분위기가 어떠한지를 묻곤 했다. 그러자 눈치 빠른 공태원은 태귀련의 속셈을 먼저 간파하고서는 아직은 때가 아니라며 조금 더 지켜보자고 했다. 자신도 여차하면 살길을 찾을 요량이라면서…….

유월 열여드렛날, 원균 통제사는 전선 백여 척을 이끌고 부산포로 향했다. 가는 도중에 왜적을 만나 안골포에서 왜선 두 척을 빼앗는 전과를 올리기도 했다지만, 왜적의 만만찮은 저항에 보성 군수가 목숨을 잃게 되자 부산포까지는 가지도 못한 채 돌아오고 만 것이었다.

그리고 칠월 초순 무렵, 원균 통제사는 이억기 전라 우수사, 최호 충청 수사, 배설 경상 우수사 등과 함께 판옥선 134척을 이끌고 다시 부산포를 향했다.

공태원은 원균 통제사가 사실은 싸움터에 나가고 싶은 마음이 없었으나 지난번 실패에 대한 조정의 눈치 때문에 억지로 나간 것 같다고 하면서 걱정했다. 공태원의 걱정은 걱정으로만 끝나지 않았다. 왜적과의 싸움에서 처음에는 빈 왜선 여덟 척을 불태우고 기고만장했으나, 서생포에서 판옥선 스무 척을 잃고 말았다고 했다. 이때까지 조선 수군의 자랑인 판옥선을 잃어버린 적은 한 번도 없었는데, 이때가 처음이었다. 그리고 부산포 앞바다에서는 왜선을 쫓다가 판옥선 열두 척이 해류에 떠내려가는, 어처구니없는 참사가 일어나고 말았다고 했다. 결국 왜선 열 척을 부수고, 대신 판옥선 서

른두 척을 잃어버린 결과로 한산 진영에 돌아왔으니 통제사로서 수군을 이끄는 능력은 초라하기 짝이 없었다.

우리 통제 사또께서 왜적과 싸웠다면 이런 결과가 나왔을 것인가? 태귀련은 더더욱 불안한 마음을 감출 수가 없었다. 지금까지 우리 통제 사또께서 모두 이긴 바다 싸움에 원균 영감은 그냥 밥숟가락 하나 얹어 이긴 행세나 한 것이나 다름없었으니 도무지 믿을 수가 없었다. 차라리 공태원의 생각이 옳지 않은가 싶었다.

— 우리 통제 사또님이라면 미리 전략을 세워 왜적을 무찌를 수 있지만, 새 통제사처럼 이미 두 차례나 실패하고 돌아왔으니, 다른 전략을 당연히 세워야 하거늘 그렇지 않을 것 같아서 걱정일세.

공태원의 얼굴에도 어두운 그림자가 어른거렸다.

— 그럼 어떤 전략을 세워야 한단 말이오.

— 한꺼번에 나가지 말고 몇 개의 수군 부대로 나누어 교대로 나가야 하는 거지. 통제사가 이끄는 수군과 경상 우수사, 전라 우수사, 충청 수사 수군으로 각각 나누어 번갈아 나가 왜적의 보급로를 끊고, 적의 허점을 공격하는 동안 다른 수군들은 한산 진영을 굳건하게 지키는 전략이 옳은 거라고.

— 어쩌면 그렇게 모르는 것이 없소?

— 허허, 이게 다 어깨너머문장이라고 우리 통제 사또님이 여러 장수들과 전략을 의논할 때 주워들은 것들이지. 손자병법에 관한 이야기도 많이 들었거든. 가장 뛰어난 전략은 피 한 방울 흘리지 않고 이기는 거라고 하셨지. 만약에 피를 흘려야만 하는 싸움이라면 먼저

적의 약점을 어떻게 파악하고 이용할지, 때로는 적의 힘을 어떻게 거꾸로 이용할지를 알아야 한다는 말씀들을 귀동냥했다고나 할까?

— 그럼 이런 전략을 아뢰면 좋을 것 같은데요.

— 허허, 이 사람, 높은 장수들 말도 듣지 않는다는데 나 같은 사람 말을 누가 듣는단 말인가. 우리 통제 사또님이면 모를까…….

공태원의 허탈한 웃음에는 한숨마저 스며있는 듯했다.

— 그래도 이곳만은 놈들이 함부로 쳐들어오지 못하겠지요?

— 암만, 바다 싸움에서 정 이기지 못할 것 같으면 물러나 먼저 견내량을 틀어막으면 되고, 안 되면 이곳 한산 진영만 지키는 전략만으로도 왜적들이 쉽사리 쳐들어오기 힘들 걸세. 우리 통제 사또께서 전라도를 지키기 위해 이곳을 통제영으로 삼은 것도 바로 이런 전략이 있었기 때문이잖은가.

— 아무리 우리 한산 진영이 천연 요새라 할지라도 왜적을 다 막아낼 수 있을까요?

태귀련은 한산 진영만큼은 안전했으면 하는 바람으로 다시 한번 확인하는 물음을 던졌다.

— 왜적들은 임진년, 한산 앞바다 싸움에서 전멸당한 경험을 떠올릴 수밖에 없지. 게다가 우리는 아직 백 척이 넘는 판옥선에다 귀선까지 있잖은가? 거기서 쏘는 총통의 화력만으로도 접근할 엄두를 내지 못하고말고. 아무리 생각이 짧은 장수라도 나가서 싸우기 어려우면 진영에서 막는 게 유리하다는 이 정도 전략쯤은 염두에 두고 있지 않을까 싶은데…….

공태원의 마지막 말끝이 흐려지는 게 또 다른 조짐이었을까? 칠월 보름날, 칠천량 앞바다에서 왜적의 기습 공격이 있었다는 소식과 함께 다음날 믿을 수 없는, 아니 믿기 어려운 소식이 들려왔다. 우리 수군이 크게 패했다는 참담한 소식이었다. 이억기 우수사와 최호 충청 수사까지 목숨을 잃고, 원균 통제사는 뭍으로 올라갔으나 생사를 알 수 없다고 했으니 우리 수군이 몰살당한 것이나 다름없는 참패였다고 했다.

그러잖아도 공태원은 불안하다고 했다. 앞선 두 차례나 실패한 싸움으로 권율 도원수로부터 꾸지람을 들은 원균 통제사가 제 성질을 이기지 못하고 홧김에 전체 수군을 이끌고 나간 것이 문제라고 했다. 그러면서 이 정도까지 참패당할 줄은 생각지도 못했다며 믿기 힘들다는 표정이었다.

그러나 공태원의 판단은 더욱 빨랐다. 이번에는 공태원이 더 적극적으로 나섰다. 그가 먼저 한산도를 빠져나가자고 나섰다. 태귀련은 공태원에게 이무생의 식구들부터 먼저 데리고 나갈 수 있도록 해달라고 부탁했다. 자신은 남아 있겠노라 하면서…….

— 아니 태구련 형님, 무슨 소리 하는 겁니까? 다 같이 나가야지요.

이무생이 눈을 커다랗게 뜨며 울부짖듯 소리쳤다.

— 아닐세. 혹시 살아남은 수군들이 한산 진영으로 돌아올 수도 있잖은가. 그렇다면 진영을 지킬 수도 있는 방책이 생길 수도 있으니까 말일세. 정 안 되면 나는 혼자니까 나중에라도 피신할 수 있잖은가. 그러니 동생 먼저 안사람과 처남을 데리고 나가게. 나중에 어

린아이까지 데리고 나가려면 힘들 테니까 말이야. 우리 조카는 전란 없는 좋은 세상에서 살 수 있도록 잘 키워야 하지 않겠는가.

완강한 태귀련을 모습을 보고 공태원도, 이무생도 더 이상 그의 마음을 바꾸게 하지 못했다.

— 그래. 우리 수군이 한산 진영으로만 돌아올 수 있다면 이곳을 지킬 수 있는 가능성은 얼마든지 있네. 나는 자네 동생 식구들을 먼저 두룡포 쪽으로 데려다주고 다시 좌수영으로 갈 생각이라네. 형편이 나아지면 나중에 다시 만나세.

공태원은 걱정하는 이무생을 다독이며 한산 진영은 괜찮을 거라고 안심시켰다. 이무생이 지금까지 공태원의 말이라면 잘 믿어온 점은 그나마 다행이었다. 더 이상 이무생이 같이 가자고 조르지 않자, 그제야 태귀련은 안도의 한숨을 쉴 수 있었다. 이무생 식구들만이라도 먼저 빠져나가는 것만으로도 천만다행이다 싶었다. 그리고 공태원의 말대로 우리 수군이 한산 진영으로 돌아온다면 끝까지 이곳을 지켜야 한다는 생각이었다. 조만간에 우리 통제 사또께서 누명을 벗고 풀려나 돌아오실 것이다. 그러면 한산 진영 또한 예전의 모습을 되찾을 수 있지 않겠는가.

우리 통제 사또님이 어떤 분이신가 말이다. 자신의 인생살이보다 더 큰 것에 신명을 바치시는 분이 아니신가. 바다 싸움에 나서실 때마다 죽음을 각오하는 비장한 결단으로 왜적을 무찌른 분이시니, 지금 살이 문드러지고 뼈가 깎이는 이 시련의 어둠조차 걷어내실 것이다. 이처럼 우러러볼 수밖에 없는 분께서 태귀련과 이무생이 만든 장검을 받으시고는 "장하다. 대단한 솜씨로구나!"라고 칭찬을 아끼지 않으셨으니, 그때는 정말 세상을 다 가진 듯한 기분이 들지 않았던가. 그뿐이랴. 태귀련과 이무생의 목숨 줄을 구해주신 분이시니 그분을 위해서라면 목숨인들 아깝지 않다. 정운 나리의 기개에 만분의 일도 따라가지 못하겠지만, 혼을 바친 장검을 만든 대장간만이라도 지키는 일이 바로 그분을 위하는 일이며, 또한 한산 진영을 지키는 일이 아니겠는가. 태귀련은 그런 마음을 굳히고 또 굳혔다.

그러나 공태원의 기대와 태귀련의 염원과는 달리 한산 진영으로 돌아온 수군은 얼마 되지 않았다. 배설 경상 우수사가 이끄는 수군으로 열두 척의 배가 전부였다. 그나마 원균 통제사와 함께 움직이지 않았기에 살아남을 수 있었다고 했다. 나머지 판옥선과 귀선마저 모두 잃었으며, 이억기 전라 우수사는 시신조차 찾지 못했다고 했다. 돌아온 수군들로부터 직접 들은, 정말 믿을 수 없는 소식이었다.

그래도 경상 우수사만이라도 돌아왔으니 태귀련은 끝까지 한산 진영을 지킬 수 있으리라는 기대의 끈을 놓지 않았다. 정운 나리였다면 당연히 결사 항전으로 지키려 했을 것이다. 그래야만 시간을 벌어 왜적이 전라도로 곧장 향하는 것을 막을 수 있을 것이다. 공태원의 말처럼 우리 통제 사또께서 통제영을 좌수영에서 한산 진영으로 옮긴 것도 바로 그런 까닭이 아니었던가. 더구나 이곳에는 넉넉한 군량미와 여분의 총통과 화약이 있지 않은가. 그것만으로도 한동안은 충분히 적을 막고 견딜 수 있을 것이다.

그러나 태귀련의 그런 생각과 염원과는 달리 배설 우수사는 열두 척의 배와 자신이 이끄는 수군만으로 한산 진영을 지키는 것을 불가능하다며, 모두 피신할 것을 명령했다. 그리고 진영을 떠나기 전에 군량미와 무기를 보관하고 있는 여러 곳간을 불태우기 시작했다. 왜적들의 손에 그것들을 넘겨줄 수 없기 때문이라면서…….

우수사의 명령에 따라 진영에 남아 있던 사람들이 떠날 준비를 하고 수군들도 뿔뿔이 흩어지기 시작했다. 그러나 태귀련은 오히려 군창에서 화약을 가지고 나와 대장간으로 숨어들었다. 혼자라고 두려워해서는 안 된다. 두려움은 죽음과 같은 어둠이다. 오히려 두려움을 분노로 이어지도록 해야 한다. 그러므로 모두 피신한대도 홀로라도 절대 도망가지 않으리라. 통제 사또님의 장검을 만든 이 대장간마저 놈들의 손에 넘겨줄 수는 없다. 이 대장간을 왜적의 손에 더럽히는 것은 통제 사또님의 장검에 깃든 혼을 훼손하는 일이 된다. 나 혼자서라도 끝까지 지키리라. 그렇게 하지 못한다면 쳐들어오는 왜적 한 놈이라도 죽이기 위해 대장간 불길에 화약을 터뜨려 같이 죽을 것이니…….

태귀련은 옥포 앞바다 싸움에서 붙잡혀 판옥선 위에서 죽음을 기다리던 순간, 오히려 마음이 편안해지던 그때처럼 다시 마음이 편안해짐을 느꼈다. 이무생과 그의 식구들만이라도 피신했으니 그것만으로도 마음이 놓였다. 태귀련마저 다른 곳으로 피신하겠다는 생각은 아예 털끝만큼도 없었다. 통제 사또께서 이룩하신 이곳 한산 수국이야말로 자신이 묻혀야 할 고향땅이라는 생각이었다. 또한 이곳에서 통제 사또께 바친 두 자루 장검, 그야말로 하늘이 주신 보검을 만들지 않았는가. 그것으로 말미암아 대장장이로서 가장 영광스러운 순간을 느껴보았으니 더 이상 바랄 것이 없었다.

사람의 발자취가 끊긴 한산 진영은 치솟는 불길과 매콤한 연기만 피어오를 뿐 사방은 적막감으로 가라앉고 있었다. 태귀련은 대장간에 불을 지피고, 통제 사또께서 붙잡혀 가신 북쪽을 향해 큰절을 올렸다.

불길은 한산 진영의 중심이자 기둥인 운주당까지 옮겨 타고 있었다. 그러나 운주당 옆에 통제 사또께서 손수 심은 팽나무는 여전히 살아 있었다. 팽나무만이라도 통제 사또께서 다시 오실 그날까지 문실문실 자라나기를……. 그런 소망이 칼의 빛으로 되살아나기를.

통제 사또께서 하루빨리 다시 오셔서 장검에 새긴 검명처럼 푸른 하늘에 맹세한 큰 칼 높이 들고 북두칠성 같은 칼의 빛으로 왜적의 무리들을 단칼에 쓸어버려 산과 바다가 핏빛으로 물들게 하소서. 다시 오시겠노라는 그 언약은 한산 앞바다 푸른 물결로 흐르고, 그 분을 만나 뵈올 때, 나는 혼백이 되어 꽃으로 피어나리니…….

어둠 속에서 더 밝게 불타오르는 대장간 불꽃처럼 어둠이 깊을수록 칼날의 빛 또한 더욱 빛나리니, 큰 칼 옆에 차고 온 세상 우뚝 서게 하소서. 그런 소망의 씨앗이 싹을 틔울 수만 있다면, 이 한 몸 재가 되어 반딧불이 같은 희망의 거름이 되리라. 잿더미 속에서도 봄은 오고, 꽃은 다시 필 것이다. 태귀련은 화약을 움켜쥔 손에 힘을 주었다.

드디어 왜적들이 개미 떼처럼 새까맣게 한산 진영으로 몰려오고 있었다.

제15장

에필로그

그렇게 한산은 잿더미가 된 후, 폐허 속에 묻혔다.

기록에 따르면 1597년 2월 26일, 이순신 통제사는 한성으로 압송되기 전 판옥선 134척, 거북선 3척, 수군 병력 1만 7천 명, 진영 밖에 보관한 군량미를 제외하고도 군량미 9914석, 벼 500섬, 화약 4천 근, 각 전선에 탑재된 총통을 제외한 여분 총통만 300문, 건조 작업이 진행되던 새로운 판옥선 48척 등을 후임 통제사 원균에게 넘겼다.

그러나 수군 운용과 전략 능력뿐만 아니라 도덕적 자질이 부족한 사람이 최고 지휘관에 올랐을 때, 어떤 일이 벌어지는지는 칠전량 해전에서 잘 보여주고 있다. 1597년 7월 16일 새벽, 왜군의 기습 공격으로 원균 자신뿐만 아니라 해전 경험이 풍부한 지휘관들마저 모두 죽음으로 내몰았다. 전투다운 전투 한 번 제대로 해보지도 못한 채 속수무책으로 조선 수군의 주력 전투함인 판옥선과 거북선까지 궤멸당한 칠천량 해전은 세계 해전사에서도 그 유례를 찾아보기 힘들 정도로 치욕적인 패배로 끝났다. 문제는 그것으로만 끝난 것이 아니라 이 해전은 바로 정유재란의 빌미가 되었고, 그 대가와 후폭풍은 실로 엄청났으니 말이다.

오늘날 여러 연구자가 칠전량 해전의 패인을 원균의 무능 때문이라고들 한다. 거기에다 이순신 장군에 대한 지나친 시기 또한 빼놓을 수 없다고 본다. 오죽했으면 원균의 친척인 안방준이 그의 저서 「은봉전서」에 원균의 사람됨을 비판하는 내용까지 썼을까.

안방준의 숙부인 안중홍의 처가 원균의 집안 출신이어서 막 새 통제사가 된 원균이 안중홍을 찾아와 대화를 나눈 적이 있었다. 이때 원균은 "제가 이 직함을 영화롭게 여기는 것이 아니라 오직 이순신에 대한 치욕을 씻게 된 것이 통쾌합니다."라고 말했고, 안중홍은 "적을 무찔러서 이순신보다 더 큰 공을 세워야 진짜 치욕을 씻었다고 할 수 있지, 겨우 이순신의 자리를 차지했다고 치욕을 씻었다고 할 수 있소?"라고 지적했다. 그러자 원균은 "멀리서 싸울 땐 편전을 쓰고, 가까이서 싸울 땐 칼과 몽둥이를 쓰면 됩니다."라고 대답했다. 원균이 돌아간 뒤 안중홍은 "원균의 사람됨을 보니 큰일은 하기 글렀다."라면서 크게 탄식했다고 한다.

또한 「선조실록」 1598년 4월 2일, 원균에 대한 사관의 논평은 당시의 상황이 어떠했는지를 잘 보여주고 있다.

"한산의 패배에 대하여 원균은 책형磔刑을 받아야 하고, 다른 장졸들은 모두 죄가 없다. 왜냐하면 원균이라는 사람은 원래 거칠고 사나운 하나의 무지한 자로서 당초 이순신과 공로 다툼을 하면서 백방으로 상대를 모함하여 결국 이순신을 몰아내고 자신이 그 자리에 앉았기 때문이다. 겉으로는 일격에 적을 섬멸할 듯 큰소리를 쳤으나 지혜가 고갈되어 군사가 패하자 배를 버리고 뭍으로 올라와 사졸들이 모두 어육魚肉이 되게 만들었으니, 그때 그 죄를 누가 책임져야 할 것인가? 한산에서 한 번 패하자 뒤이어 호남이 함몰되었고 호남이 함몰되고서는 나랏일이 다시 어찌할 수 없게 되어버렸다. 시사를 목도하건대 가슴이 찢어지고 뼈가 녹으려 한다."

칠천량 해전 이후, 한산 통제영은 143년간 폐허 상태로 놓여 있었다. 그러다가 1740년(영조 16년) 제107대 조경 통제사가 제승당 옛터에 올라 탄식하면서 "이곳을 이렇게 황폐하도록 내버려 둘 수 없다."하고 조정에 장계를 올려 중건하게 되었다. 그는 제승당 옛터임을 알리는 유허비를 세우고 친필 편액을 걸었다.

1760년 제121대 통제사로 부임한 이충무공의 후손인 이태상 통제사가 "기왓장이 밀려 내리고 재목은 썩고 비석에는 이끼가 끼어 사람들이 지나다가 머뭇거리고 두루 살피면서 구름과 물만이 훤하게 보일 뿐이다."라고 탄식하며 중수하였다.

오늘도 한산섬 제승당은 오랜 폐허를 견딘 아픈 역사의 흔적을 딛고 다시 일어나, 이순신 장군이 3년 8개월 동안 이룩한 한산 수국水國의 치열했던 삶의 순간들을 내밀히 담고 있다. 그리고 한산 통제영에서 만든 두 자루 장검, 그 칼의 빛으로 빛나는 충무공 정신과 함께……. *

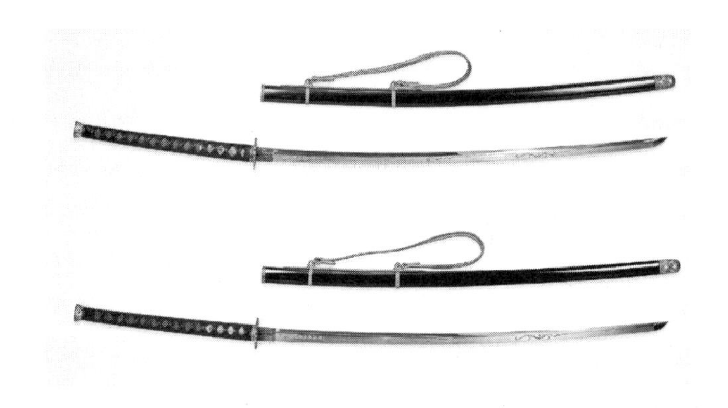

■ 작가의 말

지난해 작품을 탈고한 직후, 정말 반가운 소식을 접했다. 충무공 장검이 국보로 지정된다는 소식이었다. 장검을 소재로 장편소설을 쓴 입장에서 국보로 지정되는 것이 늦은 감은 있지만, 나로서는 정말 감사하고 뿌듯한 마음 이루 말할 수 없었다. 작품 속에 보물로 지정되어 있을 뿐, 아직 국보로 승격되지 못한 것을 두고 비판적으로 다룬 내용이 있었던 터라 더더욱 기뻤다.

또 한 가지 감사한 마음이 있다. 부경대 명예교수, 고신대 석좌교수이자 문학평론가이신 남송우 교수께 졸작이지만, 염치 불고不顧하고 한번 검토해 주실 것을 부탁드렸더니 흔쾌히 받아주셨다. 읽어봐 주시는 것만으로도 감사한 일인데, 세부적인 부분까지 작품성을 돋보이게 하기 위한 여러 가지 조언을 아끼지 않으셨다. 특히 통영 이야기가 생각보다 많이 들어가 중심 소재인 장검에 대한 몰입도가 반감된다는 날카로운 지적까지도 해주셨다.

그러나 작가로서 역량 부족으로 지적한 문제점과 여러 조언에 대해 모두 소화시킬 수 없었음을 솔직히 고백하지 않을 수 없다. 한편으로는 내 문학의 모국어 역할을 해온 통영바다를 '통영 바다'라는 일반명사가 아니라 고유명사로서의 '통영바다'를 그려내고 싶었던 욕심을 숨기고 싶지 않았던 탓도 있다.

앙드레 지드는 이렇게 말했다. "써야 할 모든 이야기는 이미 다 쓰였다. 하지만 아무도 귀 기울이지 않았기에 그 모든 것을 다시 써야 한다."라고. 그러므로 모든 예술창작이 그렇듯 소설을 창작하는 행위 또한 완전한 무에서 전혀 다른 새로운 것을 만들어 내는 것이 아니라 무엇인가 주어진 것을 가지고 또 다른 무엇인가를 만들어 내는 과정이 아닐까 싶다. 그것이 창작이라는 말로 새롭게 지었다는 것은 기존의 것을 잘 활용하여 또 다른 변화를 줌으로써 형상화된 작품의 새로움을 의미하는 것이리라. 더 나아가 그렇게 만들어진 창작품에 대한 의미 부여의 새로움을 뜻하는 것이기도 하니까…….

이와 같은 의미망을 전제로 이번 작품은 두 개의 이야기 축으로 구성해 보았다. 목차 홀수 장을 씨줄로 하고, 짝수 장을 날줄로 하여 현재와 과거의 교차 매듭으로 이야기를 꾸며 나갔다. 홀수 장에서는 1인칭 시점으로 작중화자인 내가 고향 통영의 정체성 형성에 영향을 끼친 충무공 숨결의 흔적을 찾아보고, 통영 12공방의 특색이 어떻게 통영문화의 뿌리가 되었는지를 비롯하여 오늘날 관점에서 충무공 장검이 지닌 역사적, 예술적 가치와 의미를 찾아가는 과정을 그려내었다.

짝수 장에서는 3인칭 시점으로 장검을 만든 대장장이의 시선으로 지켜본 임진왜란과 그 소용돌이를 돌파하는 이순신 장군의 참모습, 그리고 기근과 역병 속에서도 마침내 한산 진영에서 두 자루 장검을 만들어 내는 과정과 함께 칠천량 해전의 참패로 한산 통제영이 폐허가 되는 순간까지를 서술하였다.

역사는 단순히 과거의 기록이나 그 흔적만이 아니라, 오늘의 상황에서 생생하게 살아 움직이는 의미의 원천이므로…….

이 작품은 1년여 동안의 관련 자료 수집과 공부, 그리고 구상 끝에 다시 1년 동안 집필 과정을 거친 결과물이다. 그동안 자료 수집과 구상에 도움을 주신 분들이 많다. 먼저 서유승 화백과 김용은 교장의 도움이 가장 컸다. 두 친구의 강압적(?)인 권유가 아니었다면, 이 소설은 탄생하지 못했을 것이다. 다음으로 한산 본섬 답사에 앞장서 도움을 준 유천줄 친구를 빼놓을 수 없다. 헌신적인 도움에 소설책으로 보답하겠다는 약속을 지킬 수 있어 기쁘다.

또한 문학적 동지이자 선배인 최정규 시인과 통영 오광대 인간문화재이신 김홍종 선생님, 통영 자개 관련 논문으로 큰 도움을 준 하훈 후배님, 통영 충렬사 이충실 사무국장님께도 감사의 마음을 전하고 싶다. 덧붙여 박우권 선생의 도움에 대한 고마운 마음 또한 이루 말할 수 없다. 끝으로 충무공 동상에 대한 상세한 자료를 보내준 공청식 형에게도 고마움을 전하고자 한다. 그밖에도 많은 분들이 도움과 격려의 말씀을 주셨다. 일일이 감사의 마음을 전할 수 없지만, 또 다른 작품으로 보답하겠다는 마음을 다시 한번 다짐해본다.

2024년 5월

쪽빛, 그 푸른 그리움으로 젖어 있는
통영바다를 그리며…….

공옥식

공옥식 장편소설

큰 칼 옆에 차고

초판1쇄 발행 2024년 5월 10일

지은이 공옥식
펴낸이 이길안
펴낸곳 세종출판사

주소 부산광역시 중구 흑교로 71번길 12 (보수동2가)
전화 051－463－5898, 253－2213~5
팩스 051－248－4880
전자우편 sjpl5898@daum.net
출판등록 제02-01-96

ISBN 979-11-5979-677-7 03810

정가 17,000원

이 책은 저작권법에 따라 보호받는 저작물이므로 무단전재와 무단복제를 금지하며,
이 책 내용의 전부 또는 일부 내용을 재사용하려면 사전에 저작권자와 세종출판사의
동의를 받아야 합니다.

* 잘못된 책은 교환해 드립니다.